이세계 치트 마술사 매지션 8
우치다 타케루 지음
Nardack 일러스트
박경용 옮김
마력이
고조됨에 따라
레미아 주위에
맹렬한 바람이
휘몰아쳤다.
『풍월륜』

타이치와 린이 입을 모아 감탄의 한숨을 흘렸다.
숲 속을 개척하여 지어진 엘프의 마을.
상상했던 그대로이긴 했지만,
상상하는 수밖에 없었던 것이
실제로 있다는 것은 전혀 다른 것이었다.

"와아……."
"오오……."

올라가 있는 가지의 정면 가까이,
야뮬이 얌전히 앉아 있었다.
"불러내서
정말 죄송합니다."

“보여줄게.
『마봉검!』”
뮤라는 그렇게 말하고
검을 휘둘렀다.

"다릴. 어젯밤에도 봤지?"
아무것도 모른다면
그냥 인사처럼 보이는 그것은,
사정을 아는 당사자에게는
도화선에 불을 붙이는 행위였다.

타이치 일행에게
어느 정도 다가서더니,
집단의 진행이 멈추었다.
일정한 거리를 두고
대치한다.

이세계 치트 마술사(매지션) 8

Introduction

무녀의 계승

엘프 네 명에게 의뢰를 받아 정령의 폭주를 막은 타이치 일행.
보수 이야기를 하기 위해서 하비 일행을 찾아가자,
엘프 마을에 초대하고 싶다고 말한다.
그 이유는 뮤라가 엘프의 무녀 후계자 후보이며,
무녀의 계승에 대해서 이야기를 하고 싶기 때문이라고 한다.
요청을 받아들이기로 한 세 사람은
대해 한가운데 있는 육지에서 격리된 섬으로 간다.
세계수가 내려다보는 엘프 마을은
타이치와 린에게는 이야기 속으로 들어온 것 같았다.
오랜만에 스승인 레미아와도 재회하여 엘프의 생활을
보러 다니지만, 마을은 현재 파벌 다툼이 한창이었다.
뮤라가 무녀를 이어야 한다고 주장하는 전통주의파와,
무녀를 잇지 않아도 된다고 하는 혁신파의 다툼.
그리고 뮤라의 어머니하고도 재회를 하게 되고…….
남모르게 조용히 꿈틀거리는 그림자. 세계수의 속셈.
뮤라는 무녀를 이을 것인가, 아니면—.

치트 마술사 이세계

매지션

8

우치다 타케루 지음
Nardack 일러스트
박경용 옮김

CONTENTS

이세계 치트 마술사 매지션 8

illustration Nardack

제15장 루츠

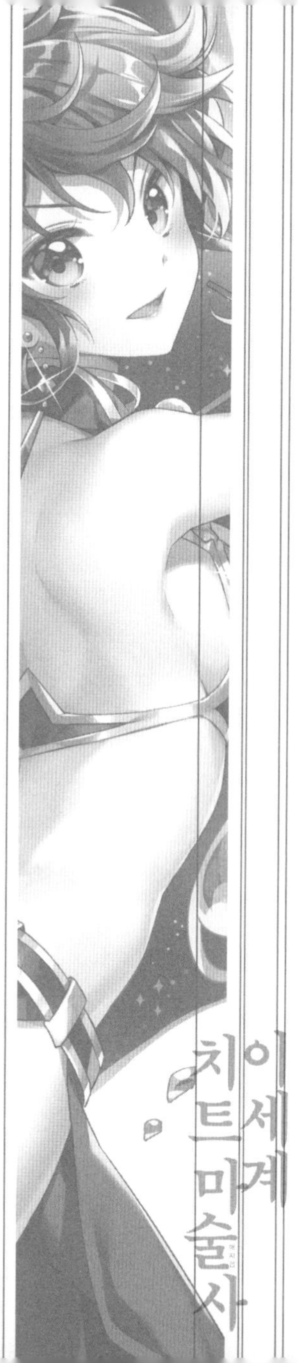

제48화 엘프 마을로

"부디 한 번, 마을에 와주세요."

에이린의 말에, 니시무라 타이치는 옆에 앉은 동료 소녀들을 보았다. 아즈마 린, 뮤라도 서로서로 각자 얼굴을 마주보았다.

"엘프 마을에?"

타이치가 묻자, 에이린이 곧장 고개를 끄덕였다. 미리야, 하비, 마두가 이었다.

"고성 일도 분명히 중요한 임무였어. 하지만, 본론은 여기서부터야."

"숨기고 있었다. 나중에 다른 말을 한다고 받아들이는 건 각오하고 있어. 그건 성심성의껏 사과하지."

"어때? 우리들의 부탁을 들어줄 수는 없을까?"

지진의 원인이었던 흙 정령의 바람을 실피의 힘으로 이루어주고, 의뢰를 어엿하게 완수하게 됐다.

싸움을 마치고 도시로 귀환하여, 위로란 명목으로 분발해서 먹고 마신 다음날.

의뢰 달성의 보수에 대한 이야기를 하기 위해 다시 하비 일행의 집을 찾아왔다.

인사를 마치고, 새삼 구체적인 이야기를 하려고 하는데, 이 이야기를 꺼냈다.

앞으로 이 도시 팜템에 지진이 일어나는 일은 없을 것이다.

하비 일행의 기본 방침은 문제를 조사하고 가능하다면 해결한다는 것이었다.

그것에 타이치 일행이 힘을 빌려주어 단숨에 해결하게 된 것이다.

그들에게 타이치, 린, 뮤라와 만나는 것도 목적 중 하나였지만, 만나기 전까지 찾는 사람이 누구인지도 모르는 상태. 고성 일의 문제 해결까지 전망하지 못하고 있었던 것은 틀림없었다.

"보수는, 우리들을 마을로 오게 만들기 위해서야?"

린의 추측은 날카롭고 가차 없는 것이었다.

하비가 벅벅 머리를 긁더니, 그렇게 받아들여도 어쩔 수 없다는 표정을 지었다.

"밝히지 않는다는 건, 무리겠군. ……에이린."

하비의 시선을 받은 에이린이 고개를 끄덕였다.

떠넘긴 것처럼 보이기도 한다. 그러나 그렇지 않다. 설명 담당은 에이린이라고 정해져 있는 것뿐이다.

그때 어떻게 이야기할 것인가에 대한 재량도 일임 받고 있었다. 반응을 보며 어떻게 이야기를 꺼낼 것인가를 그 자리에서 임기응변으로 정하기 위해서, 역할을 맡으면서도 다른 세 사람에게 납득시킨 조건이었다.

그건 그렇다 치고.

에이린은 타이치 일행을 똑바로 보면서 입을 열었다.

"보수에 대해서는 그런 의도는 없었어요. 미리야가 그런 말을 꺼내서 저도 놀랐을 정도니까요. ……그렇지만, 결과적으로 그렇게 된 것은 부정하지 않아요."

에이린의 말은 깔끔했다.

설령 동료들끼리 미리 의논을 하지 않았어도, 교섭은 에이린 일행과 타이치 일행의 파티가 한 것. 자신은 그렇게 생각하지 않았다고 도망칠 생각은 없었다.

"마을에 와줬으면 하는 이유는, 다름이 아니라 차기 무녀님 후보를 발견했기 때문입니다."

차기 무녀 후보.

엘프 마을에서 온 네 명.

그러면, 타이치 일행의 파티에는?

이세계에서 온 소년과 소녀의 시선이 뮤라에게 모인 것은 무리도 아니다.

지금 그 이야기에 들어맞는 것은 이 자리에 그녀밖에 없으니까.

그 시선을 모두 받은 뮤라 본인은 아닌 밤중에 홍두깨인 것처럼 눈을 동그랗게 떴다.

"본론은 지금 말씀 드린 것이고, 보수에 대해서는 어디까지나 덤에 지나지 않아요."

거기까지 말하고, 배턴을 뮤라에게 넘길 셈인지 에이린은 입을 다물었다.

배턴을 받은 뮤라는 아무것도 모른다는 표정을 짓고 있었다.

"기다려…… 무녀? 그게, 뭐야? 내가 후보라니, 어떻게 된 건데?"

그리고 한 말이, 표정 그대로 정말로 아무것도 모른다는 것을 드러내고 있었다.

무녀 후보를― 뮤라를 찾는 단서는 펜던트뿐이었다.

무녀 후보에 대한 정보는 전혀 알려져 있지 않았다.

어쩌면 당대의 무녀는 알고 있었을지도 모르지만, 정보를 주지 않은 것은 무슨 이유가 있었기 때문이리라.

그건 그렇다 치고, 지금은 뮤라가 「아무것도 모른다」라는 현실이 무엇보다도 중요하다.

에이린은 일단 간단하게 설명할 필요가 있다고 보았다.

"무녀님은, 엘프 마을에 사는 동포가 나아가야 할 길을 신탁으로 내려 받아서 드러내 주시는 분입니다. 무녀님은 마을의 운영에 연관되는 권력은 일절 없지만, 마을의 수장 이상으로 존경을 모으고 영향력을 가지고 계십니다."

신탁.

다시 말해서, 그것을 무녀에게 내리는 존재가 있으며, 무녀는 그것을 받을 수 있는 특별한 직무라는 것이다.

정치에 연관되지 않는다는 점을 보면, 일본의 왕과 비슷한 위치라고 타이치와 린은 생각했다.

"당연하지만, 무녀라는 직책은 아무나 맡을 수 있는 게 아니에요. 취임하는 것에는 특별한 자질이 필요하다고 들었습니다."

특별한 자질.

뮤라는 검술, 마술 쌍방이 뛰어나며 또한 쌓은 지식도 상당했다.

마술에 대해서는 재능도 있겠지만, 이 정도까지 되는 것은 틀림없이 뮤라 자신이 노력했기 때문이다. 검술이나 풍부한 지식 또한 말할 것도 없이 노력의 결실이었다.

뮤라의 종합적인 힘은 모험가 전체를 봐도 각별하지만, 특별한 것은 아니다.

그러나 특별함에 해당되는 것이 없는가 하면, 그렇지 않았다.

짚이는 구석은, 있다.

"마술검……."

뮤라가 가진 비장의 수.

그녀에게 찾아온 위기를, 말 그대로 헤쳐나가는 힘.

타이치도 린도, 마술검으로 무엇을 할 수 있는지는 들었지만 어떤 원리인지는 못 들었다. 같은 파티라고는 하지만, 파고들어도 되는 영역과 그렇지 않은 영역이 있다고 판단했기 때문이다.

뮤라로서는 물어보면 대답할 셈이었다. 적극적으로 드러낼 생각은 없지만, 타이치와 린에게라면 숨길 생각도 없다.

그렇지만, 원리까지 물어보지 않는 타이치와 린의 배려에는 감사도 하고 있었다.

그야말로 그것이 대답이라는 듯, 에이린이 고개를 끄덕였다.

"우리들은 그 자질에 대해서 자세히 알 수 있는 입장이 아닙니다. 그렇지만, 짚이는 구석이 있다면 그것이 무녀를 잇는 조건이라고 들었어요. 일단은 이야기를 들어주셨으면 해요."

그 부탁을 듣고서, 뮤라는 눈을 감았다.

이야기를 안 들어도 된다는 것, 그건 알고 있었다.

솔직히 그다지 내키지 않는다. 무녀라는 것을 알고 있었고, 그걸 위한 단련을 계속해왔다면 모를까.

뮤라에게는 완전히 아닌 밤중에 홍두깨였다.

'그렇지만…….'

가는 편이 좋다고, 뮤라의 감이 말하고 있었다. 그 감이 말하는 것은 뮤라도 납득이 되었다. 여기서 가지 않는다고 해도 앞으로 같은 이야기가 나올 가능성을 부정할 수 없다.

그때의 교섭 상대가 에이린처럼 이성적일지는 미지수다.

그렇다면, 지금 여기서 받아들여 귀찮은 일을 정리해 버리고, 앞으로 다가올 우려를 끊어낸다는 선택지도 있지 않을까? 뮤라는 생각했다.

타이치와 린은, 이 자리를 뮤라에게 맡기고 있기 때문인지 아무 말도 없었다.

뮤라는 한 번 눈을 감고, 대답을 정했다.

"알았어. 엘프 마을에 가겠어."

그렇게 말하자마자, 네 사람이 안도의 감정을 보였다.

그 다음에는 이야기가 술술 진행됐다.

하비 일행은 배로 왔다고 했으며, 엘프 마을은 그게 아니면 갈 수 없다고 한다.

마차나 쿠로를 태울 수 없기 때문에 두고 가는 수밖에 없지만, 맡기는 걸 의뢰할 수 있는 곳을 분명히 수배한다고 했다.

그리고 어어어 하는 사이에 출항 당일.

미리야가 이야기를 해둔 마구간에 쿠로를 맡기고, 타이치 일행은 엘프 마을로 가기 위해 배를 타게 되었다.

◇◆◇◆◇◆◇◆

파란 하늘. 하얀 구름의 수도 적다.

무척 날씨가 좋다.

360도 어느 쪽을 보아도 펼쳐지는 너른 바다. 보이는 범위 안에는 어디에도 섬 하나 없다.

마스트 위에서 보이는 풍경 또한 상당히 익숙해지고 있었다.

보이는 모든 범위에 온통 코발트 블루가 펼쳐지고 있었다. 수면에서 튀는 물고기가 남기는 하얀 거품이 눈에 띌 정도다.

타이치 일행이 타고 있는 것은 하비 일행의 엘프 마을이 소유한 전체 길이 30미터쯤 되는 범선이었다.

배로 여행을 떠난 지 나흘 째, 항해 마지막 날을 맞이하고 있었다.

나흘 전에 출항할 때 속도는 상당했다. 배 자체가 마도구이기 때문인지, 최고속도를 내는데 별로 시간도 안 걸리고 그 최고속도도 보통의 범선하고는 한 단계 수준이 달랐다.

몇 번인가 진로를 변경하면서 나아간다고 말했는데, 그렇게 그리는 호도 대단히 매끄러워서 주의하지 않으면 깨닫지 못할 정도였다.

마을까지 가는 길을 숨긴다는 의도는 없다. 그 미묘한 진로 변경이 결계를 통과하기 위한 열쇠이긴 하지만, 하비 일행은 거기까지는 밝히지 않았다.

때문에 타이치 일행은 필요한 진로변경이었다는 인상밖에 받지 못했다.

"그런데, 섬 같은 건 안 보이네."

진로 끝에 펼쳐지는 것은 그저 바다다.

출발하기 전에는 순조롭게 나아가면 오늘 오전에는 도착하지 않을까, 라고 했었다.

항해를 가로막는 것은 딱히 없었다. 몇 번인가 바다 마물이 공격해오기도 했지만, 이 배에 타고 있는 건 모두가 실력자다. 그래서 타이치가 나설 차례도 거의 없이 해치워버렸다.

바로 아래에 아무도 없는 것을 확인하고, 타이치는 뛰어내렸다.

마스트 가장 위가 평평해서 앉아 있었는데, 거기서 배 갑판까지 거리는 50미터에 가깝다.

그렇지만, 지금 타이치에게 그 정도 높이는 두려움의 대상이 되지 못한다.

10미터가 남은 참에 바람을 써서 감속. 갑판에 가볍게 착지했다.

"뭐 있었어?"

갑판에 있는 의자에 앉아 수분 보급을 하고 있던 미리야가 말을 걸었다.

"이상 없음. 평화로운데."

"그래."

그녀의 손에는 망원경.

키를 잡은 것은 에이린.

마도구이기 때문인지 섬세한 마스트 조정은 불필요하다. 항해에 필요한 인원은 키를 잡는 것과 경계하는 두 명. 하루에 네 번 교대를 하면서 나아갔다. 미리야와 에이린, 그리고 마두와 하비가 각자 페어를 짜고 있었다. 모두 조타가 가능하며, 또한 파수꾼의 소양도 있는 모양이다.

이 정도 커다란 배를 고작 넷이서 움직일 수 있는 것은 모두 배를 조타할 수 있다는 것에다 동력이 마도구를 이용해 보완되기 때문이었다. 타륜을 꺾은 방향으로 나아가도록 마스트에 부는 바람의 방향이 자동으로 조정된다. 그 다음은 마도구를 사용하는데 필요한 마력의 조정만 하면 된다.

이것이 마도구가 아닌 일반 범선이었다면, 훨씬 많은 인원이 필요했을 것이 틀림없다.

뱃머리 근처에는 린이 맞바람에 머리칼을 나부끼면서, 살며시 눈을 가늘게 뜨고 있었다. 배가 별로 익숙하지 않은 탓에 멀미를 하지 않기 위해서였다.

뮤라는 해먹에 누워 있었다. 자고 있는 것은 아니고, 흔들림에 몸을 맡기면서 머릿속으로 술식 구축의 훈련을 하고 있었다.

"있지, 이제 금방이야?"

미리야에게 걸어 가며 말을 걸었다. 앞으로 2시간이면 점심이다. 예정으로는 오늘 점심 전에 도착이니까, 슬슬 섬의 그림자 하나 정도는 보여도 되지 않을까 생각했다.

망원경으로 배 주위를 둘러본 미리야가 그것을 옆에 두고 타이치를 보았다.

"항해는 순조로워. 예정대로 나아가고 있어."

타이치는 의심스런 시선으로 뱃머리 너머를 보았다.

앞에는 여전히 블루가 펼쳐지고 있었다.

미리야가 그것을 보고 아하, 하며 고개를 끄덕였다.

"인식 저해의 결계를 치고 있어서 그래. 순서도 분명히 제대로 거쳤으니까 이제 곧 빠져나갈 거야."

그렇구나. 납득하는 타이치.

엘프 마을이 사람들 눈에 닿지 않는 것에 대해서, 타이치는 딱히 위화감을 느끼지 않았다.

이유는 이야기에 따라 갖가지 이유가 있지만, 그러한 **설정**의 창작물을 몇 개나 봤기 때문이다.

"그러면, 조금 기다리면 되는 거구나."

"그래, 맞아. 이제 곧 훌쩍 바뀔 거야."

미리야의 말을 듣고서 얼마 지나자.

1시간도 안 됐을 것이다.

"이제 슬슬 도착할 무렵인가?"

"아마도. 순조로웠으니까."

하비와 마두가 갑판에 나타났다.

그들보다 조금 늦게 뮤라도 나타났다.

그 직후에.

주위의 공간이 흔들렸다.

"우웃."

"이건……."

작은 술통 같은 잔에 따른 물을 마시고 있던 타이치와 린은, 배 주위가 일그러지자 놀란 소리를 냈다.

꾸물텅이라는 표현이 딱 맞을 것 같았다.

쪽빛 같은 파란 하늘과 두둥실 떠오른 하얀 구름. 그것들이 완전히 보이지 않게 됐다.

공간이 무지개색으로 흔들리는 연기처럼 파도치고 있었다.

이게, 결계구나. 타이치도 린도 그 광경에 숨을 삼켰다.

이것이 언제까지 이어지는가?

상당히 오랜 시간 그걸 본 것 같았지만, 실제로는 몇 초 동안 일어난 일이다.

공간의 흔들림은 마치 전혀 없었던 것처럼 완전히 잦아들고, 또 다시 날씨 좋은 파란 하늘이 나타났다.

이글이글 비추는 태양 빛도, 수평선에서 파란 하늘과 바다가 섞이는 광경도, 솜사탕 같은 하얀 구름도 그대로였다.

아무래도, 아까 일그러진 공간은 결계를 빠져 나와서 생긴 모양이다.

그렇지만, 그것에 대한 감상보다도.

타이치와 린은, 뱃머리 너머에 시선을 빼앗겼다.

“거의 예정대로 결계를 통과했네.”

놀라는 타이치와 린 옆에서 마두가 말했다.

“딱히 발이 묶일 일도 없었으니까.”

아내의 말에 응답하는 남편.

“이제 보인다.”

뮤라가 말한 것처럼, 거의 코앞에 거대한 섬.

정확하게 얼마나 큰지는 타이치 일행도 모른다.

그저 커다란 섬이다, 라는 감상이었다.

“뮤라는 안 놀라는구나.”

린은 옆에 나란히 선 엘프 소녀에게 물었다.

“아니, 놀라고는 있어.”

뮤라가 응답했다.

“하지만, 나도 엘프야. 내가 태어난 곳에 대해서는 레미아 씨한테 들었어.”

철들기 전에 여기를 나왔다고 하니까 기억은 안 나지만, 뮤라는 웃으며 말했다.

배는 스피드를 완만하게 늦추면서 나아갔다.

아치를 그리는 바위를 통과하자, 그 앞에 하얀 백사장의 아름다운 해변이 있다.

유명한 애니메이션 감독이 만든, 돼지가 된 비공정 조종사의 숨겨진 집과 무척 닮았다.

해변에서 뻗는 기다란 선착장.

선착장에 배가 정박하자, 하비가 닻을 내렸다.

며칠에 걸친 배 여행이 끝나고, 오랜만에 대지에 발을 들인다.

살짝 흔들리는 선착장을 건너, 타이치 일행은 모래사장에 내려섰다.

"우~응……."

배 위에서 굳어진 몸을 푸는 것처럼 기지개를 켜는 린.

진짜 예쁘네. 타이치는 쪼그려 앉아서 모래를 손가락 틈으로 떨어뜨렸다.

원래 살던 세계의 해수욕장처럼 쓰레기가 떨어져 있거나 하지는 않다. 사박사박하는 감촉이 신발을 통해서 전해진다.

"흐음……. 여기가 엘프 마을이 있는 섬이구나……."

뮤라는 천천히 고개를 돌려 주위를 관찰했다.

투명한 코발트 블루가 부각되는 예쁜 해안선.

군데군데 나뭇가지가 떨어져 있기만 하고 아름다운 태양빛을 반사하는 하얀 모래사장은, 파도가 닿는 곳을 빼면 모든 방향이 숲으로 둘러싸여 있었다.

"엘프의 섬에 어서 오세요."

"세 분을 환영합니다."

숲 안쪽 방향에서 목소리가 들렸다.

세 사람은 깨닫고는 있었지만, 딱히 지적하지는 않았다.

기척은 희박하지만, 적의 같은 것은 전혀 없었으니까.

뭐, 그 기척도 세 사람이니까 깨달은 것이라고 할 수 있었다.

숲 속에서 청년 엘프 두 명이 모습을 보였다.

가죽과 금속이 뒤섞인 방어구를 입었고, 각자 등에는 활을 맸다. 접근전도 할 수 있도록 한쪽이 롱소드, 또 한 쪽이 커다란 대거를 허리에 차고 있었다.

걷는 모습에 빈틈이 없다. 상당한 실력이다.

그렇다. 마을에서 제일의 전사라는 하비 일행과 비슷하거나, 살짝 웃도는 정도.

그들의 모습을 보고, 하비가 타이치 일행 앞에 섰다. 조금 늦게, 마두, 에이린, 미리야도 하비 뒤에 섰다.

"방위대의 부대장께서 직접 마중을 오시다니."

"관둬라, 우리 사이에."

두 사람 중에서 보다 장비가 호화로운 쪽이 쓴웃음을 지었다. 머리를 짧게 깎은 하비와 달리, 어깨 부근까지 찰랑거리는 은발을 기르고 있었다. 그 사나운 표정은 아무리 봐도 무인이었다.

"좀 장난쳐 본 거야, 로질. 지금 돌아왔다."

"그래, 임무 수고했다, 하비. 무사해서 다행이야."

"위태롭기는 했지만. 어떻게 헤쳐나왔다."

하비와 로질이 주먹을 부딪치더니, 서로를 위무했다.

그 다음에 로질은 하비의 뒤에 나란히 선 세 동포를 보았다.

"마두, 에이린, 미리야. 세 사람 다 수고했어. 무사해서 다행이야."

셋 다 각자 로질에게 말을 걸었다. 하비와 마찬가지로, 그녀들도 로질 사이에 딱히 뭔가 있는 건 아니고 친근한 느낌이었다.

친구들 사이의 재회를 방해하지 않고 가만히 지켜보고 있는데, 로질이 타이치 일행 쪽으로 시선을 돌렸다.

애당초 타이치 일행을 제대로 인식하고 있다는 건 알고 있었다.

갑자기 자신들이 나서는 것보다도, 일단 하비 일행의 중개를 받는 편이 좋을 것 같아서 입다물고 있었던 것이다.

"그러면, 기다리게 해서 미안하군."

하비는 일단 타이치 일행을 돌아보더니, 세 사람 옆에 서서 로질을 보았다.

"로질. 이쪽 세 사람은 우리가 그 일을 해결하기 위해 고용한 모험가들이며, 우리들이 찾던 사람이야. 우리들은 그들에게 큰 도움을 받았다. 따라서 그들에게 정당한 보수를 주기 위해, 또한 차기 무녀님 후보의 이야기를 하기 위해 마을까지 오도록 요청을 했지."

하비의 소개를 받고서, 타이치 일행은 각자 자기소개를 했다.

"니시무라 타이치야."

"아즈마 린이에요."

"뮤라야."

각자의 이름에 로질은 한 번 고개를 끄덕였다.

"엘프 마을의 방위대 부대장을 맡고 있는 로질이라고 한다. 옆에 이 친구는 내 부하인 에이븐이야."

에이븐은 로질의 대각선 뒤에서 타이치 일행을 향해 한 번

인사를 했다.

발언을 하지 않는 걸 보니, 상사인 로질에게 맡길 셈인가 보다.

"이번에 우리 동포에게 조력해준 것에, 그리고 우리들의 요청을 받아들여준 것에 감사하지. 그러면, 수장 곁까지 내가 책임지고 안내를 하겠어. 마을까지는 조금 걸어야 된다. 배로 여행한 직후니까, 휴식이 필요하다면 조금 휴식해도 되는데?"

로질의 말에서 얕보는 기색은 느껴지지 않았다.

단순하게, 긴 여행 다음이니까 휴식을 취하는 게 어떤가? 라고 제안한 것이리라.

린은 타이치와 뮤라의 얼굴을 순서대로 보았다. 두 사람의 표정에서 문제없다는 것을 읽어내고서, 대표로 그 배려에 응답했다.

"고맙습니다. 그렇지만, 괜찮아요. 이대로 금방이라도 갈 수 있어요."

"흠. 그런가? 그렇다면 괜찮지만."

그렇게 말하며, 로질은 하비 일행을 보았다.

네 사람은 긍정의 대답을 했다.

"함께 보고 있었는데, 그들은 실력에 걸맞은 강인함을 가졌어. 그들이 괜찮다고 말하면 정말로 괜찮은 거겠지."

"그렇네요. 우리들이 배려하지 않고 숲 속을 걸어도, 문제없이 따라왔으니까요."

미리야와 에이린이 응답했다.

그들이 그렇게 말한다면 틀림없으리라.

그렇다면 더 이상의 배려는 필요 없다는 기색으로, 로질이 몸을 돌렸다.

"그러면, 얼른 마을로 안내를 하지. 여기서 손님을 환대할 수도 없으니까."

로질의 말에, 마두가 한 마디 덧붙였다.

"그렇네. 미안하지만 잠시 걷는다?"

타이치 일행은 문제없다고 고개를 끄덕였다.

"그러면, 가지."

로질을 선두로, 하비 일행 네 명, 이어서 타이치 일행 세 명, 마지막으로 에이븐 순서로 엘프 마을을 향해 걷기 시작했다.

렝그스트라트 성을 둘러싸고 있던 숲 따위는 비교가 안 될 정도로 깊은 숲 속을 나아간다.

언뜻 보아 걸을 틈도 없어 보이지만, 로질이 고른 길을 나아가자 생각보다 걷기 쉽다는 것을 깨달았다.

초보자의 눈에는 안 보이지만, 아무래도 숲을 걷기 위한 동선이 있는 모양이다.

그건 그렇다 치고.

아름다운 숲이다.

본 적이 있는 식물도, 본 적이 없는 식물도 무수하게 있었다.

아름다운 꽃이나, 싱싱한 과일이나.

또한 그것들을 쪼는 작은 새들의 소리나, 작은 동물들의 기척도 남김없이 느낄 수 있다.

보이는 풍경은 대단히 온화하고, 그것만으로도 상당히 풍

요로운 숲이라는 걸 알 수 있었다.

깊고 깊은 숲이지만, 결코 어둡지는 않다.

키가 높은 나무들의 밀도는 대단히 높고 잎도 울창하게 우거져 있는데, 그 이유는 군데군데 엷은 빛을 뿜는 구체가 떠돌기 때문이다. 빛은 녹색이거나 노란색이거나, 하늘색이거나 빨간색이거나 가지가지.

그렇지만 발광이 약하기 때문인지 전혀 신경 쓰이지 않는다.

그것은 바로 옆으로 이동하거나, 대각선으로 이동하거나, 상승하거나, 하강하는 등, 특정한 법칙 따위 없는 것처럼 움직이고 있었다.

둥실둥실 근처까지 떨어지는 것처럼 떠도는 엷은 붉은색 구체에, 타이치는 문득 손바닥을 내밀어봤다.

그 빛은 타이치의 손바닥에서 두세 번 통통 튕기더니, 이번에는 둥실 상승했다.

분명히 손에 닿기는 했지만, 감촉이 전혀 없었다.

"그건 이 숲에 돌리고 있는 우리 엘프족의 저해 술식이야. 지금은 무효화되어 있으니 신경 쓰지 않아도 문제없어."

"술식……."

하비의 말을 듣고서 떠오르는 구체를 보았다.

"그래. 침입자 대책이야. 마을의 엘프가 인정한 경우에만, 술식이 발동하지 않아."

"그렇구나."

마두의 말을 듣고, 린이 바로 옆을 지나가는 노란색 구체를 보았다.

다시 말해서 인정받지 않은 경우는 마을의 엘프와 함께 있어도 발동한다는 것이다.

예를 들어, 마을의 엘프가 인질로 잡히는 경우 따위를 상상할 수 있다.

"이 술식에 공격을 하면 어떻게 되지?"

흥미 삼아서 물어보는 뮤라.

"술식의 효과가 길을 잃고 후퇴하게 만드는 것에서, 요격하는 걸로 바뀝니다."

그것에, 에이린이 담담하게 응답했다.

공격하지만 않으면, 길을 잃을 뿐 무사히 돌아갈 수 있다.

그렇지만 공격을 하면, 적극적으로 반격을 하는 것이다.

섬 전체를 둘러싼 결계도 그렇고, 숲에 둘러놓은 술식도 그렇고, 엘프 마을의 엄중함은 타이치가 아는 엘프와 공통점이 많았다.

"그래."

일단 그것을 듣고서 납득했는지, 뮤라는 그 이상 흥미를 보이지 않고 앞을 보았다.

애당초 그렇게까지 흥미가 있었던 것도 아니다.

정체를 모르는 것에 손을 댈 생각은 없고, 그것은 정체를 안 다음에도 마찬가지였다.

싱싱한 풀과, 단단한 감촉이 돌아오는 흙을 밟으며 잠시 걸었다.

보통 인간이라면 길을 잃지 않아도 한나절은 걸릴 법한 어려운 길이었지만, 타이치 일행은 엘프의 숲 속 보행 속도를 따라가는 게 가능했다.

"조금 오래 걸어버렸군. 마을이 보이기 시작했어."

로질의 말처럼 출발하고서 걷기를 몇 시간. 마을 입구가 보였다.

높이가 20미터쯤 되는 나무로 만들어진 외벽.

높은 도약을 할 수 없으면 뛰어넘는 것도 어려울 정도다. 그렇다면 기어오르면 되지 않을까 싶을 수 있지만 그렇지 않고, 외벽 상부에 끝이 날카로우며 바깥을 향하고 있는 크기도 굵기도 다양한 말뚝이 튀어 나온 것처럼 설치되어 있었다. 저 말뚝을 피해서 기어오르는 건 불가능하리라.

외적이 여기를 공략한다면, 정면에 보이는 문을 돌파하거나 외벽을 파괴해야 한다.

그저 나무라는 겉모습만 본다면, 부수는 것은 그렇게 어려워 보이지 않는다. 화염 마술 하나 있으면 간단한 것처럼 보인다.

그렇지만, 그렇게 간단히 파괴되는 것을 침략자를 막기 위한 벽으로 선택할까?

몇 개나 되는 함정이 걸려 있어도 타이치는 전혀 신기하게 생각하지 않았다.

말뚝으로 만들어진 문은 현재는 올라가 있고 그 앞에는 위병으로 보이는 엘프들 네 명이 서 있었다.

장비는 통일되어 있는지, 모두 가죽 브레스트 경갑 방어구와 창, 그리고 허리의 벨트에는 숏 소드를 차고 있었다.
일행의, 정확하게는 로질의 모습을 보고, 네 명의 위병들이 일제히 창을 왼손 하나로 잡고 물미로 땅을 수직으로 때리며 오른손으로 주먹을 만들어 명치 아래쪽에 대었다.
아무래도 엘프의 방위대식 경례인 것 같았다.
"임무 중에 수고가 많군. 손님을 안내해왔다. 지나가마."
"네! 알겠습니다, 부대장!"
위병들에게 로질 또한 경례로 답하더니, 「자, 이쪽이야」 하고 문 안으로 들어갔다.
"하비, 마두, 에이린, 미리야, 돌아왔군!"
"무사해서 다행이다."
"엘프 마을에 어서 오세요."
"느긋하게 쉬도록 해."
하비 일행들에게도, 또한 타이치 일행에게도 각각 말을 건다.
문에서도 딱히 트집을 잡지 않고 마을로 들어갈 수 있었다.
"오오……."
"와아……."
타이치와 린이 입을 모아 감탄의 한숨을 흘렸다.
숲 속을 개척하여 지어진 엘프의 마을.
상상했던 그대로이긴 했지만, 상상하는 수밖에 없었던 것이 실제로 있다는 것은 전혀 다른 것이었다.
마을 안에 난립하는 일정 이상 높이와 굵기가 있는 나무들의 줄기 안이 집이 되어 있는지, 창이나 문이 몇 개나 나무줄기에서 보이고 있었다.

고개를 위로 들자, 높은 곳에 있는 가지와 가지를 무수한 구름다리가 연결하고 그곳을 걷는 엘프들의 모습도 다수 보였다.

그리고 물론, 땅을 걷는 엘프들의 모습도.

에리스테인 마법왕국에서도 가르겐 제국에서도 목격하는 빈도가 대단히 적은 엘프가 잔뜩 있으며, 반대로 인간은 타이치와 린밖에 없는 상황이었다.

종족이 달라서 일어나는, 명확한 문화문명의 차이.

그리고 무엇보다도.

문에서 마을로 들어오는 정면. 거주구의 더욱 안쪽.

눈에 띄지 않을 리가 없다. 구름을 꿰뚫을 정도의 높이를 자랑하는 거대한 나무가 우뚝 서 있었으니까.

너무 높아서, 위쪽이 흐릿하게 보인다.

타이치는 자신의 지식과 조합해 보았다. 알고 있는 이야기에서 끌어낸 지식 안에 있는 저 나무와 일치하는 것은 『세계수』라고 불리는 존재뿐이었다.

그것은 그렇다 치고.

마을에서 받은 충격, 그리고 그 안에 있는 거대한 나무의 존재감으로 받는 충격.

그것들 모두를 보란 듯이 보게 되자, 타이치와 린은 압도되었다.

그런 두 사람의 감정은 엘프들에게도 남김없이 전해졌다.

누구나, 자신들의 고향이 찬사를 받으면 나쁜 기분은 안 든다.

특히 하비 일행은 타이치와 린에 대해 알고, 같은 전사로서 그 힘을 인정하고 있기에 로질 일행과 느끼는 방식 또한 달랐다.

"새삼스럽지만, 엘프 마을에 어서 와."

미리야가 타이치 일행 앞으로 나서서 돌아보며, 세 사람을 환영했다.

"인간이 보기에는, 엘프 마을이 희한하겠네."

타이치와 린 옆에 나란히 서서 마두가 말했다.

이런 건축양식은, 인간의 도시에서는 볼 수가 없다.

그것은 현대의 지구에서도 마찬가지다.

물론 타이치도 린도 이 세계는 물론 지구의 모든 땅을 돌아본 일은 없기 때문에, 찾아보면 있을지도 모르지만.

적어도 타이치와 린이 가진 지식 속에는 없는 것이었다.

"이런 도시는 처음 봤어."

"나도."

억누르고는 있지만, 숨기지 못하는 흥분이 스며 나오는 표정으로 응답하는 두 사람.

"그런가요? 그건 다행이네요."

에이린이 고개를 끄덕였다. 이 리액션만 해도 데리고 온 보람이 있는 법이다.

"이제부터 우리 마을의 장로를 만나게 될 거야. 그걸 위해서는, 일단 미리 이야기를 해둬야 한다. 그러니까 먼저 머무를 곳으로 안내하지."

하비가 당면한 예정을 말했다.

마을의 수장을 만나는 것은 결정 사항. 오히려 만나지 않으면 아무것도 시작되지 않는다.

그러나, 동시에 갑자기 쳐들어가서 만날 수는 없다는 것도 이해가 된다.

"기별을 넣은 기색도 없는데, 준비는 다 된 거야?"

바다 위에서는 물론, 뭍에 올라와서도 그러한 존재는 감지하지 못했다.

뮤라나 린이라면 모를까, 실피의 힘을 다루는 타이치가 깨닫지 못할 리 없다.

그렇지만 숲 속에서 기척을 죽이고 있던 엘프를 감지할 수 있었으니, 린과 뮤라의 기척 탐지는 엘프를 상대로도 통한다는 것이다.

뭐 타이치가 힘을 주어 기척 감지를 하지 않으면 깨닫지 못할 가능성도 있을 거고, 어쩌면 엘프 특유의 마도구나 술식이 있을 지도 모르지만.

"걱정할 것 없어. 갑작스런 손님이 머무를 수 있는 장소는 언제든지 사용할 수 있도록 준비해뒀지."

뮤라의 물음에 로질이 대답했다.

"그래. 알았어."

"그러면, 이쪽이다."

추가 질문이 없는 것을 확인하고, 로질은 방향을 왼쪽 대각선으로 바꾸어 걷기 시작했다.

일행이 그걸 따라간다.

얼마 안 가서, 마을에 늘어선 수목들 중에서도 중간 규모쯤 되는 크기의 나무에 도착했다.

중간 규모라고 해도, 지구라면 대수라고 해도 지장이 없는 크기였다.

타이치 일행의 눈앞에 우뚝 선 나무 또한 문이나 창이 보이고, 안에 사람이 거주가 가능한 모양이었다.

줄기의 낮은 곳에서부터 줄기 가장자리를 빙 도는 계단이 있는 것이, 다른 나무 거주지와 다른 부분이었다.

영빈관 같은 위치인 것이리라.

"여기야?"

타이치가 올려다보며 묻자, 로질이 동작으로 긍정했다.

그 옆에서는, 살아 있는 나무 안의 옛 이야기에서나 나올 법한 집에 린이 눈빛을 반짝이고 있었다.

로질이 턱짓으로 재촉하자, 가장 마지막에 따라오던 그의 부하가 허리의 열쇠 다발로 문을 열었다.

안으로 들어서자, 일단 파릇파릇한 나무 향이 다가왔다.

이어서, 모든 것이 나무로 된 방.

벽이나 바닥, 천장이 나무인 것은 당연하지만, 테이블이나 의자, 그 밖의 가구도 모두 나무였다.

"이렇게 돼있구나……."

감탄의 한숨은 린.

들어가자, 보통 집과 그렇게 차이가 없었다.

그렇지만 예를 들어 위층으로 이어진다고 생각되는 사다리는 나무를 깎아서 만들어낸 것 같았고, 벽이나 바닥, 천장과 한몸이었다.

천장에 만들어진 위층으로 가는 입구가 사다리 사이즈를 봐서는 상당히 넓어 보였지만, 이건 목재를 사용해서 조립한 건축으로는 절대 불가능한 것.

"여기는 어디까지나 응접실이야. 주거지에 해당하는 장소는 더 위에 있어."

방 안을 둘러보는 타이치와 린에게 미리야가 가르쳐 주었다.

그 말을 듣고 타이치가 돌아보았다.

"흐응……. 이 나무도 위쪽에서 구름다리가 이어져 있었는데, 혹시 그 언저리쯤 되는 거야?"

그렇다. 바깥에서 봤을 때, 이 나무도 역시나 구름다리로 이어져 있었다.

"응. 그 근처쯤 되지."

"이 두 층 위도 거주 공간이지만, 평소에 쓰는 걸 상정하는 건 상부다."

계속 올려다보면 목이 아플 것 같은 높이가 있는 나무다. 그 상부라면 상당히 올라가야 한다.

올라가는 계단마저도 없다. 사다리로 가는 수밖에 없다는 걸 생각하면 상당히 부하가 걸린다.

그런 부분을 물어보자, 납득이 가는 대답이 돌아왔다.

"그러니까, 두 층 위의 층에 거주 공간을 만들고, 바깥 계단에서 올라갈 수 있도록 하는 거지. 다른 집은 그런 구조가 아니야."

"우리들 엘프는 마술이 뛰어난 종족이다. 어렸을 때부터 숨쉬는 것처럼 마술을 접하며 자라지. 신체강화 마술도 그렇고."

순서대로, 로질, 하비였다.

"집의 구조는 말야. 신체 강화 마술을 단련시키기 위해서라는 측면도 있어. 그래서 익숙해질 때까지는 오르내리는 게 힘들지만, 익숙해지면 전혀 그렇지 않으니까."

"그렇지만, 마을을 방문한 손님 모두가 신체 능력이나 강화 마술이 뛰어난 것이 아니죠. 그런 분들에게, 마을의 관습을 강요할 수는 없으니까요."

더욱이 마두와 에이린이 보충했다.

엘프가 마술과 친화성이 뛰어나다는 것은, 뮤라나 레미아를 보면 잘 알 수 있는 이야기였다.

이유를 들어보면 납득이 된다.

타이치와 린의 상식에 없는 이야기라는 것은 틀림없다.

이것이 세계와 종족의 차이란 것이리라.

늘 그런 것처럼 「그러한 것」으로 받아들이는 게 가장 지름길이었다.

"물론 다소 힘들어도 위로 가고 싶다는 손님을 예상해서, 사다리로 가장 위까지 올라갈 수 있도록 되어 있지만."

바깥 계단에서 올라간 곳의 거주 공간에서도 사다리가 뻗어 있으며, 상부까지는 평범하게 올라갈 수 있도록 된 모양이다.

나중에 올라가봐야지. 타이치는 생각했다.

엘프들의 풍습에 따른다면 신체강화를 하고 점프를 반복하여 올라가는 것도 권장하는 모양이니, 그 정도라면 전혀 어렵지 않았다.

"주방에 있는 식재료나 찻잎은 마음대로 써도 상관없어. 그러면 우리는 수장과 면회를 위한 준비를 하러 가지. 금방 면회를 할 수는 없을 테니까, 여기서 느긋하게 쉬고 긴 여행의 피로를 치유해다오."

로질이 말하고 옆의 부하를 한 번 보았다.

"내 부하를 건물 근처에 대기시켜 두지. 무슨 일이 있으면 말을 해라. 가능한 한 들어주지."

"그래. 신경을 써주는 것 같아 미안하네."

"그럴 건 없어. 당연한 일이야. 그러면, 실례하지."

뮤라의 말에 응답하고, 로질이 건물에서 나갔다.

그것에 이어서, 하비 일행도 각각 타이치 일행에게 인사를 하고 나갔다.

남은 것은 타이치, 린, 뮤라 세 사람. 며칠 동안 배를 타고 여행을 하는 사이에 하비 일행과 함께 지낸 것을 생각하면, 오랜만에 셋뿐이라고 할 수 있었다.

건물 바깥. 그 옆에 사람의 기척.

아까 전까지 있던 로질의 부하였다.

얼른 주방을 빌려서 차를 타고, 각자 앞에 두고서 소파에 앉았다.

들려줘도 되나?

일단은 소리를 막을까?

시선으로 그런 대화를 나누고, 화제를 받은 타이치가 실피에게 부탁하여 방 바깥으로 새어나가는 소리를 간단히 차단했다.

적극적으로 안의 목소리를 훔쳐 들으려고 하지 않는 한, 딱히 문제는 없었다.

실피가 검지와 엄지로 동그라미를 만들었다. 차음 결계를 다 친 모양이다.

진정한 의미로 한숨 놓기 위해서, 차에 입을 댔다.

향이 풍부하고 살짝 달콤한, 코를 슥 지나가는 맛.

청량감이 넘치는 차였다. 취향은 갈리겠지만, 타이치는 좋아하는 맛이었다.

"헤에. 이런 맛도 있구나. 싫지는 않아."

"나도 좋아해. 이 차. 가져가고 싶네."

린과 뮤라의 혀에도 호평이었다.

마을을 나설 때 사서 돌아갈 수 있을지도 모른다.

세 사람의 혀가 각자 즐길 수 있는 맛의 차라서, 한숨 놓을 수 있었다.

"그러면, 일단 간단히 인식 공유만 해둘까 하는데, 괜찮을까?"

다시 한 번 목을 축이고, 뮤라가 타이치와 린의 얼굴을 보며 말했다.

이견은 없다.

두 사람은 고개를 끄덕였다.

시작한 것은 린이었다.

"우리들을 보는 시선에는 몇 가지 종류가 있었어."

그녀가 말했다.

그 시선에 대해서는, 타이치도 뮤라도 당연히 깨닫고 있었다.

그리고, 그 종류에 대해서도.

"하나는 우리들을 흥미롭게 보는 시선이지?"

"또 하나는, 우리들을 환영하는 시선이야."

타이치에 린이 따라 말했다.

그리고.

"또 하나, 우리들을 환영하는 사람들을 적시하는 시선이야."

마지막으로, 뮤라가 말했다.

그렇다. 시선에 담긴 감정은 주로 그 세 종류.

가장 많은 것은 적시의 시선. 관찰하는 시선과 환영하는 시선을 아울러서 엇비슷했다.

굳이 말하자면, 이쪽에 무관심한 것도 있었다. 그러나 이미 말한 세 가지보다도 소수파였기 때문에, 열거할 필요를 느끼지 않은 것이다.

엘프라는 종족이 배타적이고 외부에서 간섭하는 것을 싫어한다는 것은, 타이치도 린도 지식으로 알고 있었다.

지구상의 창작물에서 그렇게 묘사되는 일도 있었고, 이 세계에서 엘프도 기본은 그렇다고 들었다.

뮤라나 레미아, 하비 일행, 로질은 특별하다고 할 수 있었다.

"완전히 환영 받는 편이 위화감이 강하긴 하지만."

"그렇네. 오히려, 생각한 것 이상으로 우리를 부정하는 시선이 적었던 인상이야."

엘프가 배타적이라 외부인을 환영하지 않는다는 것은, 바다 한가운데 있는 섬에 뿌리를 내리고 마을을 몇 겹으로 둘러싼 결계로 뒤덮어 외부 간섭을 차단하는 것만 봐도 명백했다.

그런데, 실제로는 환영하는 시선이 상상보다도 많았다.

하비, 마두, 미리야, 에이린 같은 엘프와 만나서 100퍼센트 거부하지는 않을 거라고 생각했지만, 극히 일부가 아닐까 생각한 것이다.

"기분이 좋은 건 아니지만…… 너희들은 신경 쓰지 않는 것 같으니, 환영 받지 않는 것에 대해서는 넘어가자."

환영 받지 않을 경우, 당사자가 의도한 것인지 아닌지는 상관없이, 적지 않은 부정적인 감정이 믹스되는 경우가 많다.

그것은 분명히, 뮤라가 말한 것처럼 기분이 좋은 것은 아니다.

그러나 이 세계에 와서 갖가지 시선이나 감정을 받아 내고 전장이라는 극한의 공기를 접하여, 타이치도 린도 신경이 단련된 것은 틀림없다.

지구에 있을 무렵이라면 신경 썼을지도 모르는 부정적인 감정도 가볍게 흘릴 수 있는 여유를 가질 수 있었다.

이번에는 직접 그 시선을 보내고 감정을 던진 것이 아니지만, 환영하고 있는 사람을 적시한다는 것은 에둘러서 환영하지 않는다는 것과 마찬가지다.

이때는 세 사람 모두 그렇게 생각했다. 그 적시가 무엇이 원인으로 발생한 것인지, 아는 것은 조금 나중이었다.

"그보다도 신경 쓰이는 건……."

"마을 주민의 감정이 크게 갈리고 있다……. 파벌 다툼이 있을지도 모른다는, 거구나."

타이치가 말하자, 린이 그것에 응답했다.

마을 안에서 의견이 갈린다는 것은 상상할 수 있다.

그리고 거의 이분된다고 말해도 좋은 상태라는 것은, 그것을 주도하는 생각을 가진 자들끼리 파벌로서 대립하고 있을 가능성이 있다.

그것을 노린 것인지, 대립한 결과 마을이 갈라진 것인지는 모르지만.

"귀찮은 일이 일어날 것 같아……."

뮤라는 눈썹을 찌푸리면서 불평을 흘렸다.

파벌 다툼.

에리스테인 마법왕국의 내란과 비교하면 규모는 크지 않다.

그렇지만, 엘프 마을은 그것 하나가 하나의 나라라는 해석도 가능한 것이다.

"아니, 아마 원인의 일부는 뮤라에게도 있는 거 아닐까?"

"응. 여기 온 걸로, 보수에 대해서도, 뮤라가 마을로 돌아오는 것이 제일의 목적이었으니까."

"……."

분명히, 뮤라는 하비 일행의 요청으로 마을을 찾아왔다.

"왜냐면, 뮤라가 무녀가 되는지 아닌지에 대한 이야기니까."

린의 말이 맞았다.

무녀라는 것이 뭔지는 모른다. 모르는 것 따위, 되고 싶다고 조금도 생각지 않는다.

그렇지만 그것에 자신의 과거의 인연이 있는 것은 틀림없었다.

자기가 모르는 곳에 남아 있는 인연 따위, 나중에 어떤 재앙이 될지 알 수 없다.

그렇기에, 그것에 마무리를 짓기 위해서 엘프 마을로 온 것이다.

이 다음에, 무엇이 기다리고 있는 것일까?

무슨 일이 일어나도, 타이치와 린이 있으면 괜찮다.

뮤라는 그렇게 생각할 수 있는 동료가 있다는 것에 감사하면서, 부르는 것을 기다렸다.

타이치와 린은, 평소와 같은 뮤라를 보고 괜찮을 것 같다며 안심하고 차의 맛에 감탄하기로 했다.

◇◆◇◆◇◆◇◆

여기는 엘프 마을의 정무를 모두 한 곳에 모은 이른바 관청이다.

마을 주민들의 관리.

제작, 채취, 사냥 따위의 마을 전체 수입이나 생산부터, 매월의 지출이나 소비의 관리.

방위대의 지휘부터 병참 따위의 관리.

그것들을 아울러서, 엘프 마을을 유지하여 발전시키기 위해 집정을 하는 장소였다.

이세계 치트 마술사 8

NOVEL

갖가지 부서로 갈라져 있지만, 그것들을 한 곳으로 모아 밀접한 연계를 위해서 중앙 집권을 하고 있는 것이다.

미리야의 남편인 소우레이가 일하는 장소이기도 했다.

수장의 저택이 내려다보이는 방.

집무 책상 뒤에 있는 창에서 마을을 바라보는 엘프 청년 한 명.

허리까지 뻗은 찰랑거리는 금발을 목 뒤에서 아무렇게나 묶었다. 엘프이기에 아름다운 것은 틀림없지만, 청년은 한 단계 더 달콤한 마스크였다.

그 훈훈한 얼굴에 안 어울리는, 신경 안 쓰는 걸 한 눈에 알 수 있는 머리모양이었다. 그렇지만 그것도 미남자의 특권인 건지 대단히 잘 어울렸다.

"왔군……."

수장의 저택에 들어서는 로질과 하비 일행의 모습을 보고, 그는 창 밖에서 시선을 돌렸다.

그럭저럭 훌륭한 의자에 앉았다.

그 의자와 집무 책상.

갖가지 엘프가 일하는 이 관청에서 개인의 방을 가진 것은 나름대로 지위가 있고 사람들을 움직일 수 있는 쪽이었다.

그것은 엘프도 인간도 다를 바 없었다.

청년은 후우 한숨을 쉬고서 눈을 감았다.

별로 시간을 안 들이고 그 눈을 떴다.

눈동자에는 결연한 의지가 깃들어 있었다.

"드디어, 돌아왔군요. 아르비스 님."

늠름하고 여자다운 목소리가 방에 울렸다.

아르비스라고 불린 청년은 그 목소리의 주인 쪽으로 고개를 돌렸다.

그의 집무 책상 옆에는 다크 엘프 여자가 정갈한 자세로 서 있었다.

“그래…… 드디어로군. 드디어, 우리들의 마땅한 모습을 되찾을 수 있다.”

아르비스가 말하고 손바닥을 바라보며 쥐었다.

“좋아. 손님이 방문했으니 우리도 가지. 혁신파 쪽 이야기만으로는 불공평하니까.”

“말씀하신 그대로입니다.”

“그래. 그때까지는 대기야. 다릴, 너도 잠시 쉬어라.”

아르비스는 다릴이라고 불린 여자에게 말하지만, 그녀는 고개를 좌우로 저었다.

“아뇨. 저는 이대로도.”

즉시 거부. 상사가 부하에게 한 말이었지만, 그 말은 깔끔함마저 느껴지는 것이었다.

곧장 거부당한 아르비스는 그러나, 작게 쓴웃음을 지었다.

“아무리 시간이 지나도 완고하구나, 너는.”

“죄송합니다. 이런 성미라서.”

“알고 있다. 이 마을의 누구보다도, 말이지.”

아르비스의 말에, 다릴은 철면피 그대로 「황송합니다」 하고 고개를 숙였다.

변함없는 표정. 그러나 틀림없이 기뻐하는 감정이 아르비스에게 전해졌다.

"그러면 차를 타주겠나? 내 것과, 네 것까지."

"……아뇨, 저는."

"내가 너랑 마시고 싶다. 더 이상 거부하면 명령을 할 거다?"

"……알겠습니다. 잠시 기다려 주십시오."

"그래."

인사하고, 다릴이 집무실을 나섰다.

아르비스는 그 등을 배웅하고 숨을 내쉬었다.

그렇다. 이 이야기는 실패할 수 없다. 오랜 옛날부터 이어져온 마을의 역사와 전통을 지키기 위해서.

청년은 아르비스 케이펠 그륜, 여자는 다릴이었다.

◇◆◇◆◇◆◇◆

준비가 됐다고 연락이 온 것은 타이치 일행이 방으로 안내된 지 1시간쯤 지난 다음이었다.

제각각 쉬고 있는데 누가 문을 노크했다.

"네~에."

주방에서 쓴 컵을 씻고 있던 린이, 손을 닦으면서 허둥지둥 현관으로 갔다.

현관을 열자, 로질이 서 있었다.

"상당히 기다리게 만들어버렸군. 이쪽 준비가 끝났다. 언제든지 갈 수 있어."

그렇게 말하는 그에게.

"우리들은 언제든지 갈 수 있어."

린의 뒤에서 걸어온 뮤라가 응답했다.

"알았다. 그러면 당장 갈 수 있나?"

린도, 뮤라도 고개를 끄덕였다.

두 사람의 대답을 듣고서 등을 돌리려던 로질이 뭔가 깨달은 기색으로 금방 멈춰 섰다.

"음. 타이치는 어디에 갔지?"

방에는 린과 뮤라밖에 없고, 타이치는 보이지 않았다.

린은 로질 옆을 지나 밖으로 나가더니, 고개를 위로 들어 양손으로 메가폰을 만들었다.

"타이치! 가야 돼!"

그리고 그럭저럭 큰 소리로 외쳤다.

아무래도 위쪽에 있는 모양이다.

린의 행동을 보고 로질도 고개를 위로 들었다.

잠시 지나서.

"알았어~!"

멀리서 대답.

타이치가 나무 윗부분의 구름다리에서 나타났다.

그리고 그는 망설임 없이 그곳에서 뛰어내렸다.

물론 린도, 뮤라도, 그리고 로질도 놀라지는 않는다.

린과 뮤라가 보기에는 늘 있는 일. 로질도 저 높이에서 뛰어내리는 것은 가능하고, 하비 일행을 도와줬다고 했으니 상당한 실력자라는 것은 알고 있었다.

타이치는 중간에 속도를 늦추고, 마지막에는 가볍게 착지했다.

"미안하네. 기다렸지."

"기다리진 않았어. 위는 어땠지?"

"……말로는 표현 못하겠네. 마력이 없어도 열심히 올라갈 가치가 있다고 생각했어."

나무 위에 설치된 주거 공간은 창에서 전망 좋은 테라스로 이어졌다. 테라스에서 보이는 것은 나무와 나무를 잇는 무수한 구름다리.

이 마을에서만 볼 수 있는 광경이라고 해도 과언이 아니다. 그저 그것만으로도, 여기에 온 가치가 있다고 할 수 있다.

"그거 다행이군. 마을의 자랑 중 하나니까."

타이치의 과장 없는 찬사를 듣고, 로질은 만족스럽게 고개를 끄덕였다.

"너도 준비는 됐나? 두 사람은 갈 수 있다는군."

"그래, 괜찮아. 가자."

"그래. 그러면 따라와다오."

짧은 대화 다음에 로질이 걷기 시작했다.

그 뒤를 타이치, 린, 뮤라가 따라갔다.

멋대로 돌아다닐 수는 없기 때문에 창에서, 혹은 위에서만 볼 수 있었던 광경을, 타이치와 린은 고개를 돌려 보면서 걸었다.

다수의 엘프가 걷고 있었다. 아즈파이어와 웨네픽스는 물론이고 들렀던 제국의 도시에서도 이 정도로 엘프가 돌아다니는 걸 본 적은 없었다.

우물에서 물을 긷고 있는 엘프가 있고, 야채가 든 바구니를 등에 지고 걷는 엘프도 있었다.

장을 보거나 물물교환도 하고 있다.

문의 수선이나 오두막 건축을 하는 사람도 있었다.

그곳에는, 엘프들의 일상이 있었다.

삶 자체는 인간과 다를 바 없다.

그렇지만, 평소에는 거의 볼 수 없는 사람들의 모습이라면 눈을 떼지 못하는 법이다.

희한하게 보는 타이치와 린 또한, 흔히 볼 수 없는 인간이라서 희한한 시선을 받고 있으니 서로 마찬가지였다.

잠시 지나서, 타이치 일행은 한층 커다란 나무 앞에 도착했다.

안쪽에 있는 하늘을 찌를 법한 나무에는 미치지 못하지만, 눈앞의 나무도 어마어마한 크기였다.

마을 안의 나무 중에서는 제일 높은 것이었다. 측정할 수단은 없지만, 실제로 재어 보면 200미터라는 말도 안 되는 숫자에 놀라게 될 것이다.

"여기가 수장의 저택이다."

문 앞에서 돌아보고, 로질이 말했다.

역시 나무 안에 만들어진 집이다.

상식이 다르기 때문에 새삼 저택이라고 하자 아직 위화감은 씻어낼 수 없지만, 그것도 어쩔 수 없는 일이리라.

금방 마을에서 나가라고 하지 않는 한, 곧 익숙해질 것이다.

"그러면, 들어가자."

그렇게 말하고 다시 문 쪽을 돌아본 로질이 문 옆에 늘어진 끈을 콱, 가볍게 당겼다.

그러자, 문 안에서 달그락달그락. 방울이 울리는 소리가 들렸다.

아무래도 노커 대신인 모양이다.

"네. 누구신가요?"

그리고, 안에서 누군지 묻는 젊지만 차분한 여성의 목소리가 들렸다.

"방위대 부대장 로질이다. 수장에게 손님을 데리고 왔다.

로질이 대답했다.

이윽고 문이 열렸다.

"기다리고 있었습니다, 로질 나리. 거기 계신 세 분인가요?"

문 너머에서 젊은 여성 엘프가 나타났다.

그렇지만 그 차분한 태도가 겉모습과 커다란 갭을 주고 있었다.

또한, 몸놀림도 초보자가 아니었다.

힘 있는 자 특유의 몸 움직임이나 발놀림이었다.

"아아, 미네르바 공. 이쪽이 손님이야."

로질의 소개를 받고, 미네르바가 타이치 일행을 돌아보았다.

"이야기는 들었습니다. 먼 길을 지나서 엘프의 마을에 잘 오셨습니다."

예의 바르게 맞이해주는 인사를 한 미네르바.

린은 황송해 했지만 타이치와 뮤라는 보통이었다. 이렇게 공손하게 대해주는 건 지금까지 몇 번 경험했기 때문이다.

린이 황송해하는 건 그냥 그런 성격이다.

그것이 손해인지 이득인지는 경우에 따라 다르니까 타이치, 뮤라와 단순 비교는 못한다.

그건 그렇다 치고.

“그러면 부탁하지.”

“네, 수고하셨습니다. 로질 나리.”

경례를 하고서 물러가는 로질에게, 미네르바는 깊숙이 고개를 숙이고 타이치 일행에게는 간단히 인사를 했다. 가볍게 손을 들어 그것에 응답한 로질의 등을 네 사람이 배웅했다.

“그러면, 수장의 손님을 세워둘 수는 없죠. 안내를 할 테니 이리 오세요.”

로질이 물러간 다음, 시간을 낭비할 생각이 없다는 기색으로 미네르바가 타이치 일행을 이끌고 집 안을 걸었다.

예의는 전혀 잃지 않았다. 그러나 높은 신분에 대한 과도한 예의는 전혀 없었다.

그 조절이 숙련된 것이었다.

나무 안에 만들어진 저택의 중심으로 안쪽을 향해 걸어가기 때문인지 창도 없다. 딱히 불빛을 밝히는 촛대나 마도구 같은 것도 안 보이는데도 밝은 복도.

그 원리도 신경 쓰이지만, 지금은 그것을 물어볼 타이밍이 아니다.

몇 번인가 계단을 올라가, 도착한 것은 아마도 최상층인 듯하다. 아마도, 라고 한 것은 위로 이어지는 사다리도 천장도 뚫려 있는 구멍도 없기 때문이다. 숨겨진 통로가 있을지도 모르지만, 거기까지는 고려할 생각도 없었다.

몇 갠가 보인 문을 모두 지나친 복도의 막다른 곳. 지금까지 본 것보다도 한층 더 크고, 장식도 훌륭한 문이었다.

미네르바가 그 문 앞에 서서, 타이치 일행을 보았다.

"이곳에서, 수장이 여러분을 기다리고 있습니다."

그리고 또 다시 문 쪽으로 돌아서다니, 똑똑 노크를 했다.

"누구지?"

안에서 심지가 단단한 힘찬 목소리.

"손님을 데리고 왔습니다."

"미네르바로군. 안내해 드려."

"알겠습니다."

입실 허가가 나온 뒤 두 박자 정도 시간을 두고, 미네르바가 문을 열었다.

그곳은 수장의 집무실이리라. 안에는 고급스런 집무 책상. 그 바로 뒤에는 창이 있었는데, 아마도 마을을 한눈에 볼 수 있을 거라고 생각된다.

집무 책상 앞에는 한 가운데에 어엿한 테이블을 둘러싸는 것처럼 설치된 4인용 소파가 4개 있었다.

그 중에서 하나에는 하비, 미리야, 마두, 에이린.

그리고 또 하나에는 엘프 청년이 한 명. 아니, 청년이라고 해도 겉보기에만 그렇다.

두른 공기나 뿜어내는 분위기는 나이에 걸맞은 청년답지 않다.

그 청년 엘프가 일어서서 방에 들어온 타이치 일행을 맞이했다.

"잘 왔어. 내가 엘프 마을에서 수장을 맡고 있는 제스타 프라이지아 그륜이야."

"니시무라 타이치입니다."

"아즈마 린입니다."

"뮤라."

수장이 이름을 밝히자, 타이치 일행도 이름을 밝혔다.

제스타는 그렇군하고 고개를 끄덕였다.

"이번에 우리들의 동포가 대단히 신세를 졌다고 들었다. 이건 엘프 마을로서 은인에게 답례를 해야 할 일이지. 일단은, 그 이야기를 하고 싶군."

그렇게 말하고, 제스타는 타이치 일행에게 소파에 앉도록 권했다. 동시에, 하비 일행이 일어서서 착석 위치를 수장의 앞 쪽에서 그 대각선으로 이동했다.

아무래도 하비 일행은 그 일에 대한 것으로 이야기를 기다리고 있었던 모양이다.

혹은, 그것을 듣고서 수장이 스스로 그렇게 판단을 했거나.

어느 쪽이든, 이야기가 빠르게 진행되면 아무 문제없다.

권하는 대로, 타이치 일행은 그대로 소파에 앉았다.

타이치 일행이 앉는 것을 확인하고, 제스타도 다시 소파에 앉았다.

마주보는 타이치 일행과 수장.

입을 연 것은 제스타였다.

"엘프의 연령이 겉보기와 다르다는 것은 알고 있다고 들었다. 나도 예외가 아니지. 나는 겉보기에는 청년 그대로지만, 실제 나이는 대략 710세쯤 된다."

710세. 대략이라고 덧붙인 것은 정확하게 센 것이 아니기 때문이리라.

그것을 빼고서도 어마어마하게 긴 시간을 지냈다는 것은 틀림없다.

대략 80년으로 끝나는 보통 인간하고는 차원이 다르다.

그 80년도, 지구의 최첨단 의료가 있기 때문이고, 그렇지 않다면 더욱 인생은 짧다. 이 세계에서도 마찬가지로, 안정되게 오래 살 수 있는 것은 의료를 받을 수 있는 일부 부유층뿐이다. 일반 시민이 70년 80년을 살 수 있는 사람의 비율은 지구보다도 명백하게 낮았다.

현대인의 수명의 열 배, 이 세계의 평균 수명으로 보면 열몇 배 이상의 시간을 지냈다는 존재와 평범하게 말을 나눌 수 있다. 역시 이세계다.

"으~음, 나이를 듣지 않으면 실제로는 전혀 알 수가 없네……."

타이치는 팔짱을 끼고 등받이에 등을 기대며 중얼거렸다.

누군가에게 들려줄 셈이 없었던 목소리는 필연적으로 작았다. 실제로 제스타와 하비 일행에게는 안 들리고, 들은 것은 린과 뮤라뿐이었지만 그의 그 태도가 어떠한 감상을 품고서 중얼거렸는지를 대변하고 있었다.

"700년이나 살면 알맹이는 노쇠하지. 겉보기에는 젊은이, 두뇌는 늙은이야."

"그게 엘프에게는 당연한 거니까. 역시 인간하고는 다르지."

제스타가 말하자, 마두가 덧붙였다.

"새삼 이야기를 시작하려고 하는데 괜찮을까?"

제스타가 그렇게 말을 꺼내자, 타이치도 등을 곧게 펴고 이야기를 들을 태세를 갖추었다.

그 직후에 방의 입구에서 노크 소리가 들렸다.

"들어와라."

제스타가 응답하자, 「실례합니다」라고 말하면서 미네르바가 들어왔다.

왜건을 밀면서 들어온 그녀는 얌전하면서도 익숙한 동작으로 사람 수만큼의 컵에 차를 따르고, 각자 앞에 놓았다.

모두의 앞에 김이 피어오르는 차를 준비하더니, 그녀가 방을 나섰다.

오랜 세월 길러온 기술이라는 것을 엿볼 수 있었다. 왕국, 제국의 성에 있는 시녀에게도 손색이 없는, 오히려 웃돌지도 모르는 기술이었다.

대화를 하면서 마른 목을 축이는 차도 준비됐다.

제스타가 한 모금 마시고 입술을 축이더니 입을 열었다.

"그러면 미리야에게 이야기는 들었다. 그대들에게 엘프족의 비전 술식을 하나 증정하는 것을 보수로 삼는다고 했었지."

타이치는 미리야에게 시선을 보냈다.

그녀가 한 번 고개를 끄덕여 긍정했다.

그러면, 제스타가 말한 직후에 또 문을 노크하는 소리가 들렸다.

"……무슨 일이지?"

누군지 아는 것이리라. 제스타는 노크한 사람에게 누구인지 묻지 않고 용건을 물었다.

그렇지만 제스타의 물음에 대한 대답은 돌아오지 않았다.

"아, 기다려 주세요. 지금은 손님이 계셔서……."

"상관없을 거야. 안에 있는 건 나도 잘 아는 자들이다."

타이치 일행이 오랜만에 만나는 익숙한 인물의 목소리였다.

타이치 일행은 퍼뜩 그쪽으로 고개를 돌렸다.

"실례하지, 수장."

그 목소리와 함께, 허가를 얻기 전에 문이 열렸다.

"레미아 씨!"

세 사람의 목소리가 겹쳤다.

그렇다. 방 안으로 들어온 것은 타이치 일행의 스승인 레미아였다.

방에 들어서자, 그 자리에 있던 사람들을 선 채로 내려다보았다. 얼굴에는 사나운 웃음을 짓고 있었다.

그리고 타이치 일행을 보더니 훗, 웃었다.

"오랜만이구나, 너희들. 조금 못 봤을 뿐인데 몰라보겠는걸."

알 수 있는 걸까? 얘기도 안 했는데.

그것이 솔직한 감상이었다.

"알고말고, 표정을 보면 말이다. 한두 개 뭔가 뛰어넘고 자신이 붙은 거지?"

맞는 말이었다.

아즈파이어를 출발하여 여기에 오기까지, 자그마치 두 사건을 해결했다.

각각 만족스러운 결과를 냈으니, 자신이 붙은 것은 틀림없다.

"너희들은 나중에 천천히 이야기를 하지. 지금은 수장과 협상하는 게 먼저다."

레미아는 성큼성큼 걸어오더니, 유일하게 비어 있던 소파 한 가운데에 털썩 앉고서 다리를 꼬았다.

4인용 소파를 홀로 독점하고, 게다가 태도가 불손하지만, 신기하게도 레미아가 그러면 참 모양새가 난다.

다리를 꼰 김에 팔짱도 끼고, 레미아는 고개만 제스타에게 돌렸다.

"……협상, 이라고 할 정도는 아니다만."

"틀린 건 아니잖아? 술식 운운은 명분이야. 그런 사소한 일은 얼른 정리하고, 본론으로 들어가고 싶은데."

사납게 웃는 레미아에게 제스타는 쓴웃음을 짓고 한숨을 한 번 쉬었다.

"분명히 본론은 아니지. 그러나, 내 입장에서는 큰 은혜를 입은 상대에게 소홀히 할 수도 없는 일이야……. 그러면, 새삼 물어보지. 어떤 술식이 좋겠나?"

타이치 일행을, 보다 올바르게는 뮤라를 보고 제스타가 말했다.

엘프 특유의 술식. 어떤, 이라는 질문으로 상상할 수 있는 것이 이래저래 많으리라.

그렇지만.

"술식이 아니라도, 되는 걸까?"

반드시 그것을 가지고 싶은가 하면, 그렇지도 않다.

"허어. 무슨 뜻이지?"

약간 흥미로운 기색으로, 제스타가 물었다.

"글쎄……. 엘프족 비장의 술식이 희귀하다는 건 인식하고 있어. 그렇지만…… 예를 들어서, 우리가 엘프 마을에게, 빚 하나, 어떨까?"

"그렇군……."

훗. 웃는 뮤라에게 제스타는 턱을 쓰다듬었다.

그것은 공짜보다 비싼 것이 없다고 하며, 하비가 한 번 거절한 것이었다.

"떠넘기는 것도 분명히 안 좋군. 그걸로 좋다면 마을이 너희들에게 빚이 있다는 것을, 수장의 이름으로 선언하지."

어느 쪽이든 좋다고 한다.

그렇다면, 이야기는 거의 정리된 것이나 마찬가지다.

"알았어. 조금 생각할 시간을 줄 수 있을까? 술식을 받을

지, 빚으로 할지, 검토하겠어.”

“좋다. 이쪽으로서도 기껏 넘겨줄 거라면 후회가 없도록 하고 싶으니까.”

매끄럽게 이야기가 정리됐다.

엘프 비장의 술식을 건네려고 했을 때, 하비나 마두, 에이린이 놀란 것을 생각하면 상당히 매끄러웠다.

“전혀 주저가 없군. 즉단인걸.”

그렇게 생각한 것은 타이치 일행뿐이 아니었는지, 레미아가 물었다.

“마을 주민의 목숨을 구해준 답례니까. 무엇보다도 여기 있는 뮤라는 우리들과 동포지. 술식을 건네는 것에 아무런 문제도 없어.”

그리고 이러한 조건이기에 수장인 자신이 직접 이야기를 들은 거라고 제스타가 말했다.

“그렇군. 그러면 좋아.”

제스타가 좋다고 한다면 이견은 없다.

그걸로 설령 문제가 발생해도 해결하는 건 제스타의 역할이다.

“보수 이야기에 대해서는 일단 끝났다고 봐도 되겠지. 그러면 새삼 본론으로 들어갈까?”

타이치 일행에게, 그리고 수장에게, 전초전은 이걸로 끝이다.

레미아를 제외한 모두가 자세를 바로잡았다. 평소와 같은 레미아는 그야말로 이것이 레미아니까, 아무도 뭐라고 하지 않는다. 제스타가 한순간 탓하는 시선을 보냈지만, 어디서 바람이 부나, 하며 흘려버릴 뿐이다.

"……이 마을에 오기 전에, 무녀님에 대해서 에이린이 간단히 이야기를 했다고 들었다. 무녀님의 후보라는 이야기를 말이지."

이 이야기의 당사자는 뮤라. 그녀가 대표로 제스타에게 고개를 끄덕였다.

"그렇군. 그러면, 그 무녀님의 계승에 대한 이야기를 하도록 하지. 일단은……."

제스타가 그렇게 이야기를 하는 와중에.

"할아버님. 그건 간과할 수 없습니다."

철컥 힘차게 열리는 문.

그것과 동시에 들린 말이 제스타의 말을 가로막았다.

제스타의 허가는커녕 노크마저도 없이 들어온 것은 엘프 청년. 등 뒤에는 젊은 다크 엘프 여성을 거느리고 있었다.

그의 용모는 틀림없이 미남자라고 해도 되며, 빼어난 아름다움을 자랑하는 뮤라에게 뒤쳐지지 않았다.

그는 당당한 태도로 방 한 가운데까지 나아가 멈추더니 모두를 돌아보았다.

"……들어오라고 허가한 기억이 없다만, 아르비스."

방금 전까지 나누던 대화와 비교하면 두 단 정도 톤이 내려간 제스타의 말.

그것은 700년을 살아온 자만 발휘할 수 있는 장명종 특유의 압력.

그러나 그 정도 압력을 정면으로 받으며, 아르비스는 끄떡도 하지 않았다.

“무례는 사과하겠습니다. 그렇지만, 이 이야기를 이 멤버로 진행할 수는 없어요.”

의연하게 말하는 아르비스.

한 걸음도 물러서지 않는다. 표정에서, 태도에서, 그 언동에서.

모두 일관적으로 의지가 표현되고 있었다.

제스타가 다음 말을 하기 전에, 아르비스가 말을 이었다.

“할아버님. 이 이야기는 모든 엘프에 연관된 이야기입니다.”

“알고 있다. 일단은 내가, 수장으로서 개요를 설명할 뿐이다. 어디가 이상하지?”

“보통은 이상하지 않습니다. 그러나 지금은 마을이 갈라져 있어요. 이야기를 하는 것이 할아버님뿐이라면, 한쪽 파벌의 의견밖에 반영되지 않지 않습니까?”

빈틈없이 빠르게 말을 거듭하자, 제스타가 열었던 입을 다물었다.

이 자리에서는 불리하다는 것을 깨닫지 않을 수 없었다.

아르비스의 주장을 요약하면, 수장이 혼자 정하지 마라, 라고 말하는 것이다.

그것은 일관적이었다.

그리고, 이 이야기에서 아르비스의 주장은 제스타의 약점이었다.

자각이 있다 보니, 제스타는 이 이야기를 여기서 완결시키지 못한 것을 후회했다.

자기 혼자서 이 이야기를 끝내고 싶었다. 모두가 찬동할 리가 없다. 누구나 인간에게 우호적인 것은 아닌 것이다.

딱히 인간에게 눈에 띄는 해를 입은 적은 없다. 아니, 애당초 인간에 대한 격의 따위도 없었다.

그러나 폐쇄된 공간에서 오랜 시간을 보내면, 사상이 기울어지는 것을 제스타는 잘 알고 있었다. 그리고, 이 엘프 마을이 있는 섬에서 나가는 엘프는 대단히 소수파인 것이다.

“아까부터, 부르지도 않았는데 나타나서 상당히 제멋대로 말을 하는군.”

타이치 일행을, 보다 정확하게는 당사자인 뮤라를 방치하고 자기들끼리 신이 나서 이야기하는 수장과 아르비스. 아니, 이 자리는 아르비스가 시비를 걸었다는 게 정확하다.

그 참견에, 방해를 받은 아르비스가 기분 상한 기색으로 레미아를 보았다. 시선에 「닥쳐」라는 감정을 담아서 보지만, 돌아온 것은 사나운 웃음이었다.

“수장의 손님이 있는 방에 양해도 없이 쳐들어와서 할 일인가? 엘프의 중역은 참 잘나신 분이군.”

레미아의 도발도 꽤 알기 쉬웠다. 무심코 흥분하려다가 그런 자신을 깨닫고 찬물 끼얹은 것처럼 퍼뜩 정신을 차리는 아르비스.

레미아의 취급에 주의가 필요하다는 인식은 가지고 있었다. 그렇지만 하프 엘프라는, 엘프족의 규율에 따르지 않는 자에 대한 격의는 미처 버리지 못했다. 무의식중에 깔보는 마음이 있었던 것이다.

그것이 표정에 나온 것을 깨달았으리라. 그리고, 어째서 레미아의 취급에 주의해야 하는지를 이제 와서 떠올렸다.

문득 곁눈질로 타이치 일행을 보는 아르비스. 세 사람은 딱히 기분이 상한 것처럼 보이지는 않았다. 다만, 그 눈에는 기가 막힌단 감정이 떠올라 있었다. 최악은 피했다. 그렇지만 이건 그가 바라는 바가 아니었다.

"……실례했다. 분명히 내 행동은 적절하지 않았어."

개인적인 감정을 모두 억누르고, 아르비스는 그 자리에서 예의 바르게 고개를 숙였다.

저질러 버린 것은 돌이킬 수 없다. 여기서 타이치 일행에게 악감정을 주는 것은 뜻하는 바가 아니었다. 완전히 불식하지 못하더라도, 어느 정도 추스를 필요가 있었다.

"조금 감정적으로 행동했군. 수장에 대한 주장은 틀렸다고 생각하지 않는다. 그러나, 그 주장을 하기에는 부적절한 자리였다. 사과하도록 하지."

그렇게 말하는 아르비스 뒤에서 대기하던 다릴은, 아르비스가 고개를 숙이는 것이 불만스러운 기색이었지만, 그것을 전혀 얼굴이나 태도에 드러내지 않는 분별력이 있었다.

"그럼 그럼, 여기까지 하자~. 이제부터 이 자리는 내가 맡을게~."

짝짝 손뼉을 치는 소리가 났다.

그 자리에 있는 누군가가 아니었다.

아무도 손뼉 따위 치지 않았으니까.

목소리가 들린 곳은 수장의 방 안에 있는 문 너머였다.

그 문은 사용인의 대기실로 통하는 방이다.

여성 한 명이 나타났다.

발목까지 뻗은 긴 플라티나 블론드가, 그 걸음에 맞춰 찰랑 찰랑 흔들렸다.

대단히 단정한 얼굴에, 상냥한 기색의 웃음이 떠올라 있었다.

"무녀님?!"

미리야와 마두, 그리고 에이린이 크게 놀라 소리쳤다.

소리를 안 낸 수장이나 다릴도, 눈이 동그래졌다.

"내 이름은 야뮬이라고 해. 세 분, 이번에 마을의 동포를 구해줘서 정말로 고마워요~."

얌전한 동작으로 타이치 일행을 향해서 고개를 숙이는 야뮬.

"기, 기다려 주세요, 무녀님."

아르비스 또한 당황했는지, 야뮬의 등장에 퍼뜩 정신 차리고 말했다.

이대로 그녀에게 맡겨 버리면, 아르비스는 그저 후퇴하는 수밖에 없어진다. 더 이상 이야기는 할 수 없지만, 하다못해 다음으로 이어갈 수 있는, 예를 들자면 이야기를 할 수 있는 자리를 마련하는 그런 성과를 내고 싶었다.

그렇지만 그것은 바라기 어려울 거라고, 냉정한 또 한 명의 자신이 쓴웃음을 짓는 것을 아르비스는 깨닫고 있었다.

"아르의 마음도 이해하지만~, 일단 나랑 이야기를 하게 해

주지 않을래~? 기껏, 딸이랑 재회했으니까~."

딸.

딸이라고 했다.

누가?

그 대답은, 말한 야뮬 자신이 했다.

"그치? 뮤라쨩?"

"에……?"

이름을 불리자, 뮤라 또한 눈이 동그래졌다.

타이치와 린도 놀랐지만, 뮤라의 경악은 당연히 두 사람보다도 컸다.

◇◆◇◆◇◆◇◆

"괜찮으신 건가요?"

밖으로 가는 복도. 수장의 집무실에서 상당히 떨어진 참에 등 뒤에서 묻자, 아르비스는 걷는 속도를 조금 낮췄다.

"뭐가 말이지?"

"그대로 자리에서 물러나신 것 말입니다. 수장에게 못을 박은 것 말고는 성과가 없었습니다만."

"확실하게 말하는군."

뒤를 돌아보지 않고, 아르비스는 쓴웃음을 지었다.

"가족의 재회를 방해할 수는 없지 않나?"

"그것은 그렇습니다."

서로가 그것이 못난 짓이라는 것은 알고 있었다.

"따님과 만나는 것은, 갓난아기 때에 마을을 떠난 이후 처음이시죠."

"그래. 서로 건강하게 재회를 한 것은 무척 좋은 일이다."

"맞는 말씀입니다."

"기회는 또 만들면 되지. 무녀님의 그 표정을 보고도, 그 자리엔 있을 수 없어."

"그렇군요. 주제넘은 짓을 했습니다."

"상관없다."

아르비스의 말은 진심이었다.

무녀인 야뮬을 진심으로 공경하는 감정이 목소리에서 묻어나왔다.

그렇지만.

그것에 동조하는 다릴은 달랐다.

아르비스는 돌아보지 않고 나아갔다.

그래서, 다릴의 표정을 보지 못했다.

이것이 행운인지 불행인지.

아니, 이때 아르비스는 돌아보았으면 좋았을 것이다.

그랬다면, 깨달을 가능성도 있었다.

다릴이 어두운 웃음을 짓고 있다는 것을.

그녀의 귓가에는, 벌레의 날개 소리 같은 것이, 계속 울리고 있었다.

제49화 무녀와 세계수

아르비스와 다릴이 그 자리를 떠난 직후.

"어, 에? 딸?"

무엇을 감추랴. 그 자리에서 가장 놀란 것은, 딸이라고 불린 뮤라 본인이었다.

가족 따위 없다고 생각했다.

자신이 태어났으니까, 아버지와 어머니에 해당하는 존재가 있다는 건 알고 있었다. 그렇지만, 만날 일은 없다고 생각했다.

그런데, 눈앞에 나타난 어머니라고 하는 여성.

대체 무슨 농담일까?

수장을 보았다.

그가 야뮬을 보는 눈에서, 약간 기가 막힌 감정이 읽혔다. 그렇지만 태반을 점하는 것은 상냥하게 지켜보는 눈.

농담이 아닌 모양이다.

레미아를 보았다.

그녀는 희미한 미소를 지은 채, 천천히 고개를 끄덕였다.

역시, 농담이 아닌 모양이다.

"그래. 너의 엄마랍니다~."

부드러운 미소를 지은 채, 야뮬은 서서히 뮤라를 포근하게 끌어안았다.

"건강해 보여서 다행이야~. 이렇게 자라다니, 건강하게 잘 자랐구나아."

그리운 냄새라고, 뮤라는 맥락도 없이 생각했다.

아아, 이 사람이 부모다, 라고 생물의 본능적인 부분으로 즉시 이해한 것이다.

그리고 그것은 뮤라에게는 완전한 기습이었다.

처리불가능.

적절한 리액션을 모르겠다.

그 결과로 굳어버리는 수밖에 없었다.

태어난 뒤로 계속 떨어져 있었다지만 과연 어머니라고 해야 할까?

그런 뮤라의 당황을 예민하게 느낀 야뮬은, 지금은 때가 아니라고 생각하여 포옹을 살며시 풀었다.

"미안, 뮤라. 엄마가 너무 기뻐서. 놀랐지?"

반응을 하지 않았다. 아니 하지 못하는 뮤라에게, 야뮬이 말하고 떨어지더니 제스타 옆에 앉았다.

"무리도 아니야. 뮤라는 어머니 얼굴을 모르니까."

레미아는 쓴웃음을 지었다.

"그렇네에. 그만, 마음이 앞서나가 버렸어~."

볼에 손을 대고, 난처한 표정으로 웃으며 야뮬이 응답했다.

그 웃음은, 제어가 불가능했던 자신의 행동에 대한 것이었다.

"그것도 무리가 아닙니다. 피를 나눈 딸과 재회한 거니까요.

저도 수장이기 이전에 한 명의 아비로서 무녀님의 마음은 잘 이해가 갑니다.”

“그렇게 말해주면 참 기쁘지~.”

야뮬은 그렇게 말하더니, 마음을 가다듬으며 고쳐 앉았다.

그 표정은 여전히 부드러웠다.

그러나, 두른 분위기가 훌쩍 바뀌었다.

말로 표현하자면 고요함, 이라고 할까?

겨울 아침처럼 맑은 공기가 집무실에 떠돌았다.

그 갑작스런 변화에 타이치와 린, 그리고 뮤라는 당황했다.

이것이, 엘프 마을의 무녀.

“그러면, 조금 흐트러져 버렸지만, 마음을 가다듬고 이야기를 해도 될까?”

물어본 다음 시작되는 대화.

늘어지던 말꼬리도 숨겨지고, 엄숙한 것으로 바뀌었다.

방금 전까지가 그녀의 본바탕.

그리고 지금은, 무녀로서의 야뮬인 것이리라.

해도 될까? 라고 묻는다. 그것에 안 된다고 말해도 싫은 표정 한 번 짓지 않고 받아들여줄 것이다. 그건 틀림없다. 그런 확신을 누구나 품었다.

그렇지만, 실제로 말할 수 있는지는 다른 문제였다.

“이번에, 저는 무녀로서 신탁을 받았습니다. 제 딸 뮤라가, 차기 무녀에 걸맞은 힘을 얻고 있다는 신탁입니다. 따라서 그 의지를 확인하고자, 또한 현재 딸의 친구이자 동료인 여러분에게도 왕림을 바란 바입니다."

야뮬은 타이치, 린, 뮤라를 순서대로 보더니, 부드럽게 웃었다.

"이 자리에서 금방 대답을 낼 필요는 없어요. 그리고, 이것을 거절하는 것도 가능하다는 사실부터 우선 말해두겠습니다. 그걸 고려해서, 제 이야기를 듣고서 정해주면 좋겠다고 생각합니다."

거절해도 돼?

거절해도 되는구나.

타이치는 그렇게 생각하지 않을 수 없었다.

당대의 무녀인 야뮬. 그리고 차기 무녀 후보인 뮤라. 무녀의 친딸이라는, 뮤라가 후계자 후보가 되기에 더할 나위 없는 재료가 있다. 또한 신탁으로 선택될 정도니까 뮤라를 대신할 후보는 없는 것이 아닐까?

그런 감정을 품은 것은 타이치뿐이 아니었다. 린도, 그리고 당사자인 뮤라도 마찬가지였다.

당사자의 의사 따위 관계없이 말대꾸도 못하고 받아들이는 것이 결정되어 있다.

그런 전개도 상상하고 있었다.

뮤라가 그것을 받아들인다면 모를까, 받아들일 생각이 없는데 강제한다면, 뮤라의 마음을 존중하기 위해서 최대한 저항할 마음가짐을 갖고 있었다.

그런데, 뚜껑을 열어보니 받아들일지 말지 본인의 의사에 맡기고 있었다.

처음부터 헛손질을 해서 맥이 빠져버린 기분이었다.

이렇게 난처한 경우도 거의 없다.

이번에는 뮤라의 인생을 좌우하는 일이기 때문에, 필요 이상으로 힘을 주고 있던 결과였다.

"허어? 거절해도 되는 건가? 다음 대를 정하지 않으면 난처하지 않나?"

의문을 느끼지만 사고가 따라가지 못하는 타이치 일행의 마음을 대변한 것은 레미아였다.

역시, 이런 자리에서는 대단히 듬직하다.

전투력은 넘어섰어도, 세상살이는 그것만으로는 안 되는 법.

이럴 때 타이치도 린도, 그리고 뮤라도 아직 어린애였다.

그렇기에, 레미아의 말을 들은 야뮬이 순간적으로 움직임을 멈춘 것을 깨닫지 못했다. 깨달은 것은 움직임을 멈춰버린 야뮬 자신과, 그것을 보고 있던 레미아 본인뿐이다.

그렇지만 야뮬은 그것을 전혀 드러내지 않고, 레미아도 전혀 지적하지 않았기 때문에 아무 일도 없었던 것처럼 이야기를 이었다.

"네. 그 이유에 대해서는 나중에 말하죠. 우선은, 제 이야기를 들어줄 수 있을까요? 아무것도 모르는 상태로는, 좋은지 나쁜지 판단도 못할 테니까요."

"그건 분명히 그렇군."

야뮬의 말은 지당했다.

무엇을 하는지도 모르고 그저 하라고만 해도 불가능하다.

레미아의 동의를 얻은 야뮬은 헛기침을 한 번 하고 이야기를 시작했다.

"이 마을 안쪽에 있는, 하늘을 찌르는 듯한 나무는 혹시 보셨나요?"

못 봤을 리가 없다.

그렇게 큰 나무니까.

반응이 없다는 것을 긍정으로 받아들이고, 야뮬이 고개를 끄덕였다.

"그 나무는, 세계수 유그드라실입니다. 이 세계에 문명이 발생한 오랜 옛날부터 그 땅에 뿌리를 내리고 있다고 해요. 자세한 기원은 알 수 없어요. 그 정도로 오랜 세월이 지났다고 생각해 주세요."

그럴 법도 한 이야기였다.

그렇게 커다란 나무다. 인간은 물론이고, 어쩌면 엘프조차도 상상도 못할 정도의 터무니없는 시간이 지난 것을 상상하는 것도 어렵지 않다.

"단적으로 말씀 드리면, 우리들 엘프는 세계수를 지키는 것이 존재의의인 종족입니다."

그래서 외딴 섬에 틀어박혀, 몇 겹으로 겹친 결계로 둘러싸 격리하고 있는 건가?

그 이유도 납득했다.

"현존하는 가장 오래된 기억과 이어지는 전승으로는, 세계수가 있는 숲의 은혜로 구원 받은 은혜를 갚기 위해서, 세계수를 수호하게 되었다고 합니다."

그렇게 말하는 야뮬 옆에서, 제스타가 고개를 끄덕끄덕 움직였다.

"그것이 언제부터인지, 정확하게는 알지 못합니다. 그저 그때부터, 우리들이 걸어가야 할 길을 세계수가 보여주게 됐습니다. 세계수의 뜻으로는, 수호에 대한 답례라고. 그것은 엘프들 가운데 한정된 자만 받을 수가 있었습니다. 언제부턴가 그것을 신탁이라고 부르며, 그것을 받는 자는 무녀로 불리게 됐어요."

야뮬은 한 번 이야기를 멈추고, 모두의 얼굴을 보았다. 따라오지 못하는 자가 없다는 것을 확인하고 다음 이야기를 재개했다.

"무녀란, 세계수의 말을 듣고서 신탁을 받기 위해 존재합니다."

"세계수의 말을 듣는다……."

자신의 말을 곱씹은 린에게, 야뮬이 고개를 한 번 끄덕였다.

"그래요. 그리고 그것은, 당연하지만 보통 사람이 대신하기 어려운 자질이 필요합니다."

그것도 그럴 것이다.

아무나 된다면, 무녀니 뭐니 특별히 생각하거나 후계자가 필요하다는 사태가 일어나지 않을 것이다.

"자질이라…… 흠, 그것은."

레미아가 턱에 손을 대고서, 뭔가 짚이는 구석이 있는 것처럼 중얼거렸다.

"그 상상은 틀리지 않을 거예요. 무녀가 되기 위해 필요한 자질은 오로지 하나. 자신의 마력을, 다른 것에 통하게 하는 부여 마술입니다."

"부여 마술……."

타이치도 린도 그리고 뮤라도, 같은 것을 떠올렸다.

그렇다, 마술검이다.

그리고, 거기서 한 가지 의문이 떠오른다.

"마술검은, 특별한 것……?"

뮤라는 고개를 갸웃거렸다.

과거에 싸운 미겔이라는 기사. 지금도 재수 없다고 단언할 수 있는 남자였지만, 그의 실력은 손에 꼽히는 거라고 인정하고 있었다. 어쨌든 사력을 다한 끝에 종잇장 차이로 승리한 상대니까.

미겔을 상대로 고전한 원인은, 같은 마술검을 사용하는 상대였기 때문이다.

적어도 뮤라는 그렇게 생각했다.

"저기, 뮤라? 전에 싸운 기사 미겔도, 마술검을 쓰지 않았어?"

린이 옆에 앉은 뮤라에게 물었다. 아무래도 그녀도 기억하는 모양이다.

걸리는 부분을 질문하자, 뮤라가 그대로 고개를 끄덕였다.

"그렇군요. 그렇지만…… 아마도, 뮤라가 사용하는 마술검과 그 자가 사용하는 기술은 다를 거예요."

야뮬은, 미겔의 기술을 마술검이라고 하지 않았다. 뮤라의 기술은 마술검이라고 했는데.

"허어. 보지도 않았는데 단언할 수 있는 건가?"

레미아의 말은 약간 도발 같았다.

그러나 야뮬은 그 도발에 전혀 동요하지 않았다.

"네, 단언할 수 있어요. 왜냐하면, 부여 마술은 엘프 중에서 무녀의 자질을 가진 자만 다룰 수 있으니까요. 아마도 그 미겔이라는 자는, 자신의 마술을 제어해서 무기 바깥쪽에 둘러 위력을 올리고 있었겠죠."

그에 비해서 뮤라의 마술검은, 마술로서 구축한 마력을 무기에 주입해서 발동하는 것.

근본적으로 다르다고 야뮬이 말했다.

타이치는 뮤라를 보았다. 야뮬이 말한 그대로의 방법이라고 수긍했다.

"무기에 두르는 것이 가능한 기량. 그 미겔이라는 자도 상당한 단련을 쌓았겠죠. 그 난이도를 생각하면 아낌없는 찬사를 보낼 수 있겠지만, 부여 마술은 아닙니다."

추측이긴 하지만, 그녀의 어조가 단언이라는 것, 그 의연한 태도가 설득력을 주었다.

"더욱이 말하자면, 부여 마술에 대한 지식은 세계수 유그드라실이 하사한 것. 설령 제 지식이 틀린 것이라면, 세계수 유그드라실이 틀렸다는 것과 다름없어요."

다시 말해서 멀고도 먼, 보통 인간이 보기에는 그야말로 영원에 가까운 세월을 지낸 세계수가 내린 지식을 가져야 할 필요가 있다는 것이다.

세계수의 수령이 어느 정도인지 타이치 일행은 판단할 수 없지만, 신탁을 받는다는 것에서 의사가 있다는 걸 알 수 있었다.

어느 정도의 지식을 가졌고, 시대가 바뀌는 것을 보았을까?

지금 이 세계에 생을 받은 온갖 생명 모두를 합쳐도, 대항할 수 없을 게 틀림없다.

"무녀가 하는 일은, 세계수 유그드라실에게 자신의 마력을 주입하여 마력을 통해 대화를 하는 것입니다. 다시 말해서, 부여 마술이 없으면 불가능해요."

그렇기에, 뮤라에게 소식이 날아온 것이다.

"무녀가 되려면 세계수 유그드라실에게 인정 받을 필요가 있습니다만…… 제 딸인 뮤라를 고른 것은 다름 아닌 유그드라실. 다시 말해서……."

"이제는, 그녀 자신의 의사에 달렸다는 것입니다."

그리고, 모두의 시선이 뮤라에게 모였다.

그녀는 한 번 눈을 감았다.

"……무슨 이야기인지는 알았어. 그렇지만, 지금 여기서 정하지 않아도 되는 거지?"

엄마, 라고 부르지 않는 것에 유감스러운 기색이지만, 그것은 불과 한순간의 일. 레미아와 제스타도 포함하여, 다른 사람은 깨닫지 못할 수준이었다.

"그것은 물론이죠. 방금 말씀 드린 것은 틀림이 없어요."

"그래…… 조금, 생각할 시간을 주면 좋겠어."

"알았어요. 천천히 생각해도 괜찮답니다."

딸에게도 정중한 말투. 무녀로서의 그녀는 철저하게 공사를 구분하는 모양이다. 그 정도가 아니면 무녀라는 책무는 맡을 수 없는 것일지도 모른다.

그런 두 사람의 대화를 듣고 있던 타이치는, 이야기가 일단락된 것을 보고 야뮬을 보았다.

"질문을 하고 싶은데 괜찮을까요?

"네, 대답할 수 없는 것도 있지만, 그것만 아니라면 뭐든지 대답하겠어요."

허가를 받고, 계속 의문스럽게 생각한 것을 물어보기로 했다.

"우리들을 찾으러 온 하비 일행은, 우리들에 대해서도, 뮤라에 대해서도 몰랐어요. 알려주지 않은 이유는 뭐죠?"

신탁을 받은 야뮬이라면, 찾는 상대가 누구인지 모를 리 없었다.

그럼에도, 하비 일행은 로켓 하나를 의지하고 있었다.

확실성이 없었다. 딸을 찾는 거니까 정확한 정보를 줬어야 하지 않을까?

타이치의 물음에 야뮬의 대답은.

"그건, 뮤라가 제 딸이기 때문이죠."

라고 했다.

"딸이니까?"

"네. 저는 좋게든 나쁘게든 이 마을에서 특별한 존재. 그

딸이라면, 그들이 품지 않아도 되는 감정을 품을 가능성이 있었어요. 편견 없는 상태로 있어주길 바랐죠. 그래서 전달하지 않았다는 것이 이유입니다."

일부러 알려주지 않았다.

그렇군.

이해가 가는 이야기였다.

상대가 특별하다는 걸 알아 버리면, 과도한 긴장 상태가 되거나 괜히 거북해할 가능성이 나오는 일도 있을 수 있다.

그 판단이 옳았는지 따질 셈은 없었다. 이유가 있을 거라 생각했고, 실제로 있었다는 것을 확인했으니 목적이 달성됐다.

대답을 듣고서, 타이치의 의식은 두 번째 질문으로 옮겨졌다.

"거절해도 된다고 했는데요, 그건 왜죠? 이야기를 들어보니 이을 수 있는 건 뮤라밖에 없는 것 같은데, 거절하면 난처하지 않아요?"

그렇다. 그것은 이 이야기가 시작되고 가장 먼저 떠오른 의문.

그리고, 나중에 설명한다고 해서 일단 옆으로 제쳐둔 화제였다.

타이치의 시선은 야뮬을 보고 있었다.

그 시선을 받은 야뮬은 옆을 보았다. 배턴을 받은 제스타가 고개를 끄덕였다.

"그래. 그 질문은 지당한 것이지."

차기 무녀에 연관된 이야기.

시대의 마디라고 해도 거창하지 않다. 적어도, 사정을 남김

없이 파악하고 있는 제스타에게는.

"그 이유를 이야기하기 전에, 엘프라는 종족에 대해 설명하지. 그대들에게도 어느 정도 지식은 있는 것 같지만, 내정, 실정까지는 알지 못할 테니까."

그것이, 거절해도 되는 이유를 이야기하는 전제인 것이리라.

그의 말처럼, 알고 있는 것은 어디까지나 일반적인 지식이다.

그 지식도 이 세계의 수준으로 보면 극히 일부의 사람들만 접할 수 있는 것이지만, 아무리 그래도 현재의 정세까지 아는 것은 아니다.

창작물 안이 아니라, 실제로 이 땅에서 살고 있는 것이다. 지식은 어디까지나 바탕에 지나지 않는다.

"우리들 엘프는 대단히 장수하며, 또한 외딴 섬에 살고 있는 것만 봐도 알 수 있는 것처럼, 폐쇄적이고 좁은 세계에서 살아가는 종족이다."

타이치와 린을 보고 고하는 말에, 두 사람은 고개를 끄덕였다.

뮤라와 레미아에 대해서는, 엘프의 피를 잇고 있기 때문인지 타이치 일행 이상으로 아는 건 틀림없기 때문이다.

"우리들은, 걸어온 역사 속에서 종족의 규율을 제일로 여기며 살아왔다. 인간으로 따지면, 각각의 나라에 존재하는 법률 같은 것이라고 생각하면 된다."

입술을 축이려고, 제스타는 차를 한 모금 마셨다.

"현재 상황을 간단히 말하자면, 마을이 둘로 갈라져 있다. 하나는 규율에만 얽매여서는 안 된다는 파벌. 또 하나는 예전처럼 규율을 소중히 여기는 파벌. 나는 전자를 혁신파, 후자를 전통주의파로 부르고 있지."

"갈라진 건가요?"

린이 고개를 갸웃거리자, 제스타가 고개를 끄덕였다.

"대립하는 결과가 된 원인은 물론 존재한다."

그건 그렇다. 아니 땐 굴뚝에 연기가 나진 않는다.

"100년쯤 정도 옛날이었지. 언젠가 세계에 위기가 찾아온다고, 무녀님이 세계수 유그드라실에게서 신탁을 받은 것이다."

"세계의 위기……."

"그건, 정말인가요?"

린이 그 말을 반복하고, 타이치가 진위를 물었다.

그에 대해 제스타는 고개를 좌우로 흔들었다.

"세계수 유그드라실의 신탁이다. 틀렸다고 생각할 수는 없지. 그렇지만, 언제 일어나는지는 알려주지 않았다. 따라서 좀처럼 위기감을 가지기 어렵다는 것이 솔직한 실정이야."

이해 못할 이야기는 아니었다.

예를 들어 그것이 1주일 뒤에 확실하게 일어나는 일이라면, 사람들의 위기감이 더할 나위 없이 높아졌을 것이다.

그렇지만 언제 올지 알 수가 없다면, 위기감이 희박해져 버리는 것도 무리가 아니었다.

타이치도 실감이 난다.

지구에 살던 시절에는, 수십 년 안에 거대 지진이 일어난다고 예상하고 있었다. 그렇게 보도하는 방송이 있었다.

그 파괴력은 역사 수업에서 배울 법한, 극심한 피해를 가져오는 과거의 지진에 뒤지지 않는다고 했다.

발생할 확률이 상당히 높은 것은 틀림없지만, 아무래도 그 예상 기간이 너무 길다.

수십 년 안이라고 해도, 좀처럼 실감하기가 어려웠다.

이번 신탁을 받은 엘프들의 반응은 대지진 예측을 알게 된 현대인과 다를 바 없으리라.

“그것은 일단 제쳐두지. 이미 말했지만, 세계수 유그드라실의 신탁 자체는, 우리들은 조금도 의심하지 않는다. 그것을 통해 실제로 몇 번이나 마을의 위급함을 넘겨왔으니까, 무녀가 필요불가결하다는 것은 사실이다. 문제가 되는 것은, 그것에 대한 가치관의 차이다.”

“……가치관의 차이로군.”

“그래. 무녀라는 중책을 하나의 혈통만 잇는 것을 의문스럽게 생각하는 목소리는 옛날부터 간간이 나오던 소리였다. 그렇지만, 문제 제기까지는 이르지 않고 끝났다. 그런데 마을뿐 아니라 세계의 위기라는 미증유의 규모로 신탁을 받게 되자, 대립하는 구도가 단번에 표면화됐다.”

제스타가 씁쓸한 것을 곱씹는 것처럼 보이는 것은, 분명히 잘못 본 게 아니다.

“신탁의 은혜를 엘프의 마을 전체가 향유하는 것인 이상, 무녀의 입장은 평등해야 하며 하나의 혈맥만 그 책무를 지게 하는 것은 공평성이 없다. 그리고, 하고 싶지도 않은 자에게 억지로 시켜야 할 역할이 아니다. 부여 마술에 대해서는, 혈통이라고 생각하고 있는 것뿐이지 다른 엘프가 익힐 수 있는지 없는지는 시험도 해보지 않았다. 가능성이 있는 자에게 수행을 시켜서, 혈맥이 아닌 자라도 이을 수 없는지 모색해봐야 한다고 주장하는 것이 혁신파다."

한편, 제스타가 말을 이었다.

"신탁은 엘프 마을의 앞날을 좌우하는 것이니 확실성이 중요하다. 무녀는 확실성이 담보된 혈통으로 지금까지와 같이 이어져 가야 한다. 만약 그것에 실패하고 또한 후계자의 희망을 받아주는 것을 인정할 경우, 후계자가 잇지 않는다고 하면 차기 무녀가 끊어진다. 그 경우, 위기를 알려주는 신탁을 누가 받을 것인가? 대리 따위 세울 수 없는 이상, 언제 싹이 나올지도 모르는 것에 도박을 하는 건 위험하다고 주장하는 것이 전통주의파다."

"……."

양쪽 주장 모두 옳다.

그렇다. 이야기를 들어본 한, 어느 쪽이 틀렸다고 생각할 수 없었다.

그렇기에, 어렵다.

타이치와 린도, 이 문제가 얼마나 뿌리가 깊은지 깨달았다.

"그래. 그대들이 생각하는 그대로, 이 문제는 대단히 귀찮은 상태다. 양쪽 모두 엘프라는 종족을 소중하게, 긍지로 생각하기에 의견 대립이 생겼다. 간단히 수습될 수 없지."

후우. 한숨을 쉬었다.

생각지 못하게 흘러나온 그것이 제스타의 고뇌를 드러내는 것 같았다.

"흥. 과거에 붙들려 시대의 흐름에서 눈길을 돌린 낡아빠진 놈들, 전통을 소홀히 하는 불신자이자 무녀를 이용해서 영향력을 강화하려는 야심가, 라고 서로를 매도하고 있다는 건가?"

이야기를 듣고 있던 레미아가, 문득 중얼거렸다. 그 말에 주어가 일절 없었지만, 어느 쪽 발언을 상정한 건지는 생각하지도 않고 알 수 있었다.

"마치 본 것처럼 말하는군. 맞다."

씁쓸함을 유지하며 웃는 제스타에게,

"어차피 가는 말 오는 말이 곱지 못한 거겠지, 말한 쪽도 물러설 수가 없는 종류로 말이다."

그리고 야뮬도 쓴웃음을 짓지 않을 수 없었다.

"처음에는, 그저 의견이 다르다라는 것뿐이었어요. 그걸로 해결할 수 있었다면 여기까지 꼬이지는 않았죠. 어쨌든, 둘 다 엘프 족을 위하려는 생각으로 의견을 낸 거니까요."

제스타의 이야기를 이어 받은 야뮬이 희미하게 고개를 숙이며 고개를 좌우로 흔들었다.

"그렇지만, 유감스럽게도 해결하지 못하고 있어요. 원인은 사소한 일. 의논을 나누면서 그만 뜨거워져 버린 거겠죠. 규율 따위 아무래도 좋지 않나? 너야말로 엘프의 미래를 막을 셈이냐. 말씀하신 그대로 가는 말에 오는 말로 시작됐습니다.

말한 당사자들끼리는 이미 물러설 수가 없게 됐죠. 그리고 그것에 동조하는 자도 나타나 버려서, 집단 대 집단의 말다툼으로 발전했어요."

"말다툼이라고 상냥하게 말씀해주시는군요. 그건 이미, 싸움이었습니다. 그것도 보고 있자니 부끄러워지는 종류입니다."

제스타의 의견은 신랄했다. 야뮬은 그 말을 부정하지 않았다. 그렇게 생각해도 어쩔 수 없다는 것일까?

"당신은 막으려고 했었죠."

"그래서는 건설적인 이야기 따위 못합니다. 엘프족의 미래를 생각하는 자리였습니다. 불씨를 만들기 위한 자리가 아니죠."

그저…… 막을 수 없었다.

제스타는 그렇게 말하고 눈을 감았다.

결과적으로 불씨는 주위를 어마어마한 기세로 집어삼켰다. 그리고, 마을이 둘로 갈라지는 사태가 일어나기까지, 제스타의 감각으로는 순식간이었다.

"그렇게, 지금, 마을은 둘로 갈라졌다."

"……수습하기는커녕, 계속되고 있었다니. 수명이 길다 보니 성미도 길어지는 게 옥의 티로군."

어느 정도 사정을 알고 있었던 것으로 보이는 레미아가 이야기를 듣고서 불평했다.

"거기 있는 하비 일행은, 혁신파다. 미네르바나 로질은 혁신파지만 굳이 따지자면 중립에 가까운 위치로군. 알고 있을 거라 생각하지만, 아까 왔던 아르비스는 전통주의파, 그 필두에 가까운 위치에 있는 자다."

"분명히, 규율을 중시하는 것 같은 발언을 했었죠."

아르비스의 언동을 떠올리며 린이 말했다.

그의 생각의 뿌리는, 지금 이야기를 들어보면 전통주의파였기 때문이리라.

그리고, 그의 주장은 뮤라가 뒤를 이어야 한다는 것이다.

이번에는 야뮬이 난입하여 그것을 말하지 않고 이 자리에서 물러갔지만, 사실은 그 이야기를 하러 왔을 것이다.

"나는 이 마을을 다스리는 몸이다. 본래는 중립으로 있어야 하는 입장이지. 그러나 역할과 사상을 양립시키는 것이 그리 간단하지는 않더군. 회의 따위에서는 기울어지지 않도록 하느라 고생을 하고 있어."

제스타는 자신이 미숙하다는 것처럼 말하지만, 실제로 회의장에서는 능구렁이 행세를 간단히 해낸다. 멋으로 700년이나 산 것이 아니고, 수명이 긴 엘프들을 다스리는 수장의 입장이 아닌 것이다.

다만, 그가 자신에게 내린 기준이 높은 위치에 있기 때문에 현재 상황에 만족하지 않기 때문에 한 말이었다.

"……그러면, 저는 무녀에 대해서 이야기를 하겠어요."

제스타의 이야기가 일단락된 것을 보고, 야뮬이 이야기를 이어받았다.

"무녀란 세계수에서 신탁을 받는 역할을 맡습니다. 그걸 위해서 특별한 자질이 필요하다는 것은 이미 이야기했죠."

현역 무녀가 이야기하는, 무녀라는 직무에 대한 설명.

이보다 더한 적임자는 없으리라.

"신탁이란 것은 무엇인가? 미래, 엘프 마을에 다가올 위기, 마을이 맞이할 커다란 전기에 대해서 세계수 유그드라실에서 받을 수 있는 충고입니다. 그 성질 탓에 신탁을 받을 기회는 그렇게 많지 않아요."

너무 많아도 곤란합니다만, 야뮬이 말했다.

분명히, 위기나 전기가 많아서는 마음 놓을 틈이 없으리라.

"위기라면, 대책을 세우지 않으면 그에 따른 희생자가 생기게 되며, 전기의 경우는 마을의 규율이나 상식이 바뀔 정도입니다."

예를 들어 100년 전에 있었다는 세계의 위기를 알리는 신탁. 세계라는 분류쯤 되면, 당연히 엘프 마을도 포함된다. 신탁이 있었던 것도 당연하다.

"따라서, 무녀는 반드시 있어야 하며, 또한, 마을에 계속 머물러야 합니다. 그 신탁을 얻어서 대책을 세울 수 있었던 결과, 희생자가 나오면서도 괴멸적인 피해 따위를 받지 않고 넘어갔다는 역사가 분명히 있어요. 무녀가 있어서 피할 수 있었던 멸망이 있는 겁니다."

이번 일은 말하자면, 전기, 라는 것이리라.

그도 그럴 것이, 그 무녀를 잇지 않아도 된다, 라는 이야기니까.

야뮬의 이야기는 끝나지 않았다.

"이상의 이유로, 무녀를 잇지 않아도 된다, 라는 것은 허용되지 않아요."

그것은 잇지 않아도 된다는 말을 부정하는 이야기.

"그러면, 그래도 뮤라가 반드시 이을 필요는 없다고 말한 근거입니다만…… 혈통에 고집할 필요는 없다는 것이 제 생각입니다."

야뮬이 말하자, 제스타는 눈을 감고서 천천히 깊숙하게 고개를 끄덕였다.

"부여 마술이 없으면 무녀는 맡을 수 없어요. 그러나 부여 마술을 다룰 수 있는지 없는지, 그것이 혈통에 좌우되는 것인지, 혹은 단순히 마술의 자질인지. 규율에 얽매여 그것을 시도한 기록도 없습니다. 저는 후자라고 가정하고, 비밀리에 그 연구와 검증을 계속하고 있어요."

그렇게 말하는 야뮬에게서 분명한 확신이 스며 나왔다.

어느 정도 성과가 있는 것이거나, 거의 얻기 직전이라는 것이 생각나는 태도.

아직 확실한 싹이 나온 것은 아니리라.

그렇지만 아무리 검증을 해봐도 불가능하다는 결론에는 아직 이르지 않은 것이다. 만약 그렇다면, 연구와 검증을 계속하고 있다는 식으로 말하지는 않을 테니까.

그것은 혈통을 고집하지 않는다는 말을 뒷받침하는 것과 동시에, 위험 회피도 되고 있었다. 만약 혈통으로 이어질 경우, 그 혈통이 어떠한 사고 따위로 끊어질 경우 무녀는 태어나지 않게 되어버린다. 사고나 예상 못한 일은 일어나는 법이다. 그것을 상정하여 움직이는 것이, 통치자나 당대 무녀로서 당연한 것이라고 야뮬은 말했다.

거기까지 이야기하고, 야뮬은 입을 다물었다. 아무래도 여기서 이야기는 끝난 모양이다.

"……알겠습니다. 그러면 당신은 어떤가요? 뮤라의 어머니."

지금까지 계속, 그녀는 무녀 야뮬로서 이야기를 했다.

그렇지만, 타이치의 말은 어머니인 야뮬에 대한 질문이리라. 그것을 이해 못할 야뮬이 아니었다.

"저는, 규율은 중요하다고 생각해요. 규율은 우리들 엘프를 엄격하게 다스리기 위한 것이니까요. 그것이 없다면, 우리들 엘프는 무법자 신세를 면하지 못하겠죠."

아주 약간 시간을 두고서, 야뮬은 독백을 시작했다.

"그렇지만, 너무 얽매일 필요는 없다고 생각합니다. 왜냐하면, 현세는 언제나 계속 변화하는 것이니까요. 저는 그것을 세계수 유그드라실을 통해서 봤어요. 규율이 세상에 걸맞지 않은 것이라면, 변화하는 것도 필요하겠죠."

변화는 공포를 동반한다.

한 걸음째는 대단히 무거운 법이다.

그렇지만, 그것을 내디딜 용기는 필요한 것이 아닐까? 야뮬은 그렇게 말했다.

어머니는, 그 시선을 딸에게 돌렸다.

"물론, 뮤라가 무녀를 잇는 것이 최선이라는 건 알고 있어요. ……분명히, 저는 무녀로서는 실격인 거겠죠."

말하면서도, 그러나 그 웃음은 부모로서 자애가 가득했다.

"규율이나 역할보다도…… 딸에게는, 뮤라는 자기 삶을 즐겨줬으면 해요. 하고 싶은 일, 이루고 싶은 일이 있다면 그 마음 가는 그대로 나아가줬으면 해요."

그렇게 말하는 야뮬의 시선을, 뮤라는 단단히 받아냈다.

"한 번 무녀가 되면, 그 몸은 자유롭지 못해요. 일상생활도, 일도, 반려가 될 상대마저도. 본인이 그것을 바란다면 모를까, 저는 그것을 뮤라에게 떠넘기고 싶지 않아요. 그 마음이 가장 강하다는 게 솔직한 심정이죠."

"나도 하나 물어보고 싶군."

"뭔가요?"

레미아가 묻자, 야뮬이 고개를 갸웃거렸다.

"내 감각이 이상한 게 아니라면, 당신 마력이 쇠퇴한 건 느껴지지 않아. 아직 현역으로 있을 수 있잖아? 무녀에게는 임기 따위 없었을 테니까."

레미아의 그것은 예상이었다.

그것에, 야뮬이 미소를 지었다.

그 동작이 바로 긍정이었다.

"역시 그렇군. 유그드라실의 신탁은 엘프에게 대단히 중요하다. 그래서, 당신이 아직 팔팔하게 현역이라는 것을 제쳐두고서, 후계자 얘기가 나왔다. 그거지?"

야뮬이 고개를 끄덕였다. 그리고.

"그렇네요. 신탁이니까 거스를 수 없었다는 것도 있어요. 그렇지만, 좋은 기회라고 생각한 거죠."

"호오?"

"뮤라가 마땅한 수행을 하면, 언제든지 무녀를 이을 수 있게 되는 건 틀림없어요."

야뮬의 표정에, 약간이지만 그늘이 졌다. 그렇지만, 야뮬은 대화를 끝내려고 하지 않고, 레미아도 그것을 막지 않았다.

"다만…… 그때 깨닫고 말았어요. 무녀가 된 것에 후회는 없어요. 그러나, 어느샌가 무녀의 삶에 얽매인 자신이 있다는 것을."

그리고, 지금은 마을이 갈라져 있잖아요?

야뮬이 확인하는 것처럼 말하고, 레미아는 고개를 세로로 움직였다.

"종족의 역사를 지키려는 파와, 종족으로서 변해가려는 파. 새로운 시대가, 오고 있는 것 같아요."

"그렇군."

맞장구를 치는 레미아.

그 맞장구에 한 번 고개를 끄덕이고 야뮬이 말을 이었다.

"그러니까…… 뮤라가 이을 수 있다는 신탁을 받게 된 지금, 굳이 규율을 거슬러보려고 생각하여 마을로 돌아오라고 한 거죠."

"……"

그래서, 좋은 기회, 로군.

규율보다도, 딸의 자유를 존중하는 어머니로서. 무녀라는 엘프에게 가장 중요한 안건으로, 규율에 대해 반항한다.

온화한 어조였지만, 이야기하는 내용은 상당히 강하고 도전적이다.

"크크크…… 당신은 틀림없이, 뮤라의 어머니야."

뮤라와 많이 닮았다. 아니, 그건 어폐가 있다. 언뜻 냉정침착하면서도 실제로는 기가 드세고 도전적인 부분을 어머니에게 물려받은 것이다.

"후후후…… 그렇죠?"

우스워져서 웃음을 흘린 레미아에게 야뮬 또한 얌전한 웃음으로 응답했다.

◇◆◇◆◇◆◇◆

수장의 집무실을 나서서 자택을 겸하는 자기 방으로 돌아온 야뮬은 양손으로 얼굴을 감싸고, 마치 무너지는 것처럼 웅크렸다.

비단결 같은 머리칼이 사르르 춤추며 천천히 떨어졌다.

"다행이야…… 다행이야…… 정말로."

눈동자에서 떨어지는 눈물을 막을 수가 없었다.

건강해 보였다.

무병무탈.

말로 하면 간단하지만, 그것은 말하는 것처럼 간단하지 않았다.

이 세계에서 목숨은 간단히 끝을 맞이한다.

그렇다. 정말로 간단하게.

어제 옆에 앉아서 함께 식사를 한 벗이, 이튿날에 돌아오지 않은 사람이 되는 것은 드문 일이 아니다.

그것은 인간도, 엘프도 마찬가지였다. 슬픈 끝을 맞이한 동포를 야뮬은 몇 번이나 보았다.

언제나 위험과 마주서 있다.

설령 실력이 있어도 그것은 변함이 없다.

뮤라의 자질이 높은 것은 보고서 한 눈에 알았다. 그리고 그 실력에 걸맞은 수라장을 헤쳐나온 것은, 눈, 표정, 태도를 보면 한 번에 알 수 있었다.

논리가 아니다.

야뮬이 뮤라의 어머니니까, 그걸 알 수 있었다.

그래서, 더할 나위 없이 기쁘다.

멀쩡하고 건강한 모습을 보여준 것이.

그리고, 뮤라 옆에 있던 검은 머리의 소년소녀. 그리고, 레미아.

아무래도 뮤라는, 그들과 좋은 관계를 쌓고 있는 것 같았다.

딱히 대화를 하는 모습을 본 건 아니지만, 시선으로 대화하는 것, 레미아가 등장할 때 뮤라가 고양되었던 모습이 이야기하고 있었다.

그렇기에.

"뒤를 이어라, 라는 말, 못해……."

야뮬은 일어섰다.

그리고 의상 선반에서 청결한 천을 꺼내 눈가를 닦았다.

숙고한 끝에, 뮤라 자신이 잇는다고 한다면, 그것을 막을 셈은 없다.

앞으로 함께 있을 수 있고, 사랑하는 딸이 자신의 뒤를 따라준다. 부모로서 더 기쁜 일은 없다.

동시에.

뮤라가 자신이 하고 싶은 일, 살아가야 할 길을 발견하여 그것을 향해 매진한다면, 그 또한 부모로서 더할 나위 없이 기쁜 일이다.

후자의 경우, 뮤라와 함께 있을 수 없다는 것이 난점이지만, 그런 것은 아무래도 좋다. 아이는 언젠가 부모의 비호에서 떠나는 법이다.

어느 쪽을 고르든지, 야뮬로서는 딸의 건강한 성장을 실감할 수 있다.

뜬금없이 말을 하자면, 아무래도 좋다. 딸만 건강하다면.

그런 뒤에, 뮤라가 후회 없는 선택을 해준다면 좋다.

그녀가 어느 쪽을 고르더라도.

어머니로서 뮤라를 응원해야지.

그렇게 마음을 정했다.

무녀로서 공인의 입장이기 때문에, 어머니로서의 자신과 사이에 치어 고뇌하게 될 것이다.

그러나, 그래서 어쨌다는 건가?
어머니로서, 딸의 행복을 바라는 것은 당연하다.
좋아하는 일을 하고, 자신의 의지로 고른 남성과 사랑을 키워간 끝에 맺어져서…… 그러한, 야뮬은 하지 못했던 평범함을 바란다면, 꼭 뮤라가 그렇게 해주기를 바랐다.
야뮬의 뇌리를 계속해서 사고가 지나쳐 사라져간다.
그 모든 것은, 뮤라의 행복을 바라는 것이었다.

◇◆◇◆◇◆◇◆

이야기가 끝나고, 타이치 일행은 숙소로 지정된 집에 돌아왔다.
방에는 네 사람이 모였다.
타이치, 린, 뮤라. 그리고 조금 늦게 찾아온 레미아였다.
"오랜만이네요, 레미아 씨."
"그래."
세 명에게 순서대로 시선을 주고, 레미아가 한 번 고개를 끄덕였다.
이미 2개월 가까이 지났을까?
짧은 것 같으면서 긴 시간이었다.
일시적으로 따로 행동하는 일은 몇 번이나 있었지만, 이 정도로 긴 기간 동안 한 번도 안 만난 적은 지금까지 없었다.
"레미아 씨도, 변함없는 것 같아서 다행이야."

"후. 누구한테 말하는 거냐? 걱정 받을 정도로 무르지 않아."
이 사나운 웃음.
이것이 바로, 타이치 일행의 스승인 레미아다.
"린도 뮤라도, 탈이 없어 보여 다행이다."
그 말을 듣고서, 린과 뮤라가 고개를 끄덕였다.
"……나는?"
걱정을 안 해준 것은 타이치뿐이었다.
"네가 다치는 건 상상이 안 된다. 걱정해봤자 소용이 없지."
"그건 너무하잖아."
정해진 대화였다. 모두 웃음을 짓는 것이, 그것을 상징하고 있었다.
"그러면……."
레미아는 다리를 꼬고 팔짱을 끼었다.
이야기를 시작하는 신호였다.
"뮤라."
"네."
"들은 그대로야. 너는 이 마을 출신. 무녀의 친딸이며, 무녀의 후계자 자격을 가지고 있지."
"……네."
"이건 거짓말 같은 게 아냐. 순수한 사실이다. 단단히 받아들였겠지?"
뮤라는 한 번 힘차게 고개를 끄덕였다.
"좋아. 생각할 시간은 느긋하게 써도 상관없다."

"괜찮은 건가요?"

"그래. 기껏 왔잖니. 고향에서 생활을 즐기는 것도 나쁘지 않지 않니?"

레미아는 타이치와 린을 순서대로 보았다.

두 사람도 그 뜻을 이해했다. 기껏 왔으니까, 좀처럼 못 오니까, 라고 말하며 수긍했다.

"그렇게 된 거다. 금방 대답을 낼 필요는 없어."

"고맙습니다. 타이치도 린도, 고마워. 하지만, 사실은, 대답은 이미……."

레미아는 그렇게 말하는 뮤라에게 손을 내밀어 말렸다.

"좋은 기회야. 그것도 포함해서, 자신과 차분하게 마주보도록 해. 스승의 명령이다."

"……알겠습니다."

그렇게 말하면, 뮤라는 수긍하는 수밖에 없었다.

기본적으로, 뮤라는 레미아의 말에 「YES」말고 대답할 생각이 없으니까.

설령 그 자리에서는 이해하지 못하더라도.

그것이, 그녀에게 배운 몸으로서 지불해야 할 예의라고, 뮤라는 생각했다.

"나도 오랜만에 마을에 왔거든. 기껏 왔으니까 용건을 정리할 생각이야. 한동안 있을 셈이다."

그렇게 말하고, 레미아는 준비해둔 차를 한 모금 마셨다.

"나도 기껏 왔으니까 엘프 마을의 생활을 만끽하고 싶은데."

"나도. 여기저기 보러 다니고 싶고, 주위에 어떤 마물이 있는지 보고 싶어."

레미아를 따라서 말해보지만, 뮤라는 그것에 쓴웃음을 지었다.

"너희들은, 너무 티가 나."

뮤라의 태클에, 세 사람이 웃었다.

"그러면. 당장 나는 수장의 집에 있는 서적이라도 빌려다가 읽도록 해야겠어. 너희들은 어쩔 거니?"

뮤라가 대답을 내기까지 주어지는 시간.

그러면, 그 시간에 무엇을 할 것인가? 게으르게 지내도, 뭔가 할 일을 발견해서 행동해도, 같은 시간이 지나간다.

"글쎄요……. 일단은, 마을 안과 마을 주변을 돌아다녀 보고 싶어요."

레미아의 물음에 린이 대답했다.

"저도, 일단은 주위 탐색이라도 해볼게요."

뮤라 또한 린과 마찬가지로 마을을 보겠다고 한다.

기껏 왔으니 후학을 위해서라도 지식을 넓히고 싶은 것이리라.

아니, 더욱 단순하게 엘프 마을에 올 기회 따위 없으니까, 온 김에 관광 기분으로 보러 다녀도 딱히 이상할 것은 없다.

현재 타이치 일행은 여행 중이다.

그 목적에 충분히 맞는다.

두 사람의 의견을 듣고 타이치는 어떡할까 생각했다.

린과 뮤라에게 합류해도 된다. 두 사람이 별도 행동을 한다면 어느 쪽인가 따라가도 되고, 자기 혼자 행동해도 된다.

선택지는 무수하게 있었다.

혹은 이 집의 가장 위에서, 엘프 마을을 바라보며 몸을 쉬는 것도 나쁘지 않을지도 모른다.

타이치의 능력은 치트라 불러 마땅한 것이다. 사람을 벗어난 능력 덕분에 지치기 어려운 것은 틀림없다.

그렇지만, 몸은 어디까지나 인간. 대다수의 모험가보다도 터프한 것은 틀림없지만, 피로가 쌓이지 않는 것은 아니라서 적절한 휴식이 필요하다.

"나는……."

일단은, 엘프 마을에서만 먹고 마실 수 있는 음식을 찾으면서 몸을 휴식할까?

그렇게 말하려는 참에, 막혔다.

"타이치. 너는 조금 기다려라."

"응?"

레미아가 스톱을 걸었다.

무슨 일일까? 타이치한테만 이야기할 거라도 있는 걸까?

그 의문은 금방 해소됐다.

"무녀가 너를 부르고 있다. 먼저 거기 가봐라."

"무녀…… 야뮬 씨가?"

"그래."

무슨 용건일까?

아까 만난 것이 처음이다.

딱히 개별적인 화제가 생길 정도로 서로에 관해 알진 못한다.

적어도 타이치는 그렇다. 어쩌면 타이치에 대해서는 레미아에게 들었을 지도 모르지만, 그걸로 만나서 금방 불러낼 만한 용건이 있는 것일까?

어쩌면, 딸인 뮤라에 대해서 할 말이 있는 걸까?

그 가능성도 있을지도 모른다.

"그래. 알았어. 언제 어디로 가면 돼?"

"그래. 언제든지 좋다고 하더군. 장소는, 일단 수장의 저택으로 가보면 될 거다."

"장소는 알았어. 시간은, 언제든지?"

"그래. 언제든지다."

"그러면 지금 다녀올까?"

언제든지라고 했다면, 지금 가도 될 것이다.

레미아도 한 번 고개를 끄덕이기만 하고 딱히 말리지 않았다.

"그러면, 나는 얼른 다녀올게."

린과 뮤라에게 말하면서 일어섰다.

"그래, 알았어."

"다녀와."

두 사람의 대답을 들으면서, 타이치는 집을 나섰다.

방향치로 정평이 난 타이치였지만, 수장의 저택이 있는 장소는 모를 수가 없었다.

이 마을에서 가장 키가 큰 나무라는 알기 쉬운 표식이 있고, 아까 거기에 있었으니까.

물론 안내도 필요 없다.

타이치는 마을의 제일 큰 나무를 정면으로 포착하고 느긋하게 걸었다.

올려다보자, 울창한 이파리 틈으로 햇빛이 쏟아져 내렸다.

빛을 가로막는 잎이 적은 것이리라. 마을 안의 빛이 부족한 느낌은 없었다.

숲 속에 있는 마을이지만, 그렇기에 지내기 편한 환경이라는 것을 구축할 수 있었으리라.

그 실현 방법에 대해서는 상상도 안 되지만.

두리번거리며 잠시 걷자, 이윽고 수장의 저택에 도착했다.

로질이 했던 것처럼, 문 옆의 끈을 당겨 달그락달그락 소리를 울렸다.

"네. 누구신가요?"

조금 지나서 문이 열렸다.

얼굴을 내민 것은 아까와 마찬가지로 미네르바다.

"어머나. 당신은 아까 오셨던. 무슨 일이신가요?"

"저기, 무녀님이 저한테 용건이 있다고 들어서 왔는데요."

"어머나……."

미네르바는 한순간 눈이 동그래졌지만, 금방 돌아왔다.

"그러셨군요. 그러면 이쪽으로."

그녀의 선도를 받아서, 현관에서 들어가 금방 나오는 문 앞을 지났다.

그곳은 적당히 넓은 응접실.

찾아온 자를 안내하는 장소다.

방에 놓인 장식품 따위는 훌륭했다. 일시적으로 대기하는 것부터 이 자리에서 대담까지, 폭 넓게 사용되는 것 같았다.

아까는 지나쳐서 직접 수장의 집무실로 안내를 받았기 때문에 역할을 다하지 못했지만, 지금은 본래대로 쓰이고 있다고 할 수 있었다.

"확인하고 올 테니, 잠시만 기다려 주세요."

미네르바는 인사를 한 번 하고 물러갔다.

타이치는 안내 받은 방의 소파에 앉아 기다리기로 했다.

중간에 찾아온 가정부가 내어준 차를 마시면서 기다리기를 잠시.

방의 문을 노크하기에, 들어오세요, 대답을 하자 미네르바가 다시 모습을 보였다.

"기다리셨죠. 이야기는 수장도 알고 있었습니다. 안내할 자가 있으니 지금 소개하겠어요."

미네르바 뒤, 겉보기에는 중학생쯤 되는 소녀가 서 있었다.

마을 엘프들이 입고 있는 의상하고는 달리, 어쩐지 신비성이 풍기는 차림이었다.

"처음 뵙겠습니다. 저는 무녀 야뮬 님의 시중을 명받은 메이느라고 합니다. 지금부터는 제가 야뮬 님 곁으로 안내하겠습니다."

최고의 경의를 표하는 인사를 하자, 타이치는 무심코 황송해져서 일어섰다.

"어, 그래요. 정중한 인사 감사합니다. 그러면, 부탁할게요."

"네. 그럼 얼른 가실까요? 다른 용건이 있으신가요?"

메이느가 물었다.

그 말을 듣고서 언제든지……라고 말하려다가, 마음을 바꿨다. 1대 1로 이야기를 한다. 길어질지도 모른다. 그러면, 먼저 처리해두는 편이 좋을 일이 적어도 하나는 있는 걸 깨달았다.

그렇다면, 타이치는 메이느를, 그리고 미네르바를 보았다.

"그러면, 가기 전에 잠깐 작은 일 좀."

타이치의 말을 듣고, 미네르바와 메이느는 동시에 고개를 끄덕였다.

"알겠습니다."

"그러면, 여기서 가장 가까운 뒷간으로 제가 안내하겠습니다."

미네르바의 말에 고개를 끄덕이고, 타이치는 그녀 뒤를 따라갔다.

타이치가 메이느의 안내로 야뮬 곁으로 간 것은 그 뒤로 5분 뒤였다.

◇◆◇◆◇◆◇◆

야뮬이 있는 곳은 마을에서 세계수 유그드라실을 향해 걸어가는 도중에 있는 사당이라고 했다.

무녀라는 입장 때문에, 그녀는 마을이라는 속세에서 떨어져 생활하는 것이다.

다만 사당으로 이어지는 길은 개방되어 있고, 그 길은 엘프 마을 사람이라면 누구든지 갈 수 있다고 한다. 다만 야뮬을 만나려면 몇 가지 수속을 거쳐서 허가를 받아야 한다고 했다.

타이치는 「엘프에게는, 마을이 속세구나」라고 별 것 아닌 감상을 품었다. 요컨대, 세상이 좁은 게 아닐까, 라는 태클이지만, 아무리 타이치라도 그것을 말하지 않을 분별은 할 수 있었다.

수장의 저택 뒤쪽에서 이어지는 숲의 오솔길.

잘 다진 흙이 노출되어 있었다. 오랫동안 쓰인 것에 더해, 손질도 잘 되고 있는 것 같았다.

같은 간격으로 납작한 돌이 놓여 있어서 걷기 쉽다.

또한 오솔길 양 옆에도, 군데군데 명백하게 손질이 된 화단 같은 것도 있었다.

사당 관계자가 손질을 하는 건지, 아니면 마을 주민이 하는 것인지.

어느 쪽이든, 마을에서 특별한 위치에 있다는 무녀가 어떻게 생각되고 있는지 살짝 엿볼 수 있었다.

"이쪽입니다."

문득, 숲의 오솔길 중간에서 메이느가 멈춰 섰다.

그 말에 따라 주위를 둘러봤지만, 타이치는 숲밖에 안 보였다.

대체 어디에 사당이 있을까— 그걸 물어보기 전에, 깨달았다.

"……아아, 은폐하고 있는 거야?"

그러고 보니, 이 섬에 도착하기 위해서 결계를 빠져 나온 것을 떠올렸다.

같은 술식인지는 알 수 없지만, 그런 종류의 장치가 있는 것이 아닐까?

"그렇습니다. 사당에는 허가를 얻은 자만 들어갈 수 있도록 하기 위해, 은폐되어 있습니다. 더욱이 말하자면, 은폐 술식의 장소도 정기적으로 변경하고 있어요."

그렇군. 그래서는 도착하기도 힘들 것이다.

허가가 없으면 들어갈 수 없다는 것은 그런 뜻이다. 입구를 아는 자가 함께 가지 않으면, 사당에 도착하지 못하니까.

"잠시 기다려 주세요."

메이느는 주위를 한 번 둘러보고 왼손을 떨쳤다. 타이치와 메이느 주위를 무언가 막이 감싼 것을 알 수 있었다.

그 또한 은폐 술식이리라.

주위에 훔쳐보는 자가 있을 경우의 대책이었다.

이어서, 메이느는 오른손을 왼쪽 숲을 향해 들었다.

그녀의 오른손에 마력으로 만들어진 진이 떠오르고, 공간이 뒤틀렸다.

그리고 들어 올린 오른손을 중심으로, 세로로 긴 타원형 문이 나타났다. 마침 사람 한 명이 통과할 수 있는 크기다.

술식이 제대로 발동한 것을 확인한 메이느는 타이치 쪽을 돌아보며 왼손을 내밀었다.

"그러면, 제 손을 잡아주시겠어요? 저와 물리적 접촉을 한 사람만, 이 문을 통과할 수 있습니다."

젊은 소녀의 손이지만, 그 말을 듣고도 안 잡을 수 없다.

타이치는 내민 손을 가볍게 잡았다.

분명하게 접촉한 것을 확인한 메이느. 가벼운 접촉에 머무르는 것은 젊은 나이의 메이느를 배려한 것이리라. 역할을 다하는데 필요한 것이라 신경 쓰지 않지만, 타이치의 마음씀씀이는 고맙게 받기로 했다.

타이치의 손이 떨어지지 않도록, 메이느는 천천히 걸어서 타이치와 함께 문을 통과했다.

"……."

메이느가 연 문을 지나서 처음으로 눈에 들어온 광경에, 타이치는 「이거 굉장한데」 하는 말을 흘리려다가 실패했다.

지구는 물론이고 이 세계에서도 본 적이 없는 건축양식이었지만, 분명히 사당이었다.

그것은, 여러 그루의 수목으로 만들어진 사당이었다.

믿을 수 없는 일이지만, 여러 나무가 복잡하게 뒤엉켜서 사당을 형성하듯 돋아나 있었다.

대체 뭐가 어떻게 된 건지 도무지 짐작이 안 된다.

그저 말할 수 있는 것은, 마을에서 본 것처럼 나무 안을 개조한 것이 아니라는 것.

그 안이 건물 안쪽이 되도록, 여러 나무가 의지를 가지고 엉켜 있다는 생각밖에 안 들었다.

"무녀님께서 계시는 사당이오니, 특별하게 되어 있습니다. 자, 이쪽으로."

놀라는 타이치를 재촉하고, 메이느는 정면 입구를 향해 걸어갔다.

양쪽으로 열리는 문 좌우에 선, 지팡이를 든 엘프 소녀들이 메이느에게 경례하며 맞이해 주었다.

“역할에 따라, 손님을 데리고 왔습니다.”

“알겠습니다. 어서 오십시오. 무녀 야뮬 님은 안에서 기다리고 계십니다.”

처음에는 메이느에게, 이어지는 말을 타이치에게.

문지기 소녀 한 명이 말하고 문을 열었다.

이 앞은 하나의 긴 복도였다. 양쪽 끝은 다섯 명이 옆으로 나란히 서서 걸어가도 아직 남을 정도로 넓었다.

메이느가 타이치를 선도하는 것처럼 문에서 안으로 들어갔다.

이어서 사당에 들어가는 타이치를 문지기 소녀들은 고개를 숙여 배웅했다.

잠시 걸어서, 이윽고 도착한 것은 양쪽으로 열리는 문.

“제 안내는 여기까지입니다. 이제는 스스로 문을 열고 안으로 들어가 주세요.”

그러면, 들어가려다가, 그러고 보니 이 장소에서 어떤 예의를 취해야 하는지 전혀 모른다는 걸 깨닫고 타이치가 굳어졌다.

“문제없습니다. 개인적으로 상대를 존중하신다면, 마을에서 따르는 예의는 필요 없다고 하셨습니다.”

그런 타이치의 반응도 이미 예상하고 있었는지, 메이느가 그런 말을 했다.

"그거 고맙네……."

예법을 바란다면 이 자리에서 물러가는 수밖에 없었다.

배우라고 해서 배우는 걸로 넘어갈 수 있는 게 아니다. 예법이라는 것은 끊임없는 연습 끝에 갈고닦는 기술이니까.

벼락치기로 된다면 조금 시간이 있으면 되지만, 그래도 오늘은 물러가는 수밖에 없었을 거다. 뭐 마을에 막 도착한 인간 손님을 불러냈으니 야뮬도 사정은 알고 있다는 것일까?

그러고 보니, 지구에 있던 시절 종종 보았던 전통 양식 문과 닮았다. 거기 들어갈 때 예법이 도움이 될지 따위를 생각했다. 그러나 그것마저도 중요한 예법을 거의 기억 못한다는 걸 깨달았다.

버스는 진작에 떠났다.

어쩔 수 없이, 타이치는 문지방에 닿는 부분을 손등으로 콩콩 가볍게 두드렸다.

"네, 들어오세요."

문 너머에서 들린 것은 틀림없이 야뮬의 목소리였다.

허가를 얻고서 2초쯤 지나, 타이치는 문을 조용히 열었다.

그곳은 제단이었다.

화려한 장식 따위 없는 실용 일변도의 제단이지만, 그렇기에 엄숙한 분위기가 더할 나위 없이 풍기고 있었다.

그 제단에는, 하나의 나무인가 싶을 정도로 거대한 가지가 중앙에 올라가 있었다.

그 가지는 틀림없이 땅에 뿌리를 내리고 있는 나무에서 갈라진 것인데, 지금도 마치 살아있는 것처럼 파릇파릇한 잎이 우거져 있었다.

그리고 올라가 있는 가지의 정면 가까이, 야뮬이 얌전히 앉아 있었다.

"불러내서 정말 죄송합니다. 응답해주셔서 감사해요."

감사를 하면서 미소 짓는 야뮬.

그것 자체는 상관없다. 신경 쓰이는 것은 용건이었다.

타이치와 1대 1로 무슨 이야기를 하고 싶은 걸까?

"용건이 신경 쓰이실 테죠. 아마도 오해가 있으실 거라고 생각하니, 그걸 먼저 정정하겠습니다."

오해라는 것은 무엇일까?

"제 이름으로 이곳에 초청했습니다만, 당신과 만나고자 바라신 것은 제가 아닙니다."

"……?"

야뮬 본인에게는 타이치에 대한 용건이 없다고 했다.

분명히 그것은 타이치가 오해를 하고 있었다면 그렇기는 하다.

그러나 그런 오해 따위 사소한 일이다.

그러면 타이치에게 용건이 있는 것은 누구일까? 「바라셨다」라고 하는 걸 들어보니 야뮬이 경의를 표하는 상대라는 건 알 수 있지만.

"……혹시."

그렇다. 야뮬이 경의를 표하는 상대라는 것이 커다란 힌트가 되었다.

타이치의 머리 회전이 빠른 것에 만족했는지, 야뮬이 고개를 끄덕였다.

"네, 상상하신 그대로입니다. 타이치 씨와 대담을 바라신 것은, 세계수 유그드라실이십니다."

완전히 예상 밖이었다.

설마 세계수가 호출을 하다니.

타이치가 당황하는 것은 알고 있지만, 그래도 이야기를 들을 수 있는 상태라는 걸 확인한 야뮬은 차분하게 왼손바닥을 위로 향하고 제단의 왼쪽 안에 있는 문을 가리켰다.

타이치가 보기에는 정면 오른쪽 안에 위치하는 문이다.

"그쪽 문을 열면, 세계수 유그드라실 곁에 도착합니다. 나아가세요. 죄송합니다만, 저는 여기보다 앞으로는 갈 수 없으니 타이치 씨 혼자서……."

"아, 네에…… 알겠습니다."

사태를 전혀 소화 못했지만, 여기서 떼를 써도 이야기가 진행되지 않는다.

적대적이지는 않으리라.

만에 하나 그랬을 때는 온 힘을 다해서 도주하면 된다. 세계수 유그드라실은 압도적인 존재지만, 실피도 이 세계의 바람과 공기를 다스리는 4대정령 중 하나. 그녀가 가진 힘을 모두 방어와 도주에 쓰면, 타이치 자신과 린, 뮤라, 레미아를 지키면서 탈출할 수도 있을 것이다.

다만 유그드라실의 목적이 무엇이든, 이 앞으로 나아가지 않으면 아무것도 모른다.

타이치는 각오를 다지고 일어서서, 야뮬이 가리킨 문을 향해 걸어 그것을 열었다.

그 순간 숲 속에 서 있었다.

눈앞에는, 양쪽 끝이 어느 정도인지 아는 것마저도 어려운 나무줄기가 있다.

그 문에서, 세계수 유그드라실의 눈앞으로 왔다는 것을 타이치는 즉시 이해했다.

유사시일 경우에 즉시 대응할 수 있도록, 마음을 단단히 먹은 덕분이었다.

그 마음가짐은, 지금까지 사건이나 모험을 경험해서 길러진 것.

여기서도 유감없이 발휘된 것에 안도할 틈도 없이, 타이치는 최대한의 경계를 했다.

선 모습은 자연체. 그렇지만 경계심은 최대. 그리고 갑작스런 공격에도 즉시 대응할 수 있도록 했다. 몇 가지 패턴으로 나누어 일어날 수 있는 사상에 대한 대처법을 정했다.

그리고 타이치의 체감으로 몇 분일 거라고 생각되는 상당히 긴 시간.

실제로는 고작해야 수십 초라는 시간이 지났을 때.

『타이치. 현현시켜줄 수 있어?』

문득 파트너가 말을 걸었다.

"실피?"

『응.』

이래저래 의문이 있었지만, 그녀가 그렇게 말한다면 그러는 편이 좋을 것이다.

『생각하는 바가 잔뜩 있겠지만, 전부 설명할 수 있어. 있지, 일단은 현현시켜줄래?』

말로 대답은 안 한다.

그 대신 마력을 담아 실피를 현현시키는 걸로 대답했다.

엷은 에메랄드색의 바람을 두르고, 실피가 둥실 날아올랐다. 그 모습은 등신대였다.

발의 엄지발가락 끝이 땅에 닿을락말락한 위치에서 중력 따위 없는 것처럼 가볍게 체공하는 그녀는, 그야말로 바람의 화신에 걸맞은 모습이었다.

고마워. 타이치에게 인사를 하고, 실피는 눈앞의 나무에 다가가 가볍게 올려다보았다.

"그치? 내가 말했던 그대로지? 유그드라실."

그렇게 말했다.

그 직후였다.

짙은 녹색의 빛을, 세계수의 줄기가 뿜었다.

아무런 전조도 없이.

그 빛에서 뿜어지는 것은 압도적인 마력과 존재감이다.

'……이 느낌, 나는, 잘 알고 있어.'

눈앞에 있는 소녀의 등을 보았다.

살짝 지면에서 떠 있는, 사람의 모습을 하고 있지만 사람이 아닌 존재이며, 타이치의 파트너인 소녀를.

『……그렇군요. 당신이 말한 그대로였어요.』

어쩐지 노이즈가 섞인 목소리가 타이치의 귀에 닿았다. 그 다음 순간.

아무렇게나 퍼지던 짙은 녹색의 빛이 단숨에 응축하여 사람의 모습이 되었다.

빛이 잦아들고, 전모를 볼 수 있었다.

거기 있는 것은.

타이치와 그리 키가 다를 바 없는 장신의 미녀.

인간 같은 모습이지만, 명백하게 인간이 아니었다.

비단결 같은 매끄러운 하얀 로브를 온몸에 두르고, 피부의 노출은 한없이 적다.

그러나, 타이치의 눈은 의복에 가지 않았다.

일단 등 뒤까지 뻗어 있는 두발이 모두 싱싱한 이파리로 구성되어 있었다. 전체가 신록 같은 색이지만, 옆머리에서 뻗은 이파리는 빨강과 노란색이었다.

또 로브에서 보이는 팔다리는 수목이었다.

이것만해도 사람이 아닌 것은 명백하다.

그리고 무엇보다도.

바람을 다스리는 4대정령 실피에 뒤지지 않는 존재감.

격을 따지면 거의 동격이 아닐까?

유구한 시간, 이 대지에 뿌리를 뻗어온 세계수 유그드라실이 현현한 모습이 틀림없으리라.

"수고를 끼쳐서 죄송합니다, 실피드. 다만, 꼭 제 눈으로 보고 싶었어요."

"보고 있었으면서 의심도 많아……라고 말은 못하겠네. 나도 처음에는 믿을 수가 없었으니까."

친근하게 얘기하는 엘레멘탈과 세계수.

그거나 그것은 금방 끝나고, 유그드라실은 타이치를 보았다.

"처음 뵙겠습니다. 새삼 자기소개를 하죠. 저는 세계수 유그드라실. 보잘것없는 나무입니다."

아리따운 웃음.

어른스러운 태도.

그것들 모두에 무심코 눈길을 빼앗길 정도였다.

여성으로서 차원이 다르게 아름답고, 체형이 이상적인 것은 실피와 공통이었다. 실피보다도 나올 곳은 나와 있지만, 그건 그냥 방향성이 다르다는 것이다.

그러나, 그런 남자의 성질이라는 말밖에 안 나오는 어쩔 수 없는 감상 따위 한순간에 간단히 사라졌다.

세계수 유그드라실이 눈앞에 있다. 그 의미에 대해서.

타이치는, 그것과 진지하게 마주서야 했다.

그렇지만, 그 전에.

"보잘것없는 나무, 는 아니죠. 아무리 그래도."

태클을 기다린 게 분명한 그 자학을 정정해둬야 했다.

이 정도의 존재감을 드러내면서 보잘것없다고 하면, 온갖 산 사람들이 설 자리가 없다.

"후후……. 그렇죠. 저도 실피드와 마찬가지로 대해주시겠어요? 존댓말 따위는 쓰지 마시고, 부디."

상당히 적극적이다.

실피에 대해서는 지내다 보니 친근하게 이야기를 하고 있지만, 유그드라실을 상대로 그런 것을 해도 되는 것일까?

어쨌든, 타이치의 예상이 틀리지 않았다면. 꾸미지 않고 말한다면, 엘프 무녀는 타이치의 발끝에도 미치지 못한다고 확신하는 것과 마찬가지니까.

그것은 그렇다 치고. 과연 그런 것을 해도 되는 걸까? 타이치는 실피를 보았다.

시선을 받은 실피가 고개를 끄덕였다.

"그러면…… 그렇게 할게. 나중에 무례하다, 하고 화내면 안 된다?"

실피의 친근함을 생각하면 무례하다고 탓하지 않을 거라는 건 안다. 그러니까, 이건 타이치 나름의 농담이다. 그렇게 되도록, 일부러 웃음을 지으며 말했다.

유그드라실도 그건 아는 모양이다.

"어머나, 섭섭하네요. 저는 그런 짓은 안 한답니다."

온화한 웃음을 지은 채, 온화하게 불만을 말했다.

둘이서 웃더니, 유그드라실은 그 웃음을 살며시 거두었다.

여기서부터 본론인 모양이다.

"그러면, 타이치 씨. 당신은, 당신이 예상한 것처럼 특별한 존재입니다."

역시나.

이유는 심플하다.

엘프의 무녀가, 부여 마술이라는 특별한 힘을 쓰지 않으면 유그드라실과 대화할 수 없는 것에 비해.

타이치는 딱히 아무것도 안 해도, 유그드라실이 마음만 먹으면 그 모습을 직접 보고 이야기할 수가 있다.

이것이 특별하지 않다면 무엇이겠는가?

그것이 만나는 이유일까? 아니 만날 이유가 될 것이다. 타이치와 이야기를 하고 있을 때 실피가 기뻐하는 모습을 보면.

"유그드라실한테 부탁을 받았어. 만약 기회가 되면, 타이치랑 만나고 싶다고."

그랬었구나. 그건 처음 들었다.

지금까지 그러한 요청이 있었다고 말을 안 했던 것에 대해서는.

실현될지 알 수 없는 말을 전하는 것에 그다지 의미를 느끼지 않았다고 한다.

그런 안건이 있다는 것에 유의만 해두고, 실현될 것 같을 때 이야기한다. 딱히 이상한 순서는 아니다.

"제 뿌리는 전세계에 뻗어 있어요. 그래서, 세계에서 일어난 일은 대체적으로, 파악할 수 있어요."

세계수 유그드라실의 뿌리는 가장 깊은 것은 땅속 2만 미터는 된다고 한다.

본체가 있는 이 땅에서 떨어진 장소의 일을 파악하려고 하면 할수록 힘이 필요하기 때문에 관찰을 자주 하지는 않는다고 했다.

그때 품은 의문.

그것에, 유그드라실이 스스로 설명하는 형태로 대답했다.

"타이치 씨. 당신과 그 동료를 이 땅에 오도록 한 것은 다름 아닌 저입니다. 물론, 이유는 있습니다."

유그드라실이 말했다.

"하나는, 엘프 마을이 갈라져 있는 현재 상황은 앞으로를 생각하면 좋지 않기 때문에 서둘러서 손을 쓰고 싶었던 것. 그걸 위해서 필요하다면, 거친 치료도 어쩔 수 없다고 생각합니다."

앞으로를 생각하면 좋지 않다.

다시 말해서, 내분을 일으킬 때가 아니게 된다는 것일까?

아직 그 이유를 듣지 않았기 때문에 알 수 없지만, 생각할 수 있는 점은 그 부분이었다.

"또 하나는, 타이치 씨. 당신께 협력을 부탁드리고 싶기 때문입니다."

"나한테?"

"네. 당신만이 할 수 있는 일입니다."

무심코 되묻는 타이치에게, 유그드라실은 곧장 대답했다.

"단도직입적으로 말씀 드리겠습니다. 저에게, 정력을 불어넣어 주세요."

"……뭐?"

무슨 말을 하는 것일까? 이 식물녀는.

그렇게 생각해버린 타이치는 분명히 잘못이 없다.
일부러일까? 그렇지만 유그드라실의 표정은 진지함 그 자체. 농담을 하는 것 같지 않았다.
보다 못한 실피가 옆에서 말참견을 했다.
"유그드라실도 그렇지만, 정령에게는 마력 자체가 생명력, 정력이라고 할 수 있어."
"아아, 그렇구나."
실피의 말에, 유그드라실이 진지한 기색으로 수긍했다.
아무래도 마력이면 되는 모양이다.
그렇다면, 방금 했던 말은 아마도 그냥 살짝 얼빠진 행동. 전혀 의식하지 않았던 거겠지.
민폐를 끼치는 말투였다.
"뭐, 뭐, 내 마력이라도 좋다면 상관없는데……."
마력이 필요하다면, 주는 것도 싫지는 않다.
유그드라실은 계약한 정령은 아니지만, 그녀와 알게 된 것은 실피가 있었기 때문이다.
다시 말해서 실피가 그것을 바라고 있다고 할 수 있다.
실피가 소중히 하는 정령에게 힘을 빌려주지 않는다는 선택지는 타이치에게 없다.
물론, 모두 뻗을 수 없는 곳까지 모든 손을 뻗는 것은 불가능하지만.
특히, 계약을 나눈 파트너의 바람이라면 기꺼이 이루어주고 싶었다.

유그드라실 말로는, 실피를 통해서 마력을 달라고 한다. 타이치는 허가를 얻고 세계수의 줄기에 손을 대더니, 술법을 사용하는 요령으로 실피에게 마력을 건넸다. 그녀에게서 돌아오는 마력을 그대로 유그드라실에게 뿜었다.

타이치는 사물에 마력을 깃들게 하는 일은 못하기 때문에, 마력 덩어리를 손바닥에서 뿜어내는 느낌이 난폭하다고 하면 난폭하다고 할 수도 있었다.

그래도 충분한 모양인지, 유그드라실이 한껏 감사를 했다.

“그렇지만, 마력은 또 왜?”

마력을 양도하면서, 타이치는 의문을 말했다.

얌전하게 봐도, 유그드라실이 실피와 동격이라는 것은 의심의 여지가 없다.

그 정도로 강대한 존재가, 특별하다고 해도 인간의 마력이 필요하다니.

“그것은, 아까 말씀 드린『앞으로』에 연관된 것이기도 합니다.”

유그드라실은 엘프 마을이 갈라진 것이 좋지 않다고 했다.

아무래도 그것과 연관된 모양이다.

“현재, 저의 힘은 상당히 쇠퇴해 있어요. 그렇기에 마력을 보급할 필요가 있었어요.”

쇠퇴해? 대체 무슨 농담일까? 이 정도 존재감을 뿜어내는 유그드라실이 쇠퇴했다니.

“유그드라실의 말은 정말이야. 본래의 힘과 비교하면, 솔직히 지금은 비교도 안 돼.”

실피의 평가는 신랄했지만, 그만큼 신빙성이 있었다.

아무리 유그드라실이라도 그 가차 없는 말에는 조금 쓴 소리를 하고자 했지만.

"제대로 말을 해야지. 괜찮지 않은데 괜찮다고, 하는 편이 오히려 폐가 되니까."

라는 실피의 말에 재반론이 막혔다.

실피에게 뭐라고 말하는 건 포기했는지, 유그드라실은 조금 어깨를 으쓱거리고,

"실피와 동격이라는 평가를 받는 몸으로서, 꼴사나운 모습을 보일 수 없다는 프라이드가 있습니다."

요컨대 허세를 부리고 있다는 걸까?

그런 오기를 부리는 것에 공감을 느껴버린다.

그것은 결코 좋은 것이 아니라는 걸 타이치도 알고는 있었다. 그렇지만 허영을 부리고 싶다고 생각하는 감정을 타이치는 부정할 수 없었다.

"자, 이거면 어때?"

상당한 양을 유그드라실에게 양도했다.

예를 들자면, 렝그스트라트 성을 날려버렸을 때 『토르 해머』의 몇 발 분량은 된다.

이걸로 마력이 고갈되지는 않지만, 그래도 상당히 소비한 것은 틀림없었다. 오랜만에 느끼는, 마력을 대량으로 소비한 다음의 무기력감. 그렇게까지 심하지는 않지만, 명확하게 그것을 느낄 정도는 되었다.

"네…… 고맙습니다. 조금 채워졌어요."

약간 황홀한 표정으로 말하는 유그드라실이었지만, 타이치는 이미 태클 거는 건 그만두기로 했다.

"조금이구나."

상당한 양이었던 건 틀림없다.

물론 아무리 차원이 다르다지만 그것은 어디까지나 인간 세계에서는, 이라는 전제가 필요하다. 유그드라실의 마력을 완전히 채우는 건 아무리 타이치라도 불가능하리라.

그것은 마력을 양도할 때 느낀 감촉으로 막연하게 품은 감상이었지만, 틀림없을 거라고 반쯤 확신할 수 있었다.

"네……. 만약 괜찮다면, 앞으로도 협력을 해주셨으면 합니다."

「앞으로」는 몇 가지 해석이 가능한 말이었다.

그냐가 말하는 「앞으로」는 어느 정도 의미인 것일까?

그렇게 물어보자.

"가끔씩이라도 상관없어요. 저한테 오셔서, 조금 온정을 베풀어주시면……."

그 말투는 일단 내버려두고.

가끔씩이라면 상관없을 거다. 타이치는 이 섬을 뒤덮은 은폐 술식의 해체는 못하지만, 실피의 힘을 쓰면 그것도 문제없을 것이다.

그렇다면 협력하는 것에 대한 장벽은 거의 없다고 할 수 있을 것이다.

상당한 거리를 이동할 필요가 있지만, 실피의 힘을 쓰면 상당한 속도로 하늘을 순항할 수 있는 타이치니까, 마음만 먹으면 당일치기도 가능할지도 모른다.

"알았어. 그때는 실피를 통해서 연락해줘. 연락이 오면, 시간을 만들어볼게."

"고맙습니다."

유그드라실은 허리를 굽히며 고개를 숙이고 감사를 표했다.

"그것과 별개로, 이번에 마력을 받은 답례로, 타이치 씨에게 개인적으로 신탁을 내리고 싶어요."

"신탁을?"

유그드라실이 고개를 끄덕였다.

"네. 금방은 판명되지 않지만…… 아마, 여러분이 이 섬을 출발할 무렵에는 알 수 있을 겁니다."

"응? 금방은 모르는 거야? 뭐, 우리는 며칠 확실하게 있을 거지만."

그 메커니즘까지 아는 건 아니지만 무녀가 유그드라실에서 신탁을 받는다고 했었다. 그래서 유그드라실 자신이 신탁을 내리는 거라고 생각했었다. 그런 점, 의문스럽게 생각해서 타이치가 말했다.

"네. 신탁이라는 것은 제가 **세계**에 물음을 던지는 것입니다만, 돌아올 때까지는 조금 시간이 걸립니다. 그 기간도 각각 달라서, 금방 돌아올 때도 있고 며칠 걸리는 경우도 있습니다."

"유그드라실이 신탁을 내리는 게 아니구나."

"저는 어디까지나, 돌아오는 대답을 무녀에게 전하는 존재니까요."

그렇군, 타이치는 납득했다. 이건 야뮴 일행을 통해서는 알 수 없는 정보였다. 직접 유그드라실에게 들었다, 라고 말하면 갖가지 귀찮은 일이 일어날 것이 눈에 보이기 때문에, 설령 이야기를 한다고 해도 고작해야 한식구들에게만 해야 할 것이다.

"무슨 이야기인지는 알았는데…… 괜찮은 거야?"

힘을 잃었다고 조력을 요청했는데, 힘을 소비하는 짓을 해도 괜찮을까? 그런 걱정을 타이치가 말했는데.

"배려에 감사드립니다. 그렇지만, 괜찮아요. 이번에 받은 힘은 몇 번 신탁을 해도 충분히 여력이 남을 정도의 양이니까요."

본인이 그렇게 말하면 괜찮을 것이다. 타이치는 그녀의 말을 믿는 수밖에 없었다.

상대가 인간이라면 모를까, 정령이라면 아직 모르는 것도 많았다.

타이치는 실피에게 눈짓을 했다.

여차하면, 말리는 역할을 맡긴다—.

그런 메시지를 정확하게 받아주었을 것이다. 실피는 맡겨 둬, 라고 말하는 것처럼 고개를 끄덕였다.

눈앞에서 그런 대화를 하자 유그드라실이 쓴웃음을 지었지만, 타이치에게 부탁해서 마력을 나눠 받은 몸으로서는 그것에 이견을 제기할 수 없었다.

"무모한 짓을 하기 전에 멈출 테니까요……."

그것이 유그드라실이 할 수 있는 말이었다.

타이치와 실피가 떠난 뒤 잠시.

이 장소에 유그드라실 말고 존재하는 자는 없다. 엘프나 인간은 물론, 정령도 그렇다.

세계수 곁에는 아무도 없고, 평소와 같은 광경이 펼쳐지고 있었다.

『죄송합니다.』

현현은 이미 해제하고 있었다. 아까는 타이치에게 「소리」로 전달되던 그녀의 말은 공기를 흔들지 않는다.

『저에게 마력을 내려 주셨는데…….』

누구에게도 닿지 않는 목소리로, 그저 하염없이 반복한다.

『그렇지만, 이것은 필요한 일. 모든 일이 끝나고, 용서를 못 하신다면, 얼마든지 벌을 받겠어요.』

틀림없는, 자기만족. 그것을 알면서도, 마음의 목소리는 멈추지 않는다. 멈출 수가 없다.

『저희들은 멈출 수 없어요. ……영악한 속셈 따위 가볍게 짓밟고서, 앞으로 나아가시기를 진심으로 바라고 있습니다.』

유그드라실은 세계수를, 자신의 화신을 올려다보며 말을 맺었다.

누구도, 대답하지 않는다.

제50화 엘프 마을의 생활

"헤에. 본 적이 없는 마물이네."

"응. 비슷한 마물은 알지만, 비슷한 것뿐이니까. 지식도 도움이 안 될지도 몰라."

"어쩔 수 없겠어. 저랭크가 아니니까, 우리들은 처음 봤으니까 싸울 수 없다고 할 수 없어."

"그것도 그렇네."

타이치가 실피의 중개로 유그드라실과 만나고 있을 무렵.

린과 뮤라는 마을을 돌아보고, 바깥의 숲으로 사냥을 하러 나왔다.

아무리 그래도 숲 주위는 정기적으로 사냥을 하는 것이리라. 약한 마물이나 야생 생물이 때때로 보이는 정도.

엘프들의 대다수는 자기 방어를 위해 싸우는 힘을 가지고 있으며, 설령 전투를 주로 하는 일을 하는 자가 아니라도 마을 주변에 나오는 마물이나 해수 정도라면 어려움 없이 사냥을 할 수 있는 실력이 있다고 했다.

실제로 상대해보고, 린과 뮤라의 적이 되지 못하는 강함 밖에 없다는 것은 이미 확인했다.

그렇다면, 조금 숲 안으로 나아가 보았다.

로질에게 그 이야기를 하자, 숲으로 나갈 수 있게 된 수렵이나 전투 초보자가 가지고 있다는 마을로 통하는 길을 알려주는 마도구를 빌려주었다.

본래 이 마을 출신이 아니라면 이걸 가지고 있어봐야 길을 헤매는 것이 고작이라고 로질은 말했다.

그렇지만, 린도 뮤라도 숲을 걷는 법이 초보자가 아니라는 것은 엘프라면 금방 알 수 있었다. 더욱이, 하비에게 뮤라의 실력을 들었다. 그리고, 그 뮤라와 동등한 강함을 가진 것이 린이라고.

강함으로 따지면 하비 일행과 동등하거나, 어쩌면 그 이상.

그만큼의 전투력을 가진 자에게 과한 배려는 불필요하다. 길 순서에 익숙하지 않을 뿐, 자신이 숲 속에 들어가는 거나 마찬가지라고 생각한 로질은 마도구를 빌려주기로 했다.

이것을 사용하면 마을로 돌아올 때 헤매지 않을 수 있다.

돌아오는 길이 걱정됐던 린과 뮤라는 처음으로 걷는 숲을 쑥쑥 나아가 어느 마물을 발견한 것이다.

기척을 지우고 수풀에 숨어 있는 두 사람의 시선 끝에는, 대단히 느릿한 동작으로 걷는 나무 괴물. 높이는 3미터를 가볍게 넘는다. 폭도 상당히 크고, 상당한 거체였다.

숲 속에 서식하는 수목의 마물은 대다수가 움직이지 않고 의태하면서 사냥감을 기다리는 성질이라는 건 알고 있었다. 그렇지만, 두 사람 앞에 있는 마물은 의태 따위 하지 않고 숲 속을 당당히 활보하고 있었다.

수목의 마물이라면, 화염 마술이 특효다. 그러나 숲 속에서 불꽃의 마술을 쓰기는 어렵다. 당연하게도 불이 번질 위험성이 있기 때문이다.

"……그러니까, 이번에는 불 속성을 쓰지 않고 갈 생각이야."

뮤라의 제안에, 린이 금방 수긍했다.

해당 마물은 구성의 태반이 수목이지만, 팔다리의 말단 부분에 바위를 두른 것이 커다란 특징이었다.

린은 뮤라의 옆모습을 힐끔 훔쳐보았다.

아직 답을 내지는 못한 것 같지만, 그것을 지금 이 자리까지 끌고 온 것으로 보이지는 않는다. 그것은 그것. 이라고 구분 짓고 있는 모양이다.

나름대로 시간을 함께 지냈다. 그렇기에, 보면 어떤 감정을 품었는지 대략 알 수 있다.

안도했다. 다시 말해서, 그 정도로 심각하게 생각에 잠기지는 않았다는 것이다.

그러면 걱정할 것 없으리라.

"파워 타입일까?"

사고를 전환하고, 린은 뮤라에게 말했다.

가슴 부분이나 무릎, 팔꿈치에 금속을 부착하고 있기도 하다.

대단히 안 어울리지만, 아마도."

"엘프 흉내, 일까?"

이 숲에서 사냥을 하는 엘프의 장비를 흉내 낸 것일까?

겉보기에는 도저히 방어구처럼 안 보이지만, 그 위치에 금속이 있을 뿐이라도 공격력도 방어력도 상당히 올라갔으리라.

그저 흉내를 낸 거라고 해도 얕볼 수는 없다. 그 의미를 이해하지 못해도, 무슨 이유가 있어서 그렇게 한다는 것을 알고 흉내를 낼만한 지능은 있는 것이다. 만약 방어구의 의미를 이해하고 흉내를 냈다면 더욱 성가시다.

"……가칭 우드 골렘. 파워 타입을 상정. 불꽃이 약점이라고 생각되지만, 숲 속에서는 쓰기 어려워. 골렘답게 강인할 것을 염두에 둘 것. 공격 수단은, 가지, 뿌리, 씨앗, 이파리."

린은 마물을 보면서 중얼중얼 말했다.

그것은 적의 강함을 상정하는 것이었다.

"좋네. 편의상 우드 골렘이라고 하자. 정확한 건 마을에 돌아가서 확인하면 되겠지."

이름이 있으면 편리하다. 린의 가칭이 채용됐다.

"그러면, 일단 내가 낚아볼게."

"그래. 나는 그 다음에 뛰쳐나가겠어."

"응."

일단은 평소와 같은 패턴.

가장 안정되는 전법이다.

마물을 보고, 린은 지팡이 끝을 겨누었다.

사용하는 마술을 정한다.

마력을 끌어올리는 것과, 마술의 구축은 한순간에 끝난다.

이건 기습이다. 마물이 눈치채는 건 명중한 다음, 적어도 마술을 쓴 다음이 아니면 의미가 없다.

선택은 바람 마술이다.

새삼스럽지만, 린도 뮤라도 숲 속에서 불 속성 마술을 써도 연소되지 않도록 제어하는 건 쉽다. 굳이 제한을 하여, 보다 생각해서 싸울 수 있도록 한다. 실력의 폭을 넓히는 좋은 자극이 되니까.

그걸로 다소 불리해진다면 오히려 바라는 바이기도 했다. 물론 목숨이 위기에 처할 것 같으면 제한 따위 전부 떨쳐내는 건 당연하지만.

『에어 해머!』

린의 마술이 우드 골렘의 발을 향해 날아갔다.

겉보기에는 둔중하지만, 감각은 그럭저럭 예민한 것 같다. 마술이 날아오는 것을 맞기 전에 깨달았다.

그렇지만, 이미 직격을 피할 수 없는 거리였다.

『쟈아아?!』

우드 골렘이 깨닫는 것과 동시에 뮤라도 뛰쳐나갔다.

린이 쏜 바람 덩어리는 우드 골렘의 발에 직격. 대미지는 적지만 밸런스는 크게 무너졌다.

그때 돌진하는 뮤라. 상대는 수목이다. 불 속성 금지라는 것은, 마술검 『적련』 따위도 사용할 수 없다. 그렇다면 그저 검으로 베어도 대미지는 크지 않을 것이다. 두 동강으로 양단할 정도가 아니라면 베는 건 간단하지 않다.

그렇다면, 접근전을 하면서 제로 거리에서 마술을 때려 박는 것이 좋을 것이다.

뮤라가 고속으로 접근하려고 했지만, 퍼뜩 깨달은 것처럼 옆으로 뛰었다.

어마어마한 기세로 땅에서 뿌리가 튀어나온 것이다.

덤으로 상하좌우에서, 무수한 가지가 포화 공격.

그냥 가지라고 생각할 수는 없다. 그 움직임이 채찍 같았다. 더욱이 뛰어서 거리를 벌리며, 다가오는 가지를 베어냈다.

그래도 모든 공격을 요격한 것은 아니다. 나머지는 공기가 폭발하여 흩어졌다. 린이 엄호한 것이다. 뮤라는 그 폭풍을 타고 후퇴하면서 검을 안 든 왼손바닥을 땅에 내밀고, 볼링공을 던지는 것처럼 휘둘러 올렸다.

땅이 변화하여 돌창이 여섯 개 나타나 우드 골렘을 향해 날아갔다.

뮤라의 공격은 밀도를 높인 가지의 방패를 관통했지만, 거기서 멈춰 버리고 본체까지 대미지를 주지 못했다.

좌아아, 모래 먼지를 피우며 뮤라가 땅을 몇 미터 미끄러져 멈췄다.

양팔과 양손을 사용해서 브레이크를 걸어 간신히 정지했다. 그 정도 속도를 낸 것이다.

"흐음, 제법인데."

검을 일단 땅에 두고서, 손에 묻은 흙을 털었다.

둘이서 한 기습을 버티고 반격까지 했다. 상당히 강한 마물이다. 어느 정도 숲 속까지 가기만 해도 이 정도 마물을 만날 수 있다면, 단련의 장으로서는 대단히 뛰어나다고 할 수 있다. 하비 일행이 그 정도 강함을 얻은 것도 이해가 된다.

"하지만, 아크 데몬 정도는 아니야."

"그 정도라면, 둘이 덤볐을 때 어느 정도 버티는가, 일까?"

아크 데몬에 대해서는 뮤라에게 어느 정도 강한지 정보를 공유 받았다.

지식으로 알고 있는 것과 실제로 싸운 경험을 공유하는 것은 하늘과 땅 차이가 난다.

뮤라에게 이야기를 듣고, 분명히 강하지만 질 거란 생각은 안 했던 린이었다.

『쟈아아아아아아아아!!』

표현할 수 없는 외침 소리와 함께, 우드 골렘이 무수한 가지를 뻗었다.

그 기세는 날카롭고, 날아오는 창이나 다름없었다.

"응."

그러나 그것은 아무렇게나 왼손을 떨친 린에게 모두 격추되었다.

그 한순간에, 날아오는 가지의 수 이상으로 『물 탄환』을 쏜 것이다.

창을 완전히 요격하고 더욱이 본체를 향해 날아가는 물 덩어리를, 우드 골렘은 다시 가지의 방패로 방어했다.

그러나 그 방패는 완전히 부서져서 날아가 버렸다.

『쟈아아?!』

놀란 것처럼 울부짖은 골렘에게 린이 웃었다.

“유감이네, 그건『수쇄탄』이야.”

물론 공격은 린에게만 한 것이 아니었다.

뮤라는 자신을 향해 날아오는 가지의 창을 보더니— 다리를 써서 검을 차올렸다.

마침 시선의 높이까지 올라온 검을 붙잡았을 때는 이미 가지의 창이 눈앞에 있었다.

그 순간, 공중에 흐르는 은선.

마술로 요격한 린도, 검으로 요격한 뮤라도. 레벨이 각각 한 단계에서 두 단계 올라가 있었다.

한동안 배 위에 있어서 그다지 몸을 움직이지 못했으니까, 이렇게 조금씩 레벨을 올려서 싸우는 것으로 감을 되찾는 것이다.

완전히 공격을 막아내자, 우드 골렘의 움직임이 한순간 멎었다.

그리고 그 순간이, 압도적인 틈이 되어 버렸다.

마물의 생존 본능이 어마어마한 경종을 울린 것이다.

그 원인은.

지팡이를 땅과 수평으로 내밀고, 우드 골렘을 겨누고 있는 린의 모습.

휘몰아치는 마력이 그녀의 로브를 흔들어댄다. 지팡이 뒤에 있는 눈에서 맹렬한 투지가 전해진다.

쿠앙.

우드 골렘은 몸의 왼쪽이 단숨에 가벼워져서 밸런스가 무너졌다.

왼쪽 어깨부터 팔 끝까지 공중으로 날아가고 있었다.

고작 일격으로 팔을 찢어 날려버릴 정도의 공격을 할 수 있는 것인가? 그러한 적을, 우드 골렘은 지금까지 만난 적이 없었다.

도망칠 수 없다. 그것은 본능으로 알고 있었다.

자신의 이동 속도와 그녀들의 가벼운 몸놀림을 생각하면.

『쟈아아아!!!』

아직 최대의 무기는 남아 있었다. 우드 골렘은 오른팔을 들어 올려 있는 힘껏 휘둘렀다. 길이 조절이 자유롭다. 린과 뮤라와 거리는 떨어져 있지만, 여기서부터도 공격이 닿을 수 있다.

원심력을 이용한 해머 같은 일격이 뮤라를 노리고 날아온다.

뮤라는 검을 든 오른손을 왼쪽 어깨 위로 올렸다.

그대로 산책이라도 하는 것 같은 발걸음으로 두 걸음.

우드 골렘의 오른팔과 뮤라가 교차하고— 팔꿈치부터 날아갔다.

뮤라의 검은 대각선으로 호를 그리는 것처럼 휘둘렀다는 것을, 지금의 자세로 읽어낼 수 있었다.

문제는 우드 골렘이 그 검섬을 인식하지 못했다는 것이다.

그것을 금방 받아들이고 소화하는 것은, 우드 골렘에게는 불가능했다.

"꽤 강한걸. 즐거운 싸움이었어."

그 목소리가 우드 골렘 위에서 들렸다.

어느새 거리를 좁힌 것일까?

그런 인식일 것이다. 우드 골렘으로서는.

그렇지만 뮤라가 보기에는 넋이 나간 마물의 틈을 놓치지 않은 것에 지나지 않는다.

뒤늦게 뮤라에 대한 방어를 하려던 우드 골렘이.

『쟈아아!!!』

비명을 질렀다.

금속으로 뒤덮인 몸통에.

번개의 검이 박혀서, 관통하고 있었다.

린이 이번에는 왼손을 우드 골렘에게 내밀고 있었지만, 과연 그것을 인식할 수나 있었을까?

전격이 우드 골렘의 온몸을 돌았다. 린이 쏜『뇌신검』은 고압의 전격. 당연히 고열을 가지고 있다. 물리적인 상처는 없지만, 닿은 곳이 가차 없이 그을려 재가 되어 있었다.

그 일격으로 뮤라에 대한 방어가 불가능해졌다.

직후에 믿을 수 없을 정도로 갈고 닦은 대각선 베기가 직격.

뮤라가 착지해서 검을 떨치고, 우드 골렘의 상체가 어긋나서 땅에 떨어졌다.

돌아보면서 어떤지 살피자, 우드 골렘은 움직이지 않는다. 완전히 쓰러진 것을 확인하고 뮤라는 검을 칼집에 넣었다.

“토벌 증명 부위는 어딜까?”

뮤라가 전투태세를 풀자, 린도 우드 골렘의 시체에 다가가 내려다보며 말했다.

"모험가 길드 같은 게 없으니까, 토벌 증명 부위는 상관없어."

"아, 그렇네. 습관이라 그만."

태클을 받은 걸 깨닫고서 린은 웃었다.

"모두 가져갈 수는 없으니까, 린이 날려버린 팔이라도 가져가면 될까?"

"그렇네."

아무리 그래도 가져가려면 일손이 필요하다.

오늘은 사냥 첫날.

한동안 마을에 있을 거니까, 부담 가질 필요는 없다.

"오늘은 이 정도면 되겠지."

"그렇네. 돌아가자."

린과 뮤라는 우드 골렘의 팔을 둘이서 짊어지고 마을로 돌아가기로 했다.

마을에 돌아가자, 우드 골렘을 쓰러뜨렸다는 것에 사람들이 놀랐다.

엘프 마을에서 부르는 정식 명칭은 엘더 우드 포크.

움직임이 느려서 만나도 도망치는 것은 어렵지 않다. 다만 그 강인함, 높은 공격력, 넓은 공격 범위 탓에 싸우게 되면 무척 어렵다. 다른 식물과 마찬가지로 대지에서 양분을 빨아올려 살아가기 때문에 적극적으로 사람을 습격하지도 않고, 엘프 마을까지 오는 일은 일단 없지만, 불운하게 만나 버렸을 경우는 외적으로서 적극적으로 공격해온다. 희생된 엘프가 많지는 않지만, 적지도 않다고 한다. 또한 엘프가 장비하고 있는 방어구를 흉내 내는 성질이 있는 점도 성가신 점이라고 할 수 있다.

그 마물은 마을에서도 손꼽히는 전사가 파티를 짜지 않는 한, 위험하다고 판단하여 싸우는 것이 허가되지 않는 강인한 마물.

반대로 엘더 우드 포크를 토벌하는 부대 편성에 들어가게 되면, 엘프 마을에서도 상위의 전사라고 인정받게 되는 것이다.

그것을 고작 둘이서, 게다가 처음 보았음에도 쓰러뜨리자, 린과 뮤라는 상당히 주목을 받게 됐다.

"아니, 이거 근사하군."

하룻밤 지나서.

린과 뮤라에게 보고를 받은 로질이 부하를 보내 엘더 우드 포크의 시체를 회수했다.

광장에 눕혀놓은 시체를 보고 있던 마을의 목공 기술자 남성이, 손에 집은 나무를 보고 부르짖었다.

건축의 지주로 삼거나, 농기구의 자루로 삼는 등, 쓸 길이 잔뜩 있다고 남성은 말했다.

"이 정도로 질 좋은 목재는 좀처럼 얻을 수가 없어. 고맙다, 두 사람."

목재는 늘 수요가 높지만, 상질의 소재는 역시 좋은 나무를 벌채하지 않으면 얻을 수 없다. 숲 속에서 숲과 함께 살아가는 엘프들에게, 그것은 되도록 피하고 싶은 것이었다.

"훌륭하군."

그 모습을 떨어져서 보고 있던 린과 뮤라 곁에, 로질이 찾아왔다.

"나도 그럭저럭 실력이 있다고 자부하고 있지만, 그렇기에 이 녀석의 강함은 잘 안다."

그래서 이 정도 마물을 사냥한 것에 순순히 경외를 느낀다고 로질이 말했다.

"어머, 고마워. 하지만, 당신도 사냥할 수 있지 않아?"

마을의 방위대 부대장이라는 직함이 멋이 아니란 것은, 서 있는 모습이나 몸의 움직임을 보면 알 수 있다.

그것은 뮤라는 물론, 린과 타이치도 똑같이 인식하고 있었다.

"뭐 할 수는 있겠지. 예를 들어 나와 하비 두 사람이라면, 비슷하게 강한 엘더 우드 포크를 사냥하는 것도 가능할 거다."

그러나, 로질은 말을 이었다.

"언제나 내가 앞으로 나설 수 있다면 좋지만, 부하를 맡고 있는 몸이라서 말이다. 부하를 지휘해서 시켜야 할 필요도 있는 법이다."

방위대도 기본적으로는 실력주의. 로질이 마을에서도 유수의 전사이기에 맡고 있는 직위.

그런 부분에서 모순이 있다고 그는 말했다.

자신도 싸우면 보다 안전하겠지만, 부하 육성을 위해서 손을 댈 수가 없다.

인간도 엘프도, 그러한 부분의 고민은 다를 바가 없는 모양이다.

"우리들은 마음 편한 모험가니까요. 그런 것하고는 인연이 먼 걸지도 몰라요."

"뭐, 조직적인 군이 나쁜 것도 아니니까, 그건 개개인의 자질과 성질이 맞는가 아닌가겠지."

린과 뮤라의 그 대답에, 로질은「분명 그렇군」하고 응답했다.

조직적인 집단의 움직임은 메리트가 있고, 소수로 형성된 고랭크 모험가에게도 또한 메리트가 있다.

어느 쪽이 뛰어난지에 대해서는 한 가지로 말할 수 없다.

우열을 논하는 것보다는, 적재적소에 배치할 수 있는지 없는지가 중요한 것이다.

차원이 다른 힘을 가진 자가 아닌 한 말이다.

"헤에, 이게 린이랑 뮤라가 사냥한 녀석이구나. 꽤 큰데."

엘더 우드 포크의 시체 옆에 쪼그려 앉아서, 타이치가 감탄한 것처럼 중얼거렸다.

그렇다. 소환술을 사용하는 유니크 매지션이며 엘레멘탈 실피드와 계약했다는 전인미답의 쾌거를 이룩한 타이치라면, 개인이나 집단, 그런 논쟁을 무의미하게 한다.

반대로 말하자면, 그와 같은 존재가 아닌 한 그렇게 되지 않는 것이다.

"미안하지만, 내일 이후로는 그도 사냥을 하러 갈 거야."

"알았다. 문제는 없다. 그도 강하다는 이야기는 들었지만…… 정말인가?"

그 질문은, 타이치의 실력에 관해서였다.

의심하는 것은 아니리라. 아니, 의심하지 않는 것이 아니다.
타이치가 강하다는 것 자체는 의심하지 않는다. 의심하는 것은, 아마도 타이치가 가진 강함이 믿기 어려울 정도라는 것이리라.
거대한 벼락으로 성을 통째로 날려버리고, 커다란 구멍을 뚫었다는 이야기를 믿기 어려운 것도 당연한 것이다.
린과 뮤라도, 자기 눈으로 몇 번이나 보았기 때문에 「그렇다」라고 알 수 있을 뿐이지, 이야기만 들었다면 믿지 못했을 것이 틀림없다.
"괜찮아요, 정말이니까요."
그걸로 로질의 의문을 불식할 수 있을 거라 생각하진 않지만, 거짓말을 할 생각은 없다.
린은 로질을 보면서 웃었다.
그녀의 웃음이 거짓말을 하고 있다는 생각이 안 들어서, 로질은 더는 말을 않기로 했다.
"여보."
문득 뒤에서 누가 말을 걸었다.
로질이 돌아보았다. 그에 따라 린과 뮤라도 돌아보았다.
그곳에 엘프 여성이 한 명 있었다.
"그쪽 두 분이, 마을의 손님이구나?"
가볍게 웨이브가 진 세미 롱의 금발을 가진 그녀는 린과 뮤라를 보고 미소를 지었다. 온화하면서 심지가 굳다고 느껴지는 웃음이었다.

"아아, 그래. 소개하지. 내 처인 아샤야."

"로질의 아내이고, 방위대 부대장 부관인 아샤입니다. 남편이 신세를 지고 있어요."

아샤가 인사를 하자, 린과 뮤라도 자기소개와 인사를 했다.

"아샤. 무슨 용건 있나?"

린과 뮤라, 로질의 대화는 그냥 세상 돌아가는 이야기였지만, 방위대 부대장이라는 직함을 생각하면 그 잡담도 어엿한 부대장의 직무였다. 그런 그에게 말을 걸었다는 것은 그 이상으로 중요한 용건이 있는 것이리라.

"그래. 제3구역의 밭에서, 마물의 습격이 있었어. 방위를 하는 게 고작이라서 격퇴까지는 못했다고 급히 연락이 왔어. 따라서 구원 부대를 이끌고 나서도록, 명령이 내려왔어."

"제3구역…… 그곳이라면 어쩔 수 없지."

엘프 마을에서는 방벽 내부와 외부에 밭을 만들어 농경을 하고 있다.

제1구역, 제2구역은 넓이는 그럭저럭 있기 때문에 방벽 내부에 있지만, 제3구역은 새롭게 만든 밭이다. 이미 방벽 내부에 여유가 없기 때문에, 방벽 바깥에 만들어 방위대가 상주하면서 짐승 따위의 피해로부터 지키고 있었다.

그렇지만 때때로 대량의 야생 생물이나 마물이 작물을 노리고 찾아와, 상주하는 인원만으로는 지키지 못하는 일이 있다. 그럴 때 방위대가 지원을 보내는 것이다.

제3구역은, 제4와 제5를 개척할 필요가 없도록 제1구역, 제

2구역을 아우른 면적보다도 훨씬 넓다.
따라서 방위에는 조직적인 움직임이 불가결하며, 부대를 이끄는 것은 방위대 대장이나 부대장으로 정해져 있었다.
"미안하군. 긴급 출동 명령이 내려왔다. 나는 자리를 비워야겠어."
"그래, 알았어."
"알았어요."
손님이 있든 없든, 마물은 그런 건 상관하지 않는다.
그리고 이 습격 자체도, 빈도는 그리 자주는 아니지만 드문 일도 아니었다.
"잠깐만."
그런 대화를 하는데, 옆에서 끼어드는 목소리.
"타이치."
방금 전까지 엘더 우드 포크를 관찰하고 있던 타이치가 어느샌가 가까운 곳까지 와 있었다.
"그거, 나도 끼고 싶어."
타이치는 로질에게 말했다.
"린도 뮤라도 몸을 풀고 왔으니까. 나도 사냥 가기 전에 몸 좀 풀고 싶어."
방위 자체는 그렇게 어려운 일이 아니다. 지원이 필요하다고 하니 습격해온 무리는 수는 제법 많겠지만, 개개의 마물은 그렇게까지 강하지 않을 것이다.
"타이치가 간다면, 우리가 도울 필요도 없겠네."

"그렇네. 타이치 혼자서도 충분할 정도야."

타이치를 참가시키기 위해서인지, 린과 뮤라가 그렇게 덧붙였다.

그것을 옆에서 듣고 있던 아샤는 뭔가 무슨 말을 하고 싶은 것 같았지만, 결국 아무 말도 하지 않았다.

로질은 하비에게 들은 이야기를, 아내인 아샤에게는 말해두었다. 좀처럼 믿기 어렵다는 마음이 나타나도, 그것 자체는 당연하다고 생각했다.

"이야기는 들었겠지만. 나는 린과 뮤라처럼 뭔가 사냥해서 보여준 게 아니니까. 이쯤에서 한 번, 나도 쓸만하다는 걸 보여줄까 생각해서."

"흠…… 그렇다면, 부탁하도록 하지."

그런 거라면 바라 마지않는 이야기다. 타이치가 할 수 있다는 것 자체는 의심하는 것이 아니다. 전력은 많은 편이 좋은 게 당연하다.

준비에 대해 물어보자, 이대로도 괜찮다고 하는 타이치. 전투를 얕보는 것 같은 태도였지만, 「준비는 필요하지만, 언제나 준비 만전일 때 적이 공격해오는 건 아니다」라는 타이치의 말도 지당했으니까.

"좋아, 소집은 걸었겠지?"

"이미 됐어요."

"그러면 여기로 데려와 줘. 도착하자마자 제3구역으로 출격한다."

"네."

상관인 로질의 말에, 아샤는 아내가 아니라 부관으로서 답례했다.

그리고 5분 뒤. 역시 훈련을 받아서 그런지, 당직 부하 20명이 재빨리 모여 있었다. 엘프니까 겉보기에는 선이 가늘지만 모두들 건장했으며, 또한 실력도 상당한 것으로 보인다. 방위대는 정예의 모임인 모양이다.

"제3구역은 마을 바깥으로 나가서 멀지 않다. 따라와 다오."

"알았어."

타이치에게 말하더니, 로질은 부하를 돌아보았다.

"이쪽 손님이, 이번 제3구역의 방위에 함께 가게 됐다. 그러면, 출격한다."

"네!"

로질의 인도로 마을을 나서서 달려가기를 몇 분.

마을 방벽이 보이는 곳에 만들어진, 커다란 밭이 보였다.

그곳에는 무수한 마물이 있었고, 검이나 활을 가진 엘프가 공격이나 견제를 반복하고 있었다.

그렇지만 수가 많아서 현상 유지가 고작이라는 보고 그대로의 상황이었다.

부상자는 없었지만 밭의 작물은 어느 정도 먹혀버렸고, 피해는 조금씩 커지고 있었다.

"저기 보인다! 그러면 반을 다섯으로 나눠서……."

그런 로질의 발언을 타이치가 가로막았다.

"기다려. 저 정도라면, 나 혼자서도 충분해."

"……뭐라고?"

그 말투에, 로질이 무심코 눈을 크게 떴다.

분명히 보아하니, 그렇게까지 강한 마물은 없다. 그래서 쓰러뜨리는 것뿐이라면 방위대 사람들도 누구나 가능하다.

그렇지만 수가 많고, 한 마리 한 마리를 처치한다면 시간이 지나치게 걸린다.

그렇기 때문에 타이치의 「혼자서도 충분」은 이해하기 어려운 것이었지만.

"그렇게까지 말한다면, 실패가 용납되지 않을 텐데 괜찮아?"

아샤가 의심스러운 표정으로 말했다.

손님을 의심하는 짓은 하고 싶지 않지만, 허세를 부렸을 뿐이라면 피해가 퍼져버릴 것이다. 피해가 작물로 끝나면 그나마 괜찮겠지만, 지금은 아직 무사한 엘프들이 부상을 입을지도 모른다. 그 탓에 회의감을 버리지는 못했다.

"그래, 괜찮아. 그러니까, 다녀올게."

다녀올게. 라고 말한 그 순간.

뒤에서 돌풍이 불었다.

그리고, 타이치의 모습이 사라졌다.

"……뭣?"

그렇게 목소리를 낸 것은 누구였을까?

그것을 확인하기 전에, 타이치는 토란을 파내고 있는 곰 같은 마물 품으로 파고들었다.

"으랏차!"

아래쪽에서 치켜 올리는 장저.

몸의 크기만 따지자면 엘더 우드 포크 이상, 일어서면 5미터는 되는 거대한 곰 마물을, 치솟는 바람으로 상공에 날려버렸다.

"…………뭣?"

또 다시 목소리.

이것도, 누구의 목소리일까?

그런 의문은, 곰 마물이 땅바닥에 호되게 부딪힌 것으로 사라졌다.

쿠웅, 땅바닥을 뒤흔들 정도의 충격이, 밭에서 필사적으로 방어하고 있던 엘프들은 물론, 떨어진 곳에서 보고 있던 로질 일행에게도 전해졌다.

그것은 마물이나 야생 생물도 마찬가지였는지, 그 자리가 교착됐다.

그것을 만든 것은 틀림없이 타이치였다.

역시 강인해서 큰 대미지는 없었지만, 통증은 느끼는지 불쑥 일어서는 곰.

자신에게 무례를 저지른 작은 인간을 노려보다가, 곰은 사지로 땅을 짓밟은 채 굳었다.

타이치를 중심으로 흩어진 마력이, 마물의 본능을 더할 나위 없이 자극한 것이다. —이길 수 없다, 라고.

"꺼져. 당장 사라지면 죽이진 않는다."

그 압도적인 위압감은, 모든 마물들에게서 전의를 송두리째 꺾어버렸다.

못 당한다. 이 자리에 있으면 죽는다.

누구나 그 공포를 맛보았다.

지향성을 주었기 때문에 엘프들은 그 압력을 느끼지 않았지만, 이 이상사태는 타이치가 뿜어낸 압력에 따라 일어난 것이라고 올바르게 인식하고 있었다.

"그, 그오아아아아!!"

그때. 곰이 공포를 떨쳐내고자 울부짖고, 타이치에게 돌진을 시작했다.

침을 마구 흘리면서, 그 눈에는 결사의 각오를 깃들이고서.

왜소한 엘프가 깔보면, 입 다물고 있을 수는 없었다. 약육강식의 세상에서는 얕잡아 보이는 자부터 죽는 것이다.

곰은 엘프밖에 본 적이 없어서 타이치를 엘프라고 오인했지만, 그러한 것은 지금은 괜찮으리라.

"좋아, 받아주지."

머리로 들이받으려는 곰의 돌진을 보고, 타이치는 느릿하게 왼손을 내밀었다.

격돌의 굉음이 울려 퍼졌다.

곰의 돌진은, 타이치가 아무렇게나 내민 왼손으로 받아냈다.

타이치는 1센티미터도 물러나지 않았다.

격돌의 충격을 통째로 받아내자, 곰의 거체가 한순간 공중에 떠오를 정도다.

"그 기개를 봐서, 오늘은 봐줄게. 다음에 나한테 발견되면 곰탕으로 만들어 줄 테다. 알았으면, 가라."

타이치의 말을 이해한 것은 아니리라. 그렇지만, 다음에는 죽는다는 것은 분명하게 곰에게 전해진 모양이다. 곰은 살짝 눈을 크게 뜨더니 부르르 공포에 몸을 떨고, 조심조심 후퇴하여 이윽고 조금 빠르게 달려 숲 속으로 사라졌다.

아무래도 마물들의 보스는 그 곰이었는지, 다른 마물들도 삼삼오오 숲 속으로 사라졌다.

이윽고 정적이 자리를 지배했다.

방금 전까지 공격해오던 마물이 깔끔하게 도주했다.

잠시 주위의 기척을 살피고 있던 타이치는, 마물들이 일정 이상의 거리로 떨어진 것을 확인하더니 몸을 이완시켰다.

"끝났네."

오로지 홀로, 모든 마물을 격퇴.

그것도 싸움다운 싸움 따위는 전혀 없이.

마물의 보스를 쓰다듬는 것처럼 위협했을 뿐이다.

"그렇지? 괜찮았지?"

로질과 아샤를 향해 말을 거는 타이치.

상대보다도 훨씬 높은 경지에 있을 경우, 애당초 싸움 자체가 일어나지 않는다.

그렇게 말한 것은 로질 일행에게 무술을 가르쳐준 교관이었다.

그 자리에서 그것을 목격한 엘프들은 무술의 단련을 할 때 그것을 배웠다. 의도치 않게 그 말이 사실이라는 것을 보게 되자, 그들은 재기동까지 조금 시간이 필요했다.

◇◆◇◆◇◆◇◆

타이치와 린, 뮤라가 마을에 온지 며칠. 그들이 바쁘게 숲에 다니며 사냥을 하여 성과를 가지고 돌아와 마을에 공헌한다는 정보는, 당연하지만 관청에도 들어와 있었다.

그들 말로는 체류 비용이라고 한다.

식사 준비는 물론이고 생활에 대한 신세까지 지고 있다면 모를까, 되도록 자신들이 하면서 자신들이 먹는 것까지 어느 정도 스스로 사냥해오는 현재 상황에서 그들이 머무르는 코스트 따위 거의 없는 거나 다름없다. 사냥해온 것과 가지고 싶은 것을 마을 주민과 물물교환해서 얻고 있었다.

굳이 따지자면 숙소비가 든다고 말할 수 없는 건 아니지만, 애당초 그다지 쓰이지도 않는 시설인 데다가, 그들이 숲에서 가져오는 성과를 생각하면 거슬러줘야 할 정도였다.

"마을에 있는 그들 덕분에, 마을의 경제가 활성화되고 있군. 고마운 일이야."

보고서를 읽은 남자는 그렇게 말하고 눈을 감았다.

여기는 마을 관청의 집정관 집무실.

집정관은 차기 수장이 수행도 겸하여 맡는 직위다.

현 수장인 제스타도, 수장 자리를 이을 때까지는 집정관으로 정무의 수행을 하면서 실력을 발휘하고 있었다.

현재 집정관은 레이놀드 에크루 그륜. 제스타의 차남이었다.

본래는 그의 형이 이 자리에 앉을 예정이었지만, 형은 이미 약초의 연구로 위대한 성과를 내어 이름을 드높였다. 당사자가 수장이 될 생각이 없고 연구실에 틀어박힌 것도 있어서 레이놀드에게 자리가 돌아온 것이다.

제스타의 아들로서, 엘프 마을에 공헌하고 있다고 생각하는 그는 될 수 없을 것이라고 생각했던 집정관이 된 것을 대단히 기뻐했다.

"네. 그들의 공헌도는 어마어마합니다. 엘프 마을은 그들에게는 그에 걸맞은 것을 돌려주어야 합니다."

레이놀드의 말에 대답이 돌아왔다.

집정관 데스크 앞에 선 아르비스.

그는 레이놀드의 아들이었다.

레이놀드와 아르비스.

부자의 시선이 교차한다.

"그렇군. 이렇게 되면 어중간한 것은 균형이 안 맞는다. 답례를 하기 어려우니 조금 삼가다오, 라고는 입이 비뚤어져도 말할 수 없고."

레이놀드는 이마에 손을 올리고 고개를 좌우로 흔들었다.

그렇다. 이익을 내주는 것을 그만해다오. 라는 것은 엉뚱한 요청이다. 생각할 것도 없이 그런 말은 할 수 없다.

물리적인 것은 과잉 공급이 아니다. 특히 커다란 부분은, 엘프 전사들은 약간 고전할 법한 마물을 사냥하는 것이다.

그들은 그 전과에 대한 보수가 필요 없다고 하지만, 그럴 수도 없는 일이다.

현물이 없기 때문에 성가신 것이다.

"더 이상은 일방적으로 베푸는 것이 되니까……. 그렇게 말해야 할까? 어떻게 말해야 좋을지 고민스럽다만, 얼른 손을 써야겠군."

"알고 있습니다. 아버지."

"그래."

"그러나, 무엇을 지불해야 할까, 이거군……."

"그것은……."

아르비스는 말문이 막혔다. 그 대답을 안다면 이렇게까지 고민하지 않는 것이다.

"그렇게 되기 전에 정해야 하겠지만, 묘안이 떠오르질 않는군……."

레이놀드는 잠시 고민하고, 금방 대답이 안 나오는 것은 일단 제쳐두기로 했다.

"아르비스. 그밖에 뭔가 보고가 온 건 있느냐?"

아버지이자 상관인 그가 묻자, 아르비스가 고개를 끄덕였다.

"함께 훈련을 한 방위대 대원들이, 그들의 연계가 상당히 수준 높은 것이라고 입을 모아 찬사를 보내고 있습니다. 그런 그들을 떼어놓는 것은, 다소 괴롭긴 합니다만……."

그렇게 말하고 아르비스는 다소 마음이 불편하긴 하지만, 자신의 생각을 바꿀 생각은 없었다.

"그렇구나. 무녀님의 계승은, 대대로 이어져온 우리들의 역사. 그것을 지키기 위해서도 필요한 일이다."

레이놀드는 새삼 아들의 눈을 보았다.

"지금은 따님께서 어떤 대답을 내실지 기다릴 때로군."

"네. 만약, 잇지 않는다는 대답이었을 경우는……."

"그때는, 생각을 해봐야겠지."

두 사람은 서로의 인식을 확인했다.

그것에 포기한다는 말은 존재하지 않았다.

그것이 어떤 파란을 일으킬지, 지금은 아직 아무도 모른다.

◇◆◇◆◇◆◇◆

밤이 깊어지고, 모두가 잠들었을 무렵.

달빛이 창에서 들어오는 사당의 복도를 레미아가 천천히 걷고 있었다.

마루가 깔린 바닥이 레미아의 발을 받아낼 때마다 살짝 삐걱거린다.

목적한 방에 도착하자, 그녀는 노크도 없이 문을 열었다.

문이 드르륵 열리는 소리를 냈다.

방 안의 불빛은 4개의 촛불뿐이다.

그리고, 문의 정면에 앉은 그림자를 보고 레미아는 희미하게 웃었다.

"기다리셨군, 무녀님. ……아니, 이렇게 부르면 되나? **이모님.**"

그 말을 들은 야뮬이 쓴웃음을 지으면서 레미아를 맞이했다.

"불러내서 미안해~. 자, 거기 앉으렴~."

아무래도 지금은 무녀의 입장이 아닌 야뮬과 레미아, 여자 둘이서 작은 연회를 여는 모양이다. 그렇다면 그걸로 레미아도 그렇게 생각해서 대할 뿐이다.

야뮬이 가리킨 것은 그녀의 맞은편에 놓인 풀로 짠 방석.

레미아는 가볍게 어깨를 으쓱거리고, 거기에 앉았다.

야뮬은 옆에 놓아둔 술그릇을 집어서, 놓여 있던 2개의 잔에 따랐다.

나무를 파서 만들어진 것으로 보이는 그 술그릇은 상당히 고급이라고, 야뮬의 손길을 멍하니 바라보면서 레미아는 생각했다.

그런 괜한 생각을 하고 있자, 술을 따른 잔을 내민다.

"술을 나눌 수 있다니…… 이쪽이 말을 꺼내긴 했지만, 무녀인데 문제없는 건가?"

레미아는 흔들리는 수면에 반사되는 자신의 꼴사나운 표정을 바라보며 야뮬에게 물었다. 그렇다. 용건 하나는 이 술자리였다.

"무녀는 딱히 성직자가 아닌걸~. 절도만 지키면, 마셔도 아무도 뭐라고 안 해~."

딱히 매일 마시는 것도 아니다. 가끔 술을 마시고 싶으면 조금만 즐긴다. 야뮬은 그렇게 말했다.

"그렇군."

그것을 듣고, 그 이상은 묻지 않고 레미아는 잔을 얼굴 앞에 들었다.

"오랜만의 재회에~."

"서로의 건강에."

""건배.""

말은 적다. 그것에 담긴 마음은 많다.

두 사람은 잔에 입을 댔다. 술은 약간 세다. 살며시 목을 태우는 감각이 좋다.

"일부러 이렇게 사람도 물리고서, 비밀 이야기라도 할 셈이군."

다른 사람은 여기에 없다. 여기는커녕, 기척을 살펴봐도 사당 안에 아무도 없다. 야뮬이 사람을 물린 것이리라.

그런 레미아의 물음에 야뮬이 천천히 고개를 좌우로 흔들었다.

"아니~. 그냥, 둘이서 술을 마시고 싶었어. 그저 그것뿐이야~."

"그렇군."

정적.

누가 먼저랄 것도 없이 잔에 입을 댔다.

그렇게까지 크지 않은 잔은 두 모금만 마셔도 비어 버린다.

야뮬이 술그릇을 들어서 가볍게 위아래로 움직이면, 레미아가 한 번 고개를 끄덕이고 잔을 내밀었다.

꼴꼴 다음 술을 따른다.

"그러고 보니, 며칠 전에 타이치를 불러냈지. 무슨 이야기를 한 거지?"

침묵이 괴로워질 법한 **관계는 아니지만**, 기껏 이렇게 술자리를 마련한 것이다. 계속 침묵하고 있는 것도 아니다. 그렇게 생각해서 화제를 제공해봤다.

그 날의 일을, 딱히 타이치에게 확인하지는 않았다. 무슨 일이 있었다면 상담을 해올 것이다. 타이치가 고민에 잠긴 기색이 없었던 것도, 추궁하지 않은 이유였다.

그 물음에, 야뮬은 고개를 좌우로 흔들었다.

"모르겠어~. 나는, 중계를 한 것뿐이야~."

"중계……."

이 마을에서 어떤 의미로 가장 권위를 가졌다고 할 수 있는 야뮬이, 중계를 했을 뿐. 그런 일을 할 수 있는 것은 극히 한정된다.

"세계수 유그드라실이군……."

대답을 내고서 중얼거린 레미아에게 야뮬이 고개를 끄덕였다.

"타이치와 유그드라실의 대화에는, 동석하지 않은 거군."

야뮬은 고개를 끄덕였다.

동석을 요구해볼까 생각했지만, 못했다.

유그드라실은 인도를 내려주는 쪽. 엘프는 은혜를 받고 있는 쪽이다.

주제넘게 부탁을 할 수 있을 리 없었다.

고작해야, 신탁으로 이끌어 달라고 부탁을 고하는 정도다.

그것을 이루어줄지 말지마저도, 유그드라실이 정하는 것.

"유그드라실 님은 언제나 인도해주고 계신걸~. 여기에 더 부탁을 하다니, 그럴 수가 없었어~."

볼에 손을 대고서 가볍게 말하지만, 그것에는 진지하게 유그드라실을 경애하는 감정이 있었기 때문에, 레미아는 「그렇군」 하고 대답만 하고 그 이상 말하는 걸 관두었다.

완충재로서 레미아가 제공한 화제도 즉시 연기가 되어 사라졌다.

자리에 가라앉는, 침묵.

레미아의 정면에서는 야뮬이 술을 따른 잔에 퍼지는 파문에 시선을 떨구고 있었다.

레미아는 조금 술을 마셔 목을 축이고, 천천히 입을 열었다.

"……이것 하나는 말해두고 싶었어. 나한테 사과할 필요는 없어."

그 순간. 야뮬이 퍼뜩 고개를 들었다.

그 기세에 잔의 술이 약간 넘쳤지만, 그것을 신경 쓰는 기색도 없었다.

"지금은 말이지, 일절 얽매인 것이 없는 곳에서 좋아하는 만큼 연구를 하는 마음 편한 생활을 누리고 있어. 연구 성과 일부를 팔아서 돈도 난처할 것 없지. 마을에서 나온 것에 감사하고 있을 정도야."

"…………."

"마음 씀씀이는 고맙게 받아두도록 하지. 그렇지만, 굳이 말하지. 기우라고."

미소를 지으며 눈을 감은 레미아는 홀짝 잔을 들이켜고 빈

잔을 야뮬에게 내밀었다.

한 잔 더 달라는 재촉에, 야뮬도 웃음을 지으며 응답했다.

벌써, 80년이나 지났구나—.

천천히, 천천히 따르는 술을 바라보며 야뮬은 지나간 날을 떠올렸다.

결론부터 말하자면, 레미아 산타클은 야뮬의 여동생인 미르에가 인간 남자 사이에서 낳은 딸이었다.

언니와 달리 호기심이 왕성한 여동생은 몰래 마을을 빠져나가 인간의 도시로 나서는 것을 반복했다.

미르에의 언니는 야뮬. 마을에서는 유일무이의 무녀.

그 육친이며, 또한 뛰어난 마술사인 미르에는 역시 무녀의 여동생이라 할 정도의 자질과 실력을 가지고 있었다. 그 탓에 자기 몸은 자기가 지킬 수 있다는 신뢰로 눈을 감아주었다.

“마을에서 나갈 수 없는 언니를 위해서, 내가 바깥 세계를 보고 와줄게.”

이것은, 미르에가 자주 언니에게 말한 입버릇 같은 것이었다.

실제로 인간의 마을에 나갈 때마다, 돌아오면 제일 먼저 야뮬 곁으로 와서 「이번에는 어떤 걸 보았다」, 「그런 것이 있었다」 하고 이것저것 가르쳐 주었다.

실제로 보고 싶다는 욕구가 예상 이상으로 부풀어 올라버린 것은 난점이었지만, 표현력이 풍부한 미르에 덕분에 상상이 어렵지 않았고, 즐겁게 이야기하는 여동생을 보자 「뭐 좋아」 하고 생각해 버렸으니 야뮬도 물렀다.

그런 그녀가 마을에서 문득 사라지고서, 3년.

엘프의 수명은 길다. 3년은 인간이라면 긴 시간이지만, 엘프에게는 순식간이다. 5년 정도 돌아오지 않는 일도 드물지 않았으니, 마을의 아무도 신경 쓰지 않았다. 미르에의 마술 실력을 알고 있으면 더욱 그렇다.

오랜만에 엘프 마을로 돌아온 미르에. 그러나, 지금까지하고는 결정적으로 다른 것이 두 가지 있었다.

"언니. 나, 이 사람의 아이를 낳을 거야."

하나는 그녀와 동행한 인간 남자가 있었다는 것.

또 하나는, 미르에의 배가 부풀어 있었다는 것.

야물과 그녀에게 가까운 자들은 금방 짐작했다. 미르에를 배려하는 인간 남자와, 그 조력을 기쁘게 받아들이는 미르에. 두 사람이 서로를 진심으로 사랑한다는 것을.

남자는 인간 모험가. 마술사이며, 인간의 마을에서 같은 모험가로서 돈을 벌고 있던 미르에가 난처한 참에 도와준 것이 만남이었다고 한다.

언니는 진심으로 여동생을 축복했다.

가장 사랑하는 여동생이, 이 사람이라고 정한 남자와 행복해지고 싶다고 한다. 그것을 축복하지 않고 어쩌겠는가?

야뮬의 주변 사람들도 미르에 편이었다. 입을 모아 축복의 말을 했다.

인간과 엘프. 수명의 차이라는 문제는 있지만, 그것은 각오했으리라. 어린애가 아니니까, 그것은 당사자끼리 해결해야 할 문제다.

그렇다, 야뮬은 이 순간 치명적인 실수를 하고 말았다.

여동생을 축복하고, 행복을 바라는 것에 가슴이 가득해졌다. 가득하고 말았다.

엘프 마을에는 규율이 있는 것이다.

그리고 얼마 지나서, 미르에는 딸을 낳았다.

어머니의 미모를 이어받을 것이 예상되는 사랑스런 딸이었다.

가족이 보여주는 행복한 표정에, 야뮬 또한 취해 있었다.

그렇지만, 그 행복은 오래 가지 않았다.

야뮬이 정기적인 의식을 맡고 있는 와중에 그것이 일어났다.

"이건 대체 무슨 짓이야?"

미르에는 날카롭게 힐문했다.

밤.

친구의 집에서 저녁 식사를 대접받고 집으로 돌아가던 미르에와 남편, 그리고 딸은 얼굴을 가린 다섯 명에게 둘러싸여 있었다.

그곳은 마침 사람들 눈에 안 띄는 뒷골목.

밤도 상당히 깊어졌으며 큰길에도 사람은 이미 거의 없다. 뒷골목 따위 아무도 없다.

"규율을 깬 자에게 단죄를."

다섯 명 중에 한 명이 그렇게 대답했다.

미르에는 혀를 찼다. 왜 방심했을까? 어리석은 자신을 때리고 싶었다.

인간과 간통은 중죄, 라는 규율이 있다. 미르에는 그런 규율 따위 이미 곰팡이가 피어 있으니 버려버리면 된다, 라고 진심으로 생각하는 쪽이었지만, 아직도 중요하게 생각하는 엘프가 있다는 것도 알고 있었다.

그러나, 마을에 돌아왔을 때 규율을 깬 자라는 규탄이 일어나지 않아서 맥이 빠진 기억도 선했다.

언제 그것이 올지 모른다. 처음에는 경계했었다.

그렇지만 출산이 다가오자 그럴 여유가 없게 되고, 딸이 태어나고서는 아이를 키우는 것에 쫓겨 바쁜 나날을 보내는 사이에 어느샌가 그런 것은 미르에의 머리 한 구석에서도 사라져 버렸다.

그 방심을, 보기 좋게 찔리고 말았다.

'내가, 지켜야 돼……!'

남편도 마술사로서 모험가로 생계를 꾸리고 있었지만, 미르에 정도의 실력은 없었다.

딸에 이르러서는 말할 것도 없다.

"그 딸. 검은 머리 따위의 불길함 또한, 살려둘 수는 없다."

미르에는 언니와 같은 머리색. 남편은 갈색머리. 어째서 딸이 검은 머리인지는 수수께끼였다. 그녀가 정을 나눈 상대는 남편뿐. 그것은 단언할 수 있으니까.

그러나, 그것뿐이다.

이 행복을.

남편을.

딸을.
넘겨줄 이유가 될 리 없었다.
"잘도 말했겠다."
모두 실력자. 손에는 단검이나 단궁. 무기를 다루는 것에 정통하며, 몸의 움직임도 일류다.
그래서 어쨌다는 걸까?
"나를 해치울 수 있다는 게 자만이라는 걸 알려주겠어!"
공격하기만 하면 되는 자객과, 지켜야 할 자를 둘이나 끌어안은 마술사.
압도적으로 불리한, 그러나 한 걸음도 물러날 수 없는 싸움이 시작됐다.

"윽?!"
의식를 치르는 와중.
야뮬은 너무나도 익숙한 마력이 고조되는 것을 느끼고 명상을 중단했다.
"무녀님?"
중요한 의식을 도중에 그만 두다니, 지금까지 없었던 일이라 야뮬의 의식을 보조하는 무녀 보좌 소녀들 중에서 한 명이 고개를 갸웃거렸다.
여기서부터는 거리가 있기 때문에 깨달은 것은 야뮬뿐이다.
이미, 한시의 여유도 없다. 근거는 없지만 무녀의 감이 그렇게 말하고 있었다.

'유그드라실 님…… 죄송합니다!'

가슴 속에서, 숭경해야 할 신목에게 사과하고 야뮬은 뛰쳐나갔다.

"무녀님?! 기다려 주세요, 무녀님!!"

무녀의 폭거에 당황하는 소녀들의 말을 내버려두고, 야뮬은 역대 엘프 중에서도 최고라는 말을 듣는 자질을 이용해 한계를 넘은 강화를 하여 날아가는 것처럼 달렸다.

"부탁해…… 늦지 말아줘!"

여동생인 미르에의 마력은 활성화되어 있지만, 어느 순간을 경계로 급격하게 감소하고 있었다.

이건 위험하다.

부디. 부디.

필사적으로 기도했다.

그렇지만, 현실이란 어디까지나 부조리하고 비정하다.

야뮬의 바람은 이루어지지 못했다.

야뮬이 현장에 도착했을 때, 미르에는 가슴에 화살을 맞고 쓰러져 있었다.

남편은 몸에 커다란 열상을 받아 피바다에 가라앉아 있었다.

그리고 어머니에게 기어서 다가가는 아기를 향해 들어 올린 나이프가 달빛을 반사하며 요사스레 빛나고 있었다.

"…………윽! 하아아앗!!"

무슨 술법을 행사했다.

무엇을 썼는지는 기억도 안 난다.

그렇지만 그것은 틀림없이 발동하여, 휘두른 나이프가 튕겨나가 날아가 버렸다.

"큭?! 누구…………냐……."

앞으로 한 걸음인데.

목적을 방해 받은 자객이 거칠게 소리를 치지만, 금방 그것은 작아졌다.

당연하다.

어둠 속에서 모습을 드러낸 것은 야뮬.

역대 최강의 엘프가 소용돌이치는 폭력적일 정도의 마력과 함께 다가오고 있었으니까.

무녀는 그 직위에 정식으로 취임한 순간부터 다른 사람을 공격할 수 없게 된다.

사실 현재 야뮬도 공격 마술 같은 것은 전혀 못 쓰고, 할 수 있는 것은 방어계 마술뿐이다.

그러한 것은 사소한 일이다.

"누구……? 이 마을에, 저를 모르는 자가 있었나요……?"

조용한 목소리.

억양이 없는 목소리.

그렇기에, 압도당한다.

야뮬에게 공격을 받은 것이 아니다. 야뮬은 공격하지 못한다.

그러한 것은, 사소한 일이다.

역대 최강의 엘프라는 것은 괜한 허세나 멋으로 불리는 것이 아니다.

"오히려, 제가 물어보고 싶지만…… 물어봐도 대답할 리가 없겠죠……."

슥. 물리적인 무게를 실었다고 착각할 것처럼.

야뮬에게서 뿜어져 나오는 마력이 더욱 강해지고, 압력이 되어 다섯 명을 덮친 것이다.

아직도 여력이 남아 있었던가. 다섯 명의 자객이 전율했다.

"당신들도, 스스로의 정의를 위해서, 달성해야 할 것이 있겠죠……. 그렇지만, 무언가를 얻기 위해서는 장애가 함께 한다는 것은 세상의 도리……. 지금부터는, 제가 최대의 힘으로 상대하겠어요."

야뮬이 양손을 펼쳤다. 전신을 보여주는 것처럼.

"내 방어를 깰 자신이 있는 자부터, 언제든지 오세요."

한계가, 없었다.

야뮬의 마력이 점점 고조된다.

마치 한계가 없는 것처럼.

칠흑의 밤하늘에 떠오른 저 달까지 닿지 않을까 착각해버릴 정도로.

"…………크! 물러난다!"

자객들은 재빨리 도망쳤다.

뒤쫓지 않는다. 뒤쫓을 이유가 없다.

그보다도, 중요한 것이 있다.

"언……니……."

"미르에! 말하면 안 돼!"

야뮬은 사랑하는 여동생 곁으로 달려갔다.

여동생의 남편은 이미 숨이 끊어져 있었다.

그리고 여동생도.

이럴 때 괜히 일을 잘하는 감이, 여동생도 늦었다고 고하고 있었다.

감 따위 없어도 안다.

화살은, 그녀의 장기를 깊숙하게 파헤치고 있었다. 출혈도 심하다.

"미안해………… 이런…… 최후라서…………."

"미르에………… 미르에!"

이미 대화가 안 된다.

말하고 싶은 것이 산더미처럼 있는데, 입이 안 움직인다.

그저 부서진 것처럼, 그 이름을 부르는 것밖에, 야뮬은 할 수 없었다.

"딸을………… 레미아를………… 부탁해…………."

그것만 말하고서 만족했는지.

미르에는 소리가 안 나오는 건지 입술만 움직였다.

"언니 여동생이라, 행복했어."

분명히, 미르에의 입술은 그렇게 움직였다.

마지막으로 그녀가 웃고 야뮬에게 손을 뻗으려다가, 눈을 감았다.

두 번 다시 열리지 않는 눈을.

"――――――――윽!!"

풀썩. 손이 떨어졌다.

목소리로 나오지 않는 통곡이, 야뮬의 목에서 흘렀다. 이럴 때도 변함없는, 맑은 밤하늘과 선명한 달이 원망스럽다.

"아~."

레미아가, 이제 움직이지 않는 엄마의 볼을 찰싹찰싹 두드렸다.

여동생이 남긴 아이를 야뮬은 무심코 끌어안았다.

"아~! 아~!"

떨어지자, 불만스럽게 작은 몸을 힘껏 움직여서 엄마를 찾는다.

그 작은 손.

그것을 지키는 것은 자신이었다.

슬픔에 잠길 시간은, 아무래도 없을 것 같았다.

그도 그럴 것이, 레미아는 아직 아무것도 못하는 아기다.

누군가 지켜주지 않으면, 그저 살아가는 것마저 어려운 것이다.

어머니 대신이라고 자만할 생각은 없다. 그렇지만, 하다못해 어엿하게, 그리고 강하게 자라주면 된다.

여동생은 웃으며 갔다. 부조리한 꼴을 당하면서도, 그것에 표정을 흐리지 않고, 야뮬에게 웃음을 보이며 간 것이다.

그런 강한 어머니의 딸이다. 분명히 강하게 자랄 것이다.

"……그리운 이야기로군."

야뮬의 말을 듣고 있던 레미아는 온화하게 웃었다.

어머니에 대해서 들은 것은 이것이 처음이 아니다.

철이 들었을 무렵에 야뮬에게 들은 적이 있었다.

그러나 솔직하게 말해서, 레미아는 그것을 자기 일처럼 받아들이지 못한 것을 기억한다. 그리고 그것은 지금도 다를 바 없다.

당시에는 아직 젖먹이였고, 부모의 얼굴마저도 기억 못한다.

다만, 자신을 살리기 위해서 목숨을 내던진 것은 이해하고 있고, 그렇게 해줬기에 지금 자신이 있다는 것에 감사하고 있다. 그러나, 그 이상으로.

"그리고, 내가 감사를 한다면, 이모님, 당신이야. 아무런 힘도 없었던 나를 보호해줬으니까."

야뮬은 눈을 감고서 천천히 고개를 좌우로 저었다. 그 리액션 또한, 레미아에게는 익숙한 것이었다.

그렇다. 어렸을 적에는 야뮬 곁에서 자랐다.

아무것도 몰랐던 자신은 야뮬을 「엄마」라고 불렀지만, 그 때마다 복잡한 웃음을 짓는 그녀를 레미아는 이해할 수 없었다.

그런 가운데 받은 마술사의 수행으로, 레미아는 쑥쑥 두각을 드러냈다.

열 살을 넘었을 무렵에는 마을에서 손꼽히는 마술사가 됐고, 호위마저 필요 없었다. 10년이 지나도 위협을 받고 있는 것은 변함이 없지만, 그녀를 공격하고 목숨을 빼앗을 수 있는 자는 마을에는 없었다.

"왜 이 머리색으로 태어났는지는 알 수 없지만…… 어머니의 마술사의 자질을 이어받을 수 있었던 건, 요행이었지."

어머니는 물론, 아버지도, 머리색은 검은 색이 아니었다. 그렇지만 레미아의 머리색은 파란색이 섞인 것 같은 검정. 부모님하고는 전혀 다르다. 신경 쓰여서 조사해본 적이 있지만, 어째서 이런 색이 됐는지 수수께끼는 풀리지 않았다.

'뭐, 불편한 게 있는 것도 아니고. 이미 신경 쓰지도 않지만.'

술을 목으로 넘기고, 문득 그런 생각을 했다.

어쨌거나, 레미아가 순혈 엘프 태반을 가볍게 웃도는 자질을 가진 이유는 어머니의 자질을 물려받았기 때문이었다. 또한, 엘프인데 불꽃의 마술을 다룰 수 있는 것은 아버지가 불속성의 마술사였기 때문이다.

"목숨을 노린 범인이 잡히지 않아서 숨기고 있었는데, 힘을 키우자마자, 가리는 것도 없이 마을을 활보하고 다니니까, 처음에는 간담이 서늘했어~."

"흥. 갓난아기를 암살하려고 하는 창피를 모르는 자에게, 뭘 사양할 일이 있지?"

"도발할 셈이었다, 라고 말을 하는걸. 기가 막히는 것과 감탄을 동시에 느꼈지이……. 그립네에~."

"유감이지만, 유인은 실패했지."

"피아의 실력 차이를 모를 정도가 아니었다, 라는 거겠지~."

"정말이지……."

공격해 오면, 해치워줬을 것을.

그런 말을 하면서 약간 잡스럽게 술을 들이켜는 레미아를

야뮬이 살며시 바라보았다.

타이치나 린, 뮤라 앞에서는 보이지 않는 모습이었다.

불행 중 다행이라고 해야 할지는 모르지만, 레미아의 부모를 죽인 것은 전통주의파가 아니었다. 의견은 다르지만, 암살 따위 할 리가 없다. 확실하게 말하고서 범인을 찾는데 적극적으로 협력했다.

그들 말로는, 규율을 깬 자를 규탄하는 행위에 꺼릴 것은 전혀 없으니 정면으로 당당하게 그것을 주장했을 것이다. 어둠을 틈타 흉행을 저지르는 어리석기 짝이 없는 짓은 하지 않는다고 했다. 하프 엘프인 레미아는 규율을 깬 것의 상징 같은 것이며 역정이 나는 것은 틀림없지만, 그 이상으로 동족을 죽이는 짓을 용서할 수 없다고 주장했다.

그 결과로 사건이 일어나고 얼마 뒤, 계속 도망치던 범인들이 포박되어 마을의 법으로 심판을 받았다. 그들은 파벌 따위 상관없이 간통이라는 규율을 깬 것을 용서할 수 없다는 사상을 가진 자들이었다. 그들은 엘프의 법으로 심판을 받았다.

그리고 과거의 음산한 사건에도 일단은 결판이 나고서 시간이 지나길 70년. 레미아의 실력은 야뮬을 제외하면 드디어 엘프 마을에서도 최고봉의 힘이 되었다.

그 무렵.

“드디어, 이모님이 혼인을 하게 됐지.”

“그래, 그렇네.”

무녀라는 특수한 입장에 있는 야뮬이 자손을 남길 상대로 걸맞은 남자가 나타났다.

당사자끼리 의견 따위 반쯤 무시되는 형태의 결혼 생활이었지만, 야뮬과 남편에게는 행운으로, 서로 파장이 잘 맞아서 결혼 생활은 순조롭게 지나갔다.

이윽고 야뮬이 임신하여, 그리고 뮤라가 태어났다.

"무녀의 직계이기에, 가문명 따위 없고, 그저 뮤라, 인가……."

그렇다. 레미아에게 성이 있고, 뮤라에게 성이 없는 것은 그런 이유였다. 레미아의 어머니 미르에도 성은 없었지만, 아버지는 인간이었기에 성을 가지고 있었다.

그 또한 미르에에게 지지 않을 정도로 애정을 쏟아준 것을 들었기 때문에, 레미아는 그의 흔적을 남기기 위해서 성을 받아 오늘날까지 쓰고 있었다.

"그래…… 그 애의 장래에 대해서 생각하는 바도 있었지만, 행복하기는, 했었지."

규율을 통해서 마을이 둘로 갈라진 것은, 지난번 야뮬과 제스타가 말한 그대로였다. 뮤라의 장래에 대해서도 「규율에 따라 무녀를 이어야 한다」라는 전통주의 파와 「규율에 얽매이는 것이 정말로 옳은 것인가?」라는 혁신파가 수면 아래에서 맞서고 있던 것은 틀림없었다.

야뮬과 남편도, 딸인 뮤라가 자신의 삶을 한껏 즐겨주기를 바라는 마음이 있었기에 그것에 대해서는 부부에게도 때로는 두통의 씨앗이었지만, 천진한 뮤라는 그것을 잊도록 해주었다.

행복, 했었다.

"유행병, 이었지."

"그것도, 엘프만 걸리는."

야뮬의 남편은, 뮤라가 태어나고 그리 머지않아서 세상을 떠났다.

야뮬은 물론이고 혁신파, 전통주의파를 가리지 않고 마을 전체가 슬퍼해주었다.

"……그러고 보니, 이모님이 전통주의파를 원망하지 않게 된 것은, 불행 중 다행이라고 했었지."

그렇다. 야뮬은 전통주의파를 원망하지 않을 수 있었다. 무녀는 사심을 죽일 필요가 있는 입장이지만, 감정이 없는 것이 아니다. 기쁨, 분노, 슬픔, 즐거움. 그런 평범한 감정을 가지고 있는 것이다.

"그들도 같은 땅에서 태어난 같은 동족, 동포인걸~. 서로 마음이 있는 개인이니까, 의견이 다른 건 딱히 이상한 일이 아니야~."

"그건 맞는 말이야."

그리고, 규율을 깼다고 사적인 살해를 저지르는 자들이 아니었으니까, 동족의 불행을 함께 슬퍼해주는 자들이었으니까, 악감정을 가지지 않고 오늘까지 지낼 수 있었다.

그렇지만, 야뮬의 남편이 죽은 것은 전통주의파를 어떤 의미로 가속시키는 결과가 되어버렸다.

야뮬은, 둘째, 셋째를 기대 받고 있었다. 무녀라는 피를 잇는 아이는 많은 편이 좋다는, 어떤 의미로 당연한 생각이었다.

그러나, 남편이 죽어버린 것으로 더 많은 자손을 바랄 수 없게 되어버렸다. 엘프는 기본적으로 한 번 부부가 되면 죽을 때까지 한 사람을 사랑한다. 다음 남편을, 다음 아내를, 그런 생각은 하지 않는 종족이다.

그래서.

"레미아에게 맡긴 거야~. 무녀를 잇는지 아닌지를, 자기 의지로 정할 수 있게 되어줬으면 해서~."

"뮤라를 데리고 마을의— 섬 밖으로 나가라고, 나한테 말했었지."

레미아와 뮤라의 탈출 작전은 비밀리에 이루어졌다.

"미안하다고는, 생각하고 있어~."

마을을 나가는 것은 자기 판단으로 한 일. 야뮬은 몇 번이나 그렇게 주장했다.

이런 생각으로 했다. 그것을 끈질기게 몇 번이나 설명했다.

그렇지만.

자신이 믿고 싶은 대답을 믿는다. 그러는 이유는 단순하고 간단하다. 그러는 편이 편하다. 자신의 감정에 대해 편하기 때문이다.

그것은, 인간도, 엘프도 다를 바 없었다.

누군가가 말했다.

"하프 엘프가 납치했겠지. 축복받은 출신이 부러워서, 자신의 비천한 출신이 마음에 안 들어서."

그것은 몇 명의 귀에는 기분 좋게 들렸으리라.

그러는 편이 듣기 좋다.

무녀인 야뮬이 후계자에게 「잇지 않는다」라는 선택지를 고를 수 있게 됐으면 좋겠다, 라고 생각했다는 현실과 마주하지 않아도 된다.

여론은 이 의견으로 집약되어 착지됐다.

“하프 엘프 레미아가, 무녀의 후계자를 유괴했다.”

라고.

“흠……. 그랬었군. 뭐, 진심으로 아무래도 좋아.”

코웃음 치는 레미아는 정말로 그렇게 생각하는 것 같아서, 야뮬은 어쩐지 우스워져서 웃었다.

레미아는 마을을 나가서 얻은 자유를 누렸다.

그리고, 뮤라를 데리고 있었다. 엘프 최강의 마술사의 딸.

그녀를 단련시키면 대체 어떻게 될까? 그 또한 기대되었다.

세계를 전전하면서 자신과 뮤라의 수행을 하고, 아즈파이어에 자리를 잡고 얼마가 지난 뒤.

타이치와 린이 이 세계에 와서, 지금에 이르렀다.

그럭저럭 파란만장한 생이군. 레미아는 때때로 생각한다.

“레미아는…….”

“음?”

말하기 어려운 기색으로, 그러나 금방 결연한 표정을 지으며 야뮬은 레미아를 보았다.

“뮤라한테, 자기가 사촌 언니라고, 말하지 않을 거니?”

그래, 그건가.

분명히, 레미아와 뮤라는 혈연이다. 그러나.

"말할 생각은 없어."

필요가 없다. 스스로 밝힐 생각도 없다.

그렇지만 들킬 때는 자신이 예상하지도 못한 부분에서, 숨기고 있던 것이 바보 같을 정도로 간단히 들키기도 하는 것이니까 그 또한 여흥이다. 필사적으로 숨길수록 그렇게 되는 것 같기도 하다. 그런 이야기를 어디선가 들은 적이 있는데, 그렇게 틀린 것은 아니라고 생각한다.

들키면 들켜도 상관없다. 그렇게 생각하는 편이, 들키지 않을 것 같았다. 검증을 한 것은 아니니까 레미아의 감각적인 것이지만.

"그저 혈연이니까, 그 이유만으로 그 녀석을 보살핀 게 아냐. 뮤라는 봐줄만한 구석이 있었으니까, 뼈대가 있었으니까 보살펴준 거야. 혈연이라는 연결 따위, 이제 와서 필요 없지."

레미아는 말했다.

그 대답을 듣고서, 야뮬은 만족스럽게 고개를 끄덕였다.

제16장 사명과의 사이에서

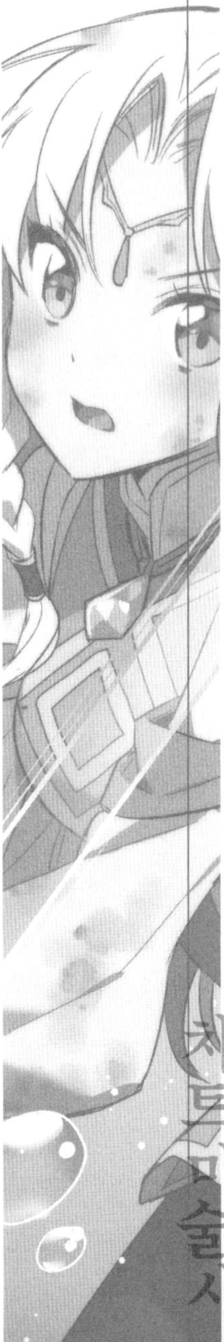

제51화 결단

“간다.”

“와라.”

대검을 든 타이치가 모래먼지를 피우면서 가속했다.

하비는 허리를 낮추고 그것을 기다렸다.

타이치가 대각선으로 내리친 검을, 하비가 나무 창 끝으로 비껴냈다.

거기서부터 펼쳐지는 타격전.

찌르고 베고 피하고 막는다.

내지른 검은 옆으로 훌쩍 피해낸다.

이미 예상한 움직임. 피한 순간, 하비를 향해서 궤도 수정. 휩쓸어서 변화시킨다.

하비는 차분하게 그것을 물미로 튕겨 올렸다.

정밀한 방어. 아니, 공방일체.

창이 하비의 손에서 빙글 회전하여, 창날이 타이치의 턱을 향해서 올라간다. 타이치는 그것을 스웨이로 회피. 튀어 오른 검을 역수로 바꿔 잡고, 팔을 휘둘러 내렸다. 그 찔러 내리기는 자루로 궤도를 비껴낸다. 그렇지만 중력의 가속도 더해져서 그것은 상당한 무게였기 때문에, 하비는 일단 자세를 바로 잡고자 거리를 벌리려고 땅을 찼다.

간격이 떨어지면 검이 불리하다. 타이치는 간격을 좁히려고 하지만, 좀처럼 파고들 수가 없다. 일정 이상으로 떨어지지 않도록 유지하는 것만도 벅차다.

"제법인걸! 거칠지만 노리는 곳이 좋아!"

하비가 말하자.

"역시 잘 단련해서 틈이 없는데!"

타이치가 응답했다.

긴 자루 무기 사용자와 전투 경험을 쌓고 싶다고 타이치가 말하자, 하비가 그것에 응답하여 전투 훈련을 하게 됐다. 하비는 70퍼센트의 힘으로, 타이치는 하비에 맞추어서 강화를 하고.

호각의 싸움. 아니, 무술을 단련한 세월이 긴 만큼, 하비 쪽이 기술로는 웃돌고 있다. 뮤라에게 배우기는 했지만, 아직 발전하는 도중인 타이치가 감과 순간적인 상황판단으로 용케 따라가는 모양새였다.

옆에서 보면 상당히 레벨이 높은 공방이며, 또한 강화를 하고 있기 때문에 속도도 상당했다. 수습 전사 수준으로는 간신히 볼 수 있는 꼴이었다.

"그럼, 나부터네."

"네. 부탁해요."

이쪽은 린과 에이린.

둘이 나란히 같은 방향을 보고 있다. 그 앞에는 표적이 되는 미스릴제 표적.

무영창이 아닌 마술로 발동 속도를 겨루는 훈련이었다. 마술의 위력은 도외시한다. 맨바탕의 힘으로 겨루기 때문에, 서로 지팡이도 없다.

린은 발동이 빠른 바람 마술을 봉인했다. 에이린이 쓸 수 있는 물과 흙으로 승부한다.

『물 탄환』

천천히 왼손 검지를 표적으로 겨눈 린이 읊은 순간, 이미 물 덩이는 발동해서 표적을 향해 날아가고 있었다.

“역시 대단해.”

에이린은 놀라지 않는다. 린이라면 이 정도는 가볍게 해낼 수 있을 거라고 알고 있었다.

『물 탄환』

거의 변함이 없거나, 아니면 에이린이 아주 약간 빠르거나. 비슷한 위력의 물 덩이가 표적으로 날아갔다.

“빨라. ……아직 개선의 여지가 있는 걸까?”

린은 자신의 손바닥을 보았다.

물론, 린은 지금 자신이 완벽하다는 생각은 한 번도 한 적이 없고, 만족한 적도 없다.

그렇지만, 지금 자신이 할 수 있는 한계를 하고 있다는 자부가 있다.

린이 스스로 개선점의 자기분석을 할 수는 없다.

“그렇게 비관할 일은 아니에요. 예를 들어 강력한 마술을 쓸 때는 어떨까, 라는 시점도 있어요."

에이린의 말이 위로하는 게 아니라는 건 생각하지 않아도 알 수 있다.

그녀가 무엇을 말하고자 하는 건가 하면.

"끌어올린 마력의 양이 변하면 어떻게 될까, 인가……."

그런 거예요. 에이린이 고개를 끄덕였다.

"위력은 낮지만 자신의 처리능력보다도 빠르게 쏜다면 성가셔요. 그렇지만, 다루는 마력이 늘어나면 늘어날수록 이야기가 단순해지지 않게 되니까요."

"그러면, 이번에는 『수쇄탄』으로 해볼래?"

"좋아요."

린과 에이린은 또 다시 실습으로 돌아갔다.

그들 그녀들 옆에서는, 마두와 미리야가 어떤지 바라보고 있었다.

뮤라는 떨어진 곳에서 그 광경을 멍하니 보고 있었다.

나무뿌리를 의자 삼고, 줄기를 등받이 삼아서.

이렇게 하비 일행이나 로질을 비롯한 엘프 전사들과 전투 훈련을 하는 것도, 어느 정도 빈도로 하고 있었다.

뮤라도 물론 그 때마다 참가하고 있었지만, 오늘은 어쩐지 그럴 기분이 아니라 물러나 있었다.

머릿속을 점한 것은 무녀의 후계자인 자신의 장래에 대해서다.

타이치와 린을 보면, 두 사람과 모험을 더 하고 싶다는 마음도 분명히 있다.

한편으로 뮤라는 이 마을에서 지내는 엘프들의 생활을 보았다.

인간의 도시와 다를 바 없는 생활이다.

직접적으로 지탱하고 있는 것은 마을을 관리하고 있는 관청이리라. 그렇지만, 엘프들이 나아갈 길은 유그드라실에게서 받는 신탁과 깊은 관계가 있다.

그것은 책임이 큰 역할이다.

야뮬이라는 어머니가 있는 것을 처음 알았다.

사실일까? 의문을 느끼지 않는다고 하면 거짓말이다. 그렇지만, 그 의문은 레미아가 「정말이다」라고 말해서 녹아 내렸다.

"……."

어머니의 역할인 무녀.

그것을 이을 수 있는 것이 자신뿐이다.

그리고, 마을에서 보내는 일상.

"……."

뮤라의 마음은 흔들리고 있었다.

자신이 하고 싶은 대로 해도 되는 걸까?

무책임, 한 것이 아닐까?

때때로 접하고서 그런 생각이 들었다. 자신의 마음에 따르고 싶다는 생각과, 이루어야 할 책임이 있다면 다해야 한다는 것이 아닐까, 라는 마음 사이에서 흔들리고 있었다.

"잠깐, 옆 자리 실례하지."

그렇게 생각에 잠겨 있는데, 누군가 옆에 앉았다.

자신의 내면에 던지는 물음에 몰두하고 있던 탓에, 깨닫지 못했다. 상대에게 적의가 없었던 것도 원인 중의 하나이다.

그 인물은, 청년 다크 엘프였다. 청년은 훈련하는 모습을 보고 있었다.

옆모습이 낯설다. 처음 보는 얼굴이었다.

“처음 뵙겠습니다, 겠지. 하지만, 나는 너를 처음 만나는 것 같지가 않아.”

신종 꼬시기? 그렇게 착각을 해도 어쩔 수가 없는 말투.

과거에 이런 식으로 꼬시려는 이도 있었다.

그렇지만, 다르다는 걸 한 눈에 알았다.

청년의 기색이, 너무나도 진지했으니까.

“내 이름은 소우레이라고 해. 꼭 너에게 하고 싶은 말이 있었지.”

그렇게 말하더니, 소우레이는 고개를 뮤라에게 돌렸다.

“네가 몇 번이나 내 아내를, 미리야를 구해줬다고 들었어. 네 덕분에 미리야는 무사히 돌아왔지. 너에게 진심으로 감사를, 하고 싶었다.”

고마워—.

소우레이가 말하고서 고개를 숙였다.

미리야는 남편과 아이가 있다고 했었다.

그렇구나, 이 청년이.

어쩐지, 그에게서 꼬시는 분위기가 전혀 느껴지지 않는다 싶었다.

"나야말로, 미리야 일행한테 도움을 받았어. 감사는 받겠어. 하지만, 그건 서로 마찬가지야."

"그렇군. 그래도, 받아줘서 고맙다."

감사를 받아줘서 만족했는지, 그는 그 이상 말하지 않았다.

두 사람의 시선은 또 다시 훈련을 하고 있는 타이치 일행 쪽을 보았다.

나누는 말은 없다. 서로 첫대면인 것이니 어쩔 수 없는 일이다.

뮤라 자신도 적극적으로 이야기를 하는 편이 아니다.

사교성이 없는 건 아니다. 누가 말을 걸면 분명하게 대답을 하지만, 자기가 말을 꺼내는 것은, 친한 상대한테만 한다.

"한 가지, 내 이야기를 들어주겠어?"

"……뭔데?"

갑작스럽게 그리 말하자, 뮤라는 무심코 그렇게 대답했다.

들어도 상관없다.

듣지 않아도 상관없다.

들어보고자 생각한 것은 그냥 변덕이었다.

"응. 별 것 아냐. 하잘것없는 다크 엘프의 옛날이야기지."

그 말에, 뮤라는 한쪽 눈썹을 올리며 응답했다.

"내 아내는, 너도 아는 것처럼 상당한 실력을 가진, 마을에서도 손꼽히는 전사야. 한편으로 나는 관청에서 일하고 있지만, 싸우는 힘은 그렇게까지 없지."

"……."

"아내만 위험한 임무에 보내고, 나는 마을에서 기다리는 걸

기다리는 것밖에 못하지.”

자조 따위 떠올리고 있는 것이 아니다. 그 현실을 받아들이고 있는 것 같았다.

다시 말해서, 이것은 과거에 그가 품고 있던 갈등인 것이리라.

“미리야 옆에 서서, 혹은 그 등을 지키고 싶어서, 나도 한때는 자신을 단련해봤지.”

그렇지만.

“그래, 나는 전사가 적성에 안 맞았어. 이래봬도 엘프긴 하니까 그럭저럭 마력이 있고, 어느 정도의 마술은 쓸 수 있어. 그렇지만, 전사의 수준에는 이르지 못했어. 무기를 사용한 전투 같은 건 말할 것도 없고. 심각할 정도로 센스가 없었지.”

각자의 적성, 이라는 것이 있다.

특기 분야라고 바꿔 말해도 된다.

이것은 각자 다르다.

무언가에 적성이 있고 무언가에 적성이 없는 것은 딱히 나쁜 일이 아니다.

“다만…… 나는 서류 작업이나 협상이 특기였어. 그래서 마을의 운영에 연관된 일에 발탁됐지.”

훈련을 하고 있을 때는, 너무나 심각해서 때로는 실소를 받는 수준이었다고 한다.

그렇지만 그것도, 마을의 운영 일에 취임한 걸로 모두 입 다물게 만들었다.

“훈련을 하고 있을 때의 연줄로, 지금은 병참을 관리하는 부서의 부관을 하고 있어. 병사는 나에게는 전투로는 이겨도, 녀석들이 작전 행동을 할 때 먹는 밥을 관리하는 건 나니까. 이렇게 되니, 비웃는 일이 없어졌지."

"……그러니까, 무슨 말을 하고 싶어?"

소우레이가 웃었다.

"나는 그때, 적성이 없다는 걸 알면서도 전투 훈련에 참가했어. 그것도 좋았다고 생각해. 그때 하고 싶다고 생각한 자신에게 솔직했기 때문에 새삼 자신에 대해서 알게 됐고, 그때 연줄 덕분에 당시 나를 비웃던 녀석들을 다시 보게 만들 수 있었어."

그렇게 말하고, 소우레이는 뮤라의 눈을 진지하게 바라보았다.

"아무래도 뭔가 고민하고 있는 것 같아서, 좀 참견을 해볼게. 자신에게 솔직해지는 편이 좋아. 정말로 뭘 하고 싶은지, 어떻게 되고 싶은지. 거기서 등을 돌리면 안 돼. 자신에게 거짓말을 하지 마. 자신에게 지은 거짓말은, 자신에게 제일 잘 들려. 제일 자신을 상처 입히게 되지."

"……."

뮤라는 어느샌가 소우레이의 말에 진지하게 귀를 기울이고 있었다.

"그리고, 지금의 선택을 나중에 살릴 수 있는 경우도 있어. 뭐, 지금은 제쳐두고서라도, 그것을 되찾을 시간이 있어. 때가 늦게 되는 일은 없지."

자신에게 거짓말을 하지 마라.

그 말은, 지금 뮤라에게 강하게 파고드는 말이었다.

그리고 나중에 되찾을 수도 있다.

그렇다면.

그렇게 된다면.

무심코 생각에 잠기기 시작한 뮤라를 보고, 소우레이는 훗, 웃었다.

"내 참견은 이상이야. 괜히 방해한 것 같군."

할 말만 하고서, 소우레이는 일방적으로 대화를 끝내고 일어섰다. 그것은 생각에 잠기는 뮤라를 방해하지 않는 배려이기도 했다.

'…………나는, 어떻게 하고 싶지?'

새삼 자신에게 물었다.

자신이 하고 싶은 일.

무녀라는 일의 중요성은 알고 있다. 엘프로서의 삶의 방식을 고민하고 있는 건 틀림없다.

그러면 무녀를 하게 되면, 어떨까?

맨 먼저 떠오르는 것은 타이치, 린, 그리고 레미아였다.

스승하고는 철들 무렵부터 계속 함께였고, 유형무형을 가리지 않고 갖가지 것을 내려주었다. 그 은혜는, 아직 보답하지 못했다.

반대로 타이치와 린과 만난 뒤부터 시간은 결코 길지 않다.

그저, 농밀했다. 마치 몇 년 분량에 필적하는 것처럼 짙은 시간이었다.

보통 사람이 살아가는 가운데 찾아오는 산이나 계곡의 경사는 완만한 것이리라. 그렇지만, 요즘 들어 뮤라는 다르다. 산과 계곡의 간격이 대단히 짧다.

그만큼의 경험을 한 것이다. 그리고, 앞으로도 이어질 것이다.

타이치와 린은, 이 세계의 주민이 아니다.

'돌아, 가겠지…….'

그들은 언젠가 결단을 할 것이다. 자신들이 태어나 자란 세계로 돌아간다고.

물론, 이 세계에 자리 잡고 사는 것을 선택할 가능성도 없지는 않다.

어느 쪽이 될지 대단히 신경 쓰인다. 이번 생의 마지막이 될지도 모른다고 생각하여 의도적으로 생각하지 않았던 것도 있다.

그러나, 지금은 어느 쪽이 될지 중요하지 않다.

문제는 그때, 그 자리에서 자신이 없다는 것을 허용할 수 있을까 아닐까.

"그건, 싫어."

무녀를 잇는다는 결단도 훌륭한 것이라고 할 수 있었다. 분명히 아무나 할 수 있는 일이 아니고, 오히려 마을의 미래에 공헌했다는 것으로 찬사를 받을 일이다.

그러나.

여기서, 동료를 내팽개치고.

가장 중요할 때 곁에 없는 자신으로, 그런 식이라도 되는 것일까?

그렇게 생각하고.

굳이 깊게 생각하지 않고, 조언에 따라 자신에게 솔직하게.

그리고 자연스럽게 처음에 나왔던 대답에, 뮤라는 한 번 고개를 끄덕였다.

결심은, 섰다.

그렇다면, 이제 서두르자. 뜸들일 이유 따위 없다.

뮤라는 일어서서, 수장의 저택을 향해 걷기 시작했다.

◇◆◇◆◇◆◇◆

이튿날.

수장의 저택에 있는 대회의실.

넓은 방의 중심에는 원탁이 설치되어 있다.

거기에는 마을의 운영을 하는 중진들이 모여서, 각자의 위치에 앉아 있었다.

로질이나 아샤, 레이놀드에 아르비스의 모습도 당연히 거기 있었다.

그리고 상석에는 물론 제스타.

원탁 바깥, 회의실 가장 안쪽의 한단 높은 의자에는 야뮬이 앉아 있었다.

원탁이 아닌 것은, 무녀가 정치에 참가하지 않는다는 규칙 탓이었다.

정치에는 참가하지 않지만, 앉는 위치가 높은 것으로 마을 전체가 무녀를 공경하고 있다는 것을 표명하고 있기도 하다.

그 탓에 그러한 위치에 있었다.

"다들 잘 모여 주었다."

사람들이 모두 모인 것을 확인하고, 제스타는 시작의 말을 했다.

그 말에 맞추어, 모두가 일어서서 인사를 했다.

"모두들. 별다른 일은 없는가?"

일단은 쿠션. 갑자기 본론에 들어가지 않고 말을 꺼낸 제스타에게, 각각 관리하는 자들이 보고를 한다.

타이치 일행이 마을에 온 것에 따른 영향이 크다.

위험 레벨이 높은 마물을 사냥해왔다거나.

그 소재가 유통되어, 마을의 경제가 활발해졌다거나.

실력을 뒷받침하는 것처럼 타이치 일행의 훈련을 보는 것이 좋은 자극이 된다거나.

그에 반해서, 타이치 일행이 무슨 대가를 요구하지 않는 것은 문제가 있다거나.

그런 목소리가 여기저기서 들렸다.

제스타는 하나하나에 귀를 기울였다.

위험한 마물을 사냥해오는 것은 대단히 고맙다. 위험하다는 것은, 그 마물의 소재 유통량이 적다는 것이다.

또한, 타이치 일행의 전투 능력 레벨은 이미 평가 받는 것처럼 상당히 높았다. 훈련을 보기만해도, 엘프 마을에서 손꼽히는 전사에게 전혀 꿀리지 않는다. 자극이 되지 않을 리 없었다.

그리고.

위험한 마물을 사냥해온 그들에게 건네줄 것이 없다는 것은, 제스타도 고민스러운 사안이었다.

주지 않는다, 라는 선택지는 있을 수 없다. 그렇지만 대화는 계속 평행선이었다.

"한심하군. 이 정도 시간이 있어도 정리가 되지 않다니."

어느 전통주의파 엘프가 중얼거렸다.

그에 대해 혁신파가 「분명 그렇군」 하고 고개를 끄덕였다.

의견이 대립하고 있지만, 그것은 다시 말해서 쌍방이 납득하는 타협점을 찾지 못하고 있다는 것. 파벌이 생기고 말고는 제쳐두고, 의견이 다른 것은 딱히 드문 일이 아니다. 그럴 때 어느 쪽인가가 적절하게 다가가서, 서로가 이거면 된다고 기분 좋게 수긍할 수 있는 결론을 내리는 것이 이 회의의 역할이다.

마을의 의견이 갈라져, 파벌이 생겼다는 것 자체는 타이치 일행도 알고 있다. 그러나 그러한 것은 그들에겐 상관없다.

한데 묶어서 엘프들이 통일되지 않았다.

그렇게 받아들여도, 아무도 무슨 반론을 못하는 상황이었다.

"일이 이렇게 되면, 이미 시간 여유가 없겠군."

제스타는 모두의 이목을 모으기 위해, 무엇보다도 자신에게 들려주기 위해서 말했다.

"그것은……?"

그 물음에, 제스타가 고개를 한 번 끄덕였다.

"그래. 무녀님의 따님이 결론을 내렸다."

"……."

회의실에 정적이 내린다.

"어제 제 곁으로 딸이 찾아와서, 대답을 전했습니다. 오늘은 그것을 여러분과 공유하기 위해서, 저는 여기에 있어요."

야뮬이 일어서서, 모두의 얼굴을 둘러보았다. 그녀가 하는 말은 엄숙하고, 무녀로서의 야뮬이었다.

무녀의 말을 듣고, 모두가 들을 자세를 취했다.

"지금은 아직, 이라는 서론이 있다는 것을 미리 전해 두겠어요."

이미, 그 시점에서 대답은 상상이 된다.

그렇지만, 아무도 야뮬이 말하는 중간에 끼어들지 않는다. 무녀 앞에서 감정 그대로 움직이는 자는 미숙하다고 판단하여, 이 마을의 요직에 취임할 수 없다. 더욱 직접적으로 말하자면, 이 회의에 참가할 자격을 잃는다.

"제 딸 뮤라는, 무녀를 잇지 않는다고 결의했습니다. 얼마 동안 마을에 머무른 다음, 손님인 타이치 씨, 린 씨, 조카인 레미아와 함께, 섬을 떠난다고 해요."

그것이 대답.

한숨이, 흘렀다.

혹은 안도.

또한 혹은, 유감을.

단일색은 아니었지만, 리액션 자체는 공통되어 있었다.

"지금은 아직, 이라고 딸은 분명히 말했어요. 그렇다면, 지금은 딸이 하고 싶은 대로 하면 된다고, 저는 생각하고 있습니다. 딸은 아직 20년도 살지 않았어요. 세상을 아는 것도 중요하다고 생각하기 때문입니다."

공직인 무녀로서는 실격일지도 모른다. 그렇지만 야뮬은 굳이 어머니로서의 위치를 무너뜨리지 않는다. 배려 자체는 하고 있지만, 말하고 싶은 것은 무녀를 잇지 않는다는 뮤라의 대답에 대한 긍정이었다.

마음대로 살아가길 바란다.

후회를 하지 않길 바란다.

자신에게 솔직해지길 바란다.

스스로 장래를 정하는 것에 대해서, 스스로 생각하고, 대답을 낸다.

그 대답을 내는 것에 대해, 누구와도 상담하지 않았다고, 뮤라는 말했다.

조언은 받았지만, 대답을 낸 것은 어디까지나 자신이라고.

태어나고서 금방 떨어지게 되었지만.

야뮬은, 그런 딸의 성장을 대단히 기쁘게 생각했다.

"그렇습니까……. 자신이 낸 대답이라면, 그것을 존중하는 것이 좋겠죠."

혁신파 한 명이 말하자.

"무녀님의 지위는 그리 가벼운 게 아니다."

전통주의파에서 그런 반론이 나왔다.

"마을을 위해서라고 하며, 그것을 강제하는 것은 과연 괜찮은가 하는 말이다. 한 명 한 명, 자기 인생이 있으니까."

"선조들이 만들고, 유지해온 역사를 경시해선 안 된다고 말했을 거야. 그것을 어째서 모르나?"

시작되어 버린 논쟁.

평행선이다.

둘 다, 동포를 생각하기에 하는 발언.

우열을 가릴 문제가 아니다.

제스타가 두 번 손뼉을 쳤다.

"그만하라. 오늘은 이걸로 중단하고, 내일 재개한다. 의견이 다른 것 자체는 환영해야 할 일이다. 그러나, 자리를 언제까지나 교착 시킬 정도의 시간이 없다. 쌍방이 스스로 양보하며 상대를 납득시킬 수 있는 안을 생각해 오도록."

언뜻 모두 떠넘기는 것처럼 보이는 태도. 그렇지만 최종적인 결정은 제스타가 한다. 선택의 책임은 제스타에게 있는 것이다. 그것을 생각하면, 떠넘기는 정도로 불평 따위 누가 할 수 있을까? 정하고 싶으면 책임도 져라. 과거에 제스타가 했던 말이다.

마을의 의견이 둘로 갈라진 상황에서 수장의 책임은 대단히 무겁다. 대립 이전이었다면 수장의 자리를 바라는 엘프가 많았겠지만, 지금은 거의 없다고 해도 지장이 없었다. 얻을 수 있는 권세에 비해서, 짊어져야 하는 책임이 너무나도 크다.

중진들은 모두 고개를 숙였다.

제스타가 말한 것처럼, 이대로는 엘프가 아무것도 정할 수 없는 종족이 되어 버린다.

상대는 인간 소년소녀. 하물며 마을의 동포를 구하고, 마수에 떨어진 정령을 구한 자들이다. 은인을 상대로 그러한 꼴사나운 모습을 보일 수는 없다는 것은 공통된 인식이었다.

서로의 주장을 중시하는 것은 물론이지만, 그 이상으로 우선해야 할 것이 있다.

"……타협점을 찾자. 우리들은 양보할 부분은 양보한다고 약속하지."

혁신파 한 명이 그렇게 말하자, 전통주의파도 응답했다.

"……찬성이다. 타협점을 찾는 협력을 바란다. 우리들도 아끼지는 않겠다."

자기들끼리만은 이렇게 안 되리라. 현재 바깥의 손님이자 은인이 연관되어 있기에, 이렇게 서로 협력을 하려고 하는 이야기가 나왔다.

그런 의미에서도 또한, 빚이 생겨 버렸군. 제스타는 두통을 느끼는 것 같았다.

"그러면, 해산."

물론 그런 것은 전혀 드러내지 않고, 일어서서 선언했다.

이어서 모두가 일어서서 서로에게 경의를 표하는 인사를 한 다음, 삼삼오오 물러갔다.

모두가 퇴실하고, 제스타와 야뮬만이 회의실에 남았다.

방 주위에는 사람이 없다. 숨어 있는 자도 없다.

"좋은 일이로군요, 무녀님."

제스타는 정면을 바라본 채 말했다.

"네……."

"따님이, 스스로 장래를 스스로 정할 수 있었으면 좋겠다. 그것은, 무사히 이루어졌습니다."

"그렇네……. 완전히, 자라 버렸어……."

그렇게 대답한 야뮬의 말은 살짝 촉촉했다.

전해지는 만감의 감정.

스스로도 한 명의 부모로서 그 마음에 미약하게나마 공감할 수 있었던 제스타는 눈을 감고서 그 말을 곱씹었다.

◇◆◇◆◇◆◇◆

"이러한……! 괜찮으신 겁니까, 아르비스 님!"

회의가 끝나고 집무실에 돌아오자마자, 다릴이 아르비스에게 거칠게 소리쳤다.

"……알고 있다. 생각할 테니 기다려라."

아르비스도 소태 씹은 표정으로 이마에 손을 올렸다.

그 초췌한 모습은 상황이 어려운 것을 이야기하고 있었다.

그도 그럴 것이 어머니인 무녀 본인이, 잊지 않는다고 말한 뮤라를 긍정하고 있는 것이다.

무녀는 정치에 관여하지 않는다. 그것은 대전제지만, 어떤 의미로는 겉치레이기도 하다.

무녀가 「이렇게 한다」고 말한 것에 대해, 마을의 수뇌진이 완전히 무시하는 것은 어렵다.

누구보다도 무녀가, 엘프 마을에 모든 것을 바치고 있기 때문이다.

마을을 위해서 생각하고, 행동한다. 그렇게 말하면서도, 그것을 누구보다도 실천하고 있는 것은 무녀였다.

아무래도, 한 번 무녀가 되면 그 존재는 모두 무녀로서 있기 때문이다. 행동은 대부분이 공무가 되며, 사생활마저도 거의 모두 바치게 된다.

결혼 상대 따위가 가장 그 예에 부합한다. 무녀가 사랑하는 이성이 있다고 해도, 그 이성이 무녀의 반려로 인정받지 못하면, 맺어질 수 없다. 반대로 좋아하지 않는 상대라도, 무녀의 반려에 걸맞다면 맺어지는 것이다.

야뮬의 경우는 혼인한 다음에 서로 궁합이 좋았던 것이 판명되어, 짧았지만 행복한 부부 생활을 보낼 수 있었다. 그러나, 그렇지 않았던 역대 무녀도 분명히 있었다.

이런 일이 있는 것은 다릴도 알고 있었다.

그렇지만, 감정적으로는 납득할 수가 없다. 그렇게 단순하지 않다.

이대로 가면, 뮤라는 무녀가 되지 않고 마을을 떠나 버린다.

그래서는.

그래서는, 규율이 경시되어 버리지 않는가?

그러한 결말, 다릴은 용납할 수 없었다.

"이대로는, 규율을 경시하는 결과가!"

"……그래."

의도하지 않고 말투가 강해졌다. 그것에 밀린 것은 아니겠지만, 아르비스의 대답에 조금 틈이 있었다.

아르비스가 천천히 일어섰다.

"아버님을 찾아가서, 대책을 의논해 보겠다."

혼자서는 결론이 안 난다고 판단하는 것은 빨랐다. 그만큼 여유가 없다고도 할 수 있지만, 시간이 충분하지 못한 지금은 금방 행동하는 것이 정답이리라.

"알겠습니다."

아르비스가 그렇게 금방 행동을 한다면, 다릴도 더 이상 뭐라고 말할 수는 없다.

방을 나서는 등을, 다릴은 고개를 숙이며 배웅했다.

"……."

문을 열고, 그리고 닫는다.

집무실에는 다릴 말고 아무도 없다.

기척을 살피고 그것을 확인한 다릴은 숙이고 있던 고개를 되돌렸다.

그 표정은 싸늘했다.

"규율을 지키지 않다니, 허용할 수 없어."

다릴이 중얼거린 말은 묵직한 울림을 두르고 방에 가라앉았다.

그 등에 떠도는 검은 안개는 아무도 깨닫지 못했다.

◇◆◇◆◇◆◇◆

심야.

뮤라는 마을 속에서 가장 높은 구름다리 중간쯤에 앉아서, 경치를 보고 있었다.

내던진 다리가 흔들흔들 흔들렸다.

희미하게 이파리가 스치는 소리나 야행성 새 소리, 벌레가 희미하게 울고 있는 소리만 들렸다.

거의 다 잠들었는지, 사람들의 소리는 들리지 않는다.

조용하다. 이제 곧 밤의 소리도 들려올 것 같았다.

그런 것이 있는지는 알 수 없다.

들고 있던 술을 마셨다.

평소에는 술 따위 거의 안 마시는 뮤라였지만, 오늘은 조금 마시고 싶었다.

여기 있는 것도, 술을 가져온 것도, 모두 자신이 하고 싶다고 생각한 것에 솔직히 따랐기 때문이다.

딱히 깊은 이유는 없다. 그저 굳이 말하자면 마을을 봐두고 싶었다는 것이 옳지 않을까?

무녀를 잇지 않는다고 선언했다.

장래에 어떻게 될지는 모르지만, 적어도 지금은 잇지 않는다. 타이치나 린과 모험을 하고 싶고, 레미아에게 아직 더 배우고 싶은 것이 잔뜩 있었다.

그러나, 어느 쪽을 고르면 어느 쪽에 손이 닿지 않는다.

무녀라는 일이 엘프에게 중요하다는 이야기는 들으면 알 수 있다.

그 요직을 자신의 어머니가 맡고 있다.

어머니가 있는 것도, 자신이 무녀 후보라는 것도 최근에서야 알게 됐다.

무녀에 대해서 실감도 없고 의무감도 있는 것이 아니다.

그저, 야뮬에 대해서는 만나서 생각보다 금방 그녀가 어머니라는 것을 본능으로 이해할 수 있었다. 신기한 일이다. 스스로도 설명 따위 할 수 없었다.

요컨대, 논리가 아닌 것이다.

다만 피를 나눈 딸이니까, 어머니라는 것은 생물로서의 본능이 이해한 것이라고 생각했다.

그런 어머니가 맡고 있는 무녀.

뮤라도 엘프다.

무녀라는 역할이 특별한 재능이 없으면 맡을 수 없다면, 맡는 편이 좋지 않을까?

그렇게 생각했기에 고민한 것이다.

그것에 제동을 건 것이, 미리야의 남편이었다.

소우레이는 뮤라에게 「자신에게 솔직해져라」라고 말했다.

거짓말을 해서 자신을 죽일 필요는 없다.

그 의미에 대해서, 시간을 조금 두고서 곱씹어보고 자신 나름대로 납득할 수 있었다.

"뭐, 그에게 그런 의도는 없었을지도 모르지만."

문득, 웃었다. 굳이 따지자면 조금 부정적인 해석이다. 그렇지만, 그러는 편이 뮤라 자신이 납득하기 쉬웠다.

"자신을 죽이고, 거짓말을 해서 맡을 수 있는 직위가 아니네, 무녀는."

그렇다. 역할이기에, 의무감만으로 하는 것이 정말로 옳은 것일까? 역대 무녀는 그런 자가 많았을지도 모른다. 그렇지만, 뮤라는 그것이 정답이라고 해도 고개를 갸우뚱한다.

어쩔 수 없으니까 자신을 죽이고 거짓말을 하면서 맡을 수 있는 일이 아니다. 그러한 마음가짐이라면 무녀라는 요직을 맡는 것은 그만 두었으면 한다. 뮤라라면 그렇게 생각한다.

그것을 깨닫는 계기를 준 소우레이에게는 감사하고 있었다.

뮤라는 더욱이 한 모금 술을 마시더니 천천히 눈을 감고서,

"그래서, 무슨 용건이야?"

허공을 향해서 말을 걸었다.

조금 시간을 두고, 구름다리 양끝에 사람의 기척. 희박했던 것이, 지금은 분명하게 전해진다.

동요는 보이지 않는다. 간파된 정도는 신경 쓰이지 않는 것인지. 아니면 예상하고 있었는지, 아니면 놀라지 않도록 훈련을 받았는지.

아무래도, 좋았다.

어쨌든지 기척을 지우고 다가오는 무리이며, 과거부터 아는 사이도 아니라면 어차피 제대로 된 용건이 아니리라.

뮤라의 대응도 필연적으로 온화하지 못하게 됐다.

양쪽 끝에 있는 것은 남녀. 둘 다 나름대로 실력이 있다는 것이 뮤라의 판단. 위협이 안 되는 것은 아니다. 그러나 질 거라고도 생각하지 않는다. 힘의 차이는 그럭저럭 있다고 판단.

"우리들과 함께 가줘야겠다."

주위에 있는 기척은 이 남녀 두 사람뿐. 그러면, 아래는?

힐끔 엿보고, 아래쪽에도 두 사람 있는 걸 알았다.

"저항을 하면 강행할 수밖에 없게 돼. 얌전히 따라주지 않겠어?"

그러면. 어떻게 할까? 지금 이쪽을 둘러싼 두 사람은, 각자 봉을 가지고 있다. 칼날 따위는 달려있지 않은 그냥 막대였지만, 이것은 완전히 무장 상태.

그에 비해 뮤라는 애용하는 검이 없었다. 지금은 허리에 찬 단검뿐이다. 다루기 편해서 방어에는 적합하지만, 반격은 못 한다. 절삭력이 너무 좋다.

"온화하질 못하네."

저항하지 않으면 거친 짓을 안 한다?

누가, 그런 것을 믿겠는가?

"……후훗."

뮤라는 우스워지고 말았다.

그리고 그 모습을 본 남녀는 이상한 것을 보는 것처럼 뮤라를 보았다.

그것에는 무녀의 딸이라는 경의는 그다지 느껴지지 않았다. 최소한은 지키고 있지만, 그뿐이다.

그것은 그걸로 오히려 고마운 일이다. 그리 많지 않지만, 그런 눈으로 보는 자도 분명히 있어서 번잡스럽게 느끼고 있었으니까.

"무기를 들고, 양쪽에서 덤비는 상대한테 따를 것 같아?"

남녀의 적의, 해의, 전의가 올라갔다.

어설픈 은폐보다도 차라리 깔끔하고 마음 편한 기척을 느끼면서, 뮤라는 주위의 광경을 떠올렸다.

어느 위치에 어느 나무가 있고, 구름다리가 있는지.

천천히지만 시선을 돌리면서 마을을 바라보았다. 멀리는 물론, 가까운 곳도.

뮤라는 일어섰다.

응전해도 좋겠지만, 여기는 마을 한가운데. 상대에게 절도는 있겠지. 그러나, 동시에 위태로움도 있다. 뒤로 물러설 수 없는 이상, 뜨거워지면 어떻게 될까?

그러면, 대응은 정해져 있다.

뮤라는 천천히 뒤로 쓰러졌다.

구름다리 양 끝에 있는 남녀가 숨을 삼키는 기척을 흘렸다.

뮤라가 지금 있는 구름다리에는 난간이 없다. 떨어져도 대처 가능하기 때문인지, 아니면 떨어져도 살지 못하는 자는 이 구름다리를 쓰지 않는 건지.

그런 생각을 하면서도, 지금은 마침 좋았다. 남녀는 뮤라 곁으로 황급히 달려왔다.

'그건, 악수야.'

몸을 바로 옆까지 쓰러뜨린 참에, 구름다리를 찼다.

"읏, 아뿔사!"

"큭!"

어차피 구름다리다. 힘을 주면 당연히 흔들린다.

스스로 낙하한 뮤라와, 낙하하지 않으려고 하는 남녀 두 사람은 마음가짐이 다르다.

즉시 몸을 반전. 걷어찬 10미터 정도 앞에 있는 나무줄기. 그 나무줄기에 발을 대고서, 더욱이 차고 공중에 뛰어나왔다.

"잘도 저질렀겠다!"

"반푼이의 제자답긴 하군! 버릇이 없어!"

그런 목소리가 위에서 들렸다. 반푼이라는 것은 레미아겠지. 아마도 그들과 레미아는 아는 사이이며, 레미아 쪽이 남녀에게 상당히 심술을 부린 것으로 생각된다.

뮤라는, 남녀가 가여워지고 말았다. 그런 말을 아무리 해봤자, 레미아는 티끌만큼도 신경 쓰지 않으리라. 아무리 미워해도 상대해주지 않는 것이 가장 타격이 큰 것이다. 자신의 헛손질이 선명해지니까.

"뭐, 상관없지."

몇 갠가의 줄기와 구름다리를 이용하면서 하강하고, 뮤라는 무사히 땅에 내려섰다.

처음에 협공을 받은 장소에서는 상당히 멀어졌다.
이미 숨을 생각도 없는지, 처음 네 사람에서 더욱이 세 사람 늘었다.
"재미있어. 그러면, 달빛 아래서 술래잡기를 해보도록 할까?"
상당히 거리는 떨어졌지만, 보이고 있는 것일까?
뮤라를 붙잡으려고 하는 거니까, 보고 있으면 좋겠다. 그렇지 않다면 술래잡기라고 해도 재미가 없다.
뮤라는 오른손 검지 끝을 스윽, 내밀어서 땅바닥에 있는 다섯 명에게 겨누었다.
그리고 손바닥을 돌려, 검지와 중지를 모아 두 번. 안쪽으로 굽혔다.
다시 말해서 「와봐라」라는 제스처였다.
그리고 뽐내는 것처럼 훗 웃고서, 뮤라는 몸을 돌려서 달려 밤의 어둠 속으로 사라졌다.

그 뒷모습을 보면서, 다릴은 으드득 이를 악물었다.
얌전히 따라갈 생각이 없다는 대답.
어디까지나 방해를 한다.
같은 엘프이며, 게다가 야뮬의 딸이면서, 규율을 경시하는 가치관.
믿을 수가 없다. 그러한 일을, 어떻게 허용할 수 있을까?
"뒤쫓아라! 놓치지 마!"
다릴을 따르는 부하들이, 일제히 뮤라를 뒤쫓아 가기 시작했다.

무슨 일이 있어도 붙잡는다. 다릴 또한, 뮤라를 쫓기 위해 움직이기 시작했다.

뮤라는 지금 혼자이며, 동료들은 모두 영빈관에 있다는 것을 파악하고 있었다. 그렇기에 오늘 이때, 일을 일으키려고 결단한 것이다.

다릴은 과거에 규율로 구원 받은 경험이 있다.

엘프로서 마력량은 적지만, 마력 강도는 뛰어난 것을 가지고 있다.

그것이, 다릴이었다.

채찍을 사용한 전투에서 두각을 드러냈기 때문에, 다릴은 병사로서 훈련을 허가 받았다. 마력의 절대량이 적은 것은 마력 강도의 강함으로 보충하는 전술을 연마했다. 여차할 때 큰 타격을 주어 단숨에 상황을 유리하게 이끄는 전투법. 다릴은 그것을 연마했다.

할 수 있는 일이 한정되어 있기 때문에, 그 전투법만 우직하게 계속 연마하여 쑥쑥 실력을 키웠다.

그렇지만, 그것이 마음에 안 든다고 생각하는 자도 있었다.

마력량이 적고 지구력이 없는 주제에, 돼먹지 못한 주제에. 그런데, 나보다도 마술의 위력이 강한 것은 용납 못한다.

다릴을 눈엣가시로 여긴 자는 그런 말을 했었다. 지금도 분명하게 기억한다.

지금이라면 안다. 요컨대 질투였던 것이다.

자기가 좋아서, 적은 마력량으로 태어난 것이 아니다.

장기전 따위 바랄 수 없고, 금방 숨이 가빠진다. 그렇기에, 여차할 때 그 압도적인 화력으로 적에게 큰 타격을 주어서 전선을 휘젓고 즉시 전선을 이탈. 그 다음에 동료들이 마무리를 지어서 승부를 정한다.

요컨대 역할 분담이다. 그저 그뿐인 이야기였으며, 특별한 것은 아무것도 없다. 그런데도, 다릴에 대한 괴롭힘은 이어졌다.

질이 나쁘거나 음험하기도 했지만, 괴롭힘이라는 것은 원래 그런 것이다.

다릴을 인정해주는 자도 있기에 참을 수 있었다.

그냥 괴롭힘으로 끝나면 그걸로도 괜찮았다.

그렇지만 어느 날, 그걸로 넘어갈 수 없는 사건이 일어났다.

그날, 훈련소 정리 당번 그룹의 한 명이었던 다릴. 모든 일을 마쳤을 때는 이미 해도 완전히 저물어 바깥은 깜깜해졌다.

훈련소 정리 당번을 한 다음날은 휴가일이다. 오늘 밤은 느긋하게 쉬고서 모레부터 시작되는 강도 높은 훈련에 대비해야 한다.

그리고, 이것저것 쌓여 있는 작업도 해치워 버리자.

그런 것을 생각하며 집으로 돌아가는 길을 걷고 있는데.

문득, 따끔따끔한 감각이 목 뒤를 덮쳤다.

자신보다도 강한 마물과 처음 상대했을 때도 느낀 것. 그렇다, 이건 살기였다.

생각해보면 여기는 뒷골목. 마을 안이라지만, 방심한 자신이 잘못한 것이리라.

거의 조건반사였다. 다릴은 그 자리에서 뛰어 물러나고 돌아보았다. 허리의 벨트에 차고 있던 채찍을 손에 집었다.

방금 전까지 자신이 걷고 있던 장소에 화살이 박혀 있었다. 저 위치, 저 궤도. 틀림없이 연수를 꿰뚫을 셈으로 쏜 것이다.

"칫. 감이 좋네, 역시. 모질이 주제에 역겨워."

거기 있던 여자 엘프 세 명은 본 적이 있었다. 너무나 잘 안다.

다릴을 괴롭히는 주범격의 세 명이었다.

"무슨 속셈이지?"

그렇게 물었지만 세 사람에게서 돌아온 것은 그저 조롱과…… 살기.

모질이 주제에 역겨워.

그것에 모든 이유가 집약되어 있으리라.

셋 다 활에 화살을 메기고, 화살촉으로 다릴을 겨누었다.

괴롭힘으로 머무를 때는 괜찮았다. 그렇지만, 이렇게 죽이러 오면 그렇게 말할 수도 없다.

할 수 있을까? 다릴의 등에는 불길한 땀이 흐르는 것을 자각했다.

한 번의 공격력은 다릴 쪽이 틀림없이 높다. 그렇지만, 전투 지속 능력은 비교하기도 미안할 정도의 차이가 있었다. 원거리에서 다릴의 공격을 회피하면서 야금야금 괴롭히면 되는 세 사람과 달리, 다릴이 할 수 있는 건 전력을 담아서 단숨에 승패를 정하는 것.

그리고 다릴은 그것밖에 고를 수 없다는 것을 상대가 알고 있다는 것이, 승패에 커다란 영향을 주었다.

할 수 있을지는 모른다. 그렇지만, 도망쳐도 마찬가지다. 상대 쪽이 지구력이 높으니까. 그렇다면, 하는 수밖에 없다.

아마도 계속 도망쳐 다닐 상대를 뒤쫓으면서, 세 방향의 공격을 처리하며 가급적 빠르게 세 사람을 침몰시킨다.

다릴에게는 과거에 없던 위기. 그렇지만 하는 수밖에 없다.

이걸 넘어서지 못하면, 목숨이 없다.

마음에 안 든다는 것만으로, 당해줄 것 같은가.

다릴은 필사적으로 저항했다. 그렇지만, 반쯤 알고 있었던 일이지만 훌쩍훌쩍 피하는 것에 의식의 태반을 기울이는 세 명에게는 명중시키는 것도 여의치 않았다.

한편, 사각이 생길 때마다 쏘는 화살로 다릴의 상처는 확실하게 늘어났다.

세 사람은 아직도 여유가 있었지만, 다릴은 이미 숨이 차오르기 직전이었다.

강렬한 일격을 맞출 필요가 있기 때문에 언제나 공격은 크게 한다. 그 탓에 한 발 한 발의 소모가 격렬하다.

"큭…… 아뿔싸……!"

드디어, 다리가 꼬여서 쓰러져 버렸다. 이윽고 스태미나가 다 떨어진 것이다.

마력이 고갈되기 직전. 체력도 방대하게 잃고서, 어깨를 들썩이며 숨을 쉰다. 일어설 수는 있었지만, 일어서기도 힘들다.

한편, 습격자 세 사람은 가볍게 어깨를 들썩이면서 이마에 땀이 맺히긴 했지만 그뿐이었다. 아직 한참 싸울 수 있다는 양상이었다.

마력량의 차이가 그대로 지구력의 결정적인 차이가 되어 나타났다.

"꽤 버텼는데."

"열심히 한 편 아냐?"

"왜 칭찬을 하는데?"

"마지막 정도는 칭찬을 해줘도 되잖아?"

"그것도 그렇네."

세 사람이 입을 모아 그런 말을 했다.

분하다.

힘이 부족하다. 이제 저항도 못한다. 계속 힘을 쥐어짜낸 것이다. 이제, 한계였다.

세 사람이 화살을 메기고, 활을 당긴다.

화살촉은 각각 머리, 심장, 목을 노리고 있었다. 모두 치명상이 될 수 있는 부분이다.

"큭……."

마음까지 굴복할까보냐. 그렇게 허세를 부리며 세 사람을 노려보았다.

그렇지만 그것은 아무런 타격을 주지 못하고, 세 사람은 화살을 쏘려고 했다. 그 순간.

"이게, 무슨 일이냐!!"

커다란 음성이 울려 퍼졌다.

세 사람이 퍼뜩 그 목소리 쪽을 돌아보고, 뒤늦게 다릴도 그쪽을 보았다.

수장의 손자이며, 동세대에서도 가장 재능이 넘친다는 아르비스 케이펠 그륜이 그곳에 서 있었다.

그 뒤에는 언제나 아르비스 뒤를 따르고 있는 남녀가 네 명. 다들 아르비스 정도는 아니지만, 동세대 안에서는 톱클래스의 실력자로 이름을 떨치고 있었다.

"너희들에게 물어보지. 거기 있는 다릴은, 화살을 겨눌 정도의 무슨 짓을 했나?"

언뜻 봐서, 명백하게 사적인 형벌이었다. 아르비스도 그렇게 생각한 것이 틀림없으리라. 그렇지만, 그는 상대의 말을 안 듣는 자하고는 달랐다.

그것은, 최후통첩이었다.

만약 정말로 아니라면. 근거가 있다면, 그 이야기를 듣는다고 말한 것이다.

그리고, 세 사람이 입을 열기 전에 아르비스는 더욱 말했다.

"정당하다고 생각되는 이유가 있다면 정상참작의 여지는 있다. 그러나 규율로는 어떠한 이유가 있더라도 사적인 처형을 금지하고 있다는 것을, 모른다고 할 수는 없을 거다. 죄에 대가가 있을 것을 잊지 마라."

세 사람은 입을 다물었다.

아르비스가 납득할 법한, 정상참작이 검토될 법한 이유 따위 있을 리가 없다.

이러한 흉행에 이른 것은 모두 감정이 원인이니까.

"대답이 없는가? 그렇다면 이유 없는 상해의 혐의로 구속하게 되겠는데, 상관없다는 거겠군?"

거듭하여 아르비스가 말하지만, 대답이 없다.

말하고서 조금 대답을 기다리는 점에서 아르비스의 대응은 자비가 있는 편이었다.

대꾸할 틈도 체포하는 것이 아니라, 변명이 있다면 듣는다고 말한 거니까.

저항한다, 는 선택지도 있었지만 택하지 않았다. 정확하게는 택할 수 없었다는 것이 올바르다.

아르비스와 그 추종자는 삼인조하고는 하늘과 땅 정도의 차이가 있다.

요컨대, 한가한 것이다.

아르비스와 같은 고지에 있는 자들은 자기 단련에 여념이 없다. 남을 괴롭히는 것 따위를 할 틈이 전혀 없고, 그러한 짓을 한순간에 즉시 뒤쳐진다. 남의 발목을 잡아끌어서 벌어지는 차이보다도, 자기를 높여서 벌리는 차가 더 크다는 것을 아는 것이다.

그에 비해 여자 엘프 셋은 다릴을 괴롭힐 틈이 있으며, 심지어는 암습을 할 시간을 낼 수 있는 성질이다.

실력차이 따위는 안 봐도 뻔하다. 도망치는 것도 못한다. 이렇게 발견된 이상, 지금부터 다릴을 공격해도 확실하게 막힐 것이다.

저항도 더욱 공격도, 도주마저도. 그 모든 것이 무의미하다는 것을 금방 이해해 버렸다.

"……유감이군. 붙잡아라."

아르비스가 말하자, 추종자인 남녀가 다릴에게 활을 겨누었던 여자 엘프들을 구속했다. 그녀들은 일절 저항하지도 않고 포박됐다.

다릴은 목숨을 건진 것이다.

그 다음, 다릴 습격 사건의 범인들은 규율로 심판을 받았다. 정당한 이유 없는 동포에 대한 공격은 금지되어 있다. 그럼에도 살해 일보 직전까지 올라간 것으로, 상당히 엄한 벌을 받고서 다릴과 멀어졌다.

그렇다, 그때 직전에 끼어들어준 아르비스도 물론 은인이다.

그것과 동시에 부조리한 꼴을 당하고 있던 다릴을 올바르게 구제하고, 그 하수인에게 올바른 벌을 내려서 다릴은 규율을 신성시하게 됐다.

실제로, 규율이 없었다면 다릴은 지금도 괴로워했을 것이다.

좋은 것이라고 머리가 이해하고 몸으로 경험했으며, 은혜를 받았기에 준수해야 한다고 강하게 인식했다.

그렇기에, 허용할 수가 없다.

규율을 경시하는, 무녀를 잇지 않는다는 의견을.

이것은 독단이다. 아르비스에게 허가를 받은 것이 아니다. 그렇기에, 실수할 수는 없다.

"반드시 붙잡는다……!"

여차하면, 가져온 비장의 수를 쓰는 것도 망설이지 않는다.

다릴은 강한 결의를 움켜쥐고, 어둠 속을 달렸다.

"응?"

영빈관, 타이치의 방.

거기서 칼을 손질하고 있던 타이치는 문득 어떤 위화감을 느끼고 고개를 들었다.

그곳에는 엷은 녹색의, 빛 덩어리.

바람의 부유 정령들이었다.

"뭐야, 왜 그러지?"

격이 낮기 때문이리라. 실피와 달리, 인간의 말로 커뮤니케이션을 못한다.

다만 초조함 같은 감정 같은 것이 전해진다.

타이치에게 뭔가를 호소한다는 것은 틀림없는 것 같았다.

『내가 들어볼게.』

문득 타이치의 시야에 실피가 들어왔다.

어디 다녀왔는지, 타이치 곁에 정령이 온 것을 느끼고 돌아온 모양이다.

"부탁해."

『응.』

실피는 부유 정령에게 손을 뻗어서 몸을 만졌다.

그리고 몇 번인가 고개를 끄덕이는 동작을 보이더니, 손을 뗐다. 물러가는 부유 정령을 손을 흔들면서 배웅한 실피는 빙글, 타이치를 돌아보았다.

『뮤라가 쫓기고 있대.』

"……뭐야?"

예상 밖의 대답에, 칼을 점검하던 손이 완전히 멎었다.

고개를 들자 실피가 진지한 표정으로 고개를 끄덕였다.

『타이치랑 린과 함께 있던 엘프 애가 쫓기고 있어. 쫓기는 애는 여유가 있어 보였지만, 쫓는 쪽이 아주 진지하니까 걱정, 이라고 했어.』

"……그렇구나."

어떻게 된 걸까? 왜 쫓기는 건지 모두 짐작이 안 간다.

뮤라라면 괜찮을 거라고 생각한다. 그녀는 강하다.

그렇지만, 이때 타이치는 어쩐지 불길한 예감을 느꼈다.

그야말로 근거도 없는, 막연한 예감이었다.

"실피. 가봐야겠다. 어쩐지 불길한 예감이 들어."

『응, 알았어.』

타이치는 일어서더니, 손질하던 도중인 칼을 정중하게 테이블에 놓고 미스릴 검을 허리에 찼다.

로브를 두르고, 후드를 써서 머리까지 완전히 덮는다. 필요한 거라고 뮤라의 말을 듣고서 산 것이다. 지금까지는 거의 안 썼지만, 있어서 다행이라고 생각했다. 역시 뮤라, 선견지명이 있는데. 타이치는 생각했다.

또 한 장, 예비 로브를 손에 집었다. 뮤라에게 씌우려는 것이다. 린도 뮤라도 꽤 키가 커서, 로브 자락은 그녀들의 것과 타이치 것도 그렇게 다를 바가 없다.

그렇지만 역시 체격에는 차이가 있다. 그것은 이제 성별의 차이 부분이며, 옷자락은 같아도 뮤라가 입으면 펑퍼짐해질 것이다.

쫓기고 있다면, 이것을 뒤집어쓰면 조금 나아지지 않을까?

얼마나 효과적일지는 모르겠지만, 없는 것보다는 낫다고 생각했다.

"좋아, 가자."

『응.』

준비는 됐다. 타이치는 창문을 열고 창틀에 발을 올리더니, 훌쩍 테라스에서 뛰쳐나갔다.

그녀는 현재 쫓기고 있다고 했다. 그렇다면, 도주 수단에 마력을 이용하는 일은 한없이 적을 것이다.

"어디, 뮤라는 어디 있어?"

마력으로 찾는 것은 역시 어렵다.

그렇다면, 기척을 찾아보기로 했다. 이 마을에서 격렬하게 움직이는 자를 찾는 것이다.

……그렇게 생각했지만, 문득 깨닫고 실피에게 물었다.

"혹시, 벌써 뮤라 찾았어?"

그렇게 물어보자, 실피는 웃음을 지었다.

『물론이지!』

역시 대단하다. 공기가 존재하는 곳에서, 실피에게서 숨는 것은 불가능하다.

이번에는 순순히 실피의 힘을 빌리기로 하자.

뮤라도 완벽한 건 아니다. 실수를 할 가능성이 있는 것이다. 그녀라면 절대, 라는 감상이 잠시 머리를 스쳤지만, 그것을 버렸다.

실피가 가리키는 장소를 향해서, 타이치는 즉시 이동을 시작했다.

나무줄기나 구름다리를 써서 고속이동하기를 잠시.

마을은 그렇게까지 넓지 않기 때문에, 뮤라는 금방 발견됐다.

'서두르길 잘했네.'

상황을 보고, 타이치는 자신의 판단이 옳았다고 생각했다.

뮤라가 있는 곳은 외길. 그리고, 외길 양쪽 입구에서 지금 그야말로 추적자가 들어가려는 참이었다.

아직 발견된 것은 아니다. 여기 있다고 확신하는 것도 아닌 모양이다. 그렇지만, 이대로는 발견되는 것은 시간문제.

타이치는 서둘러서 뮤라 곁으로 갔다.

실수했다.

뮤라는 자신의 부주의함을 매도했다.

여기는 뒷골목의 외길. 기척을 찾는 것은 멈추지 않았지만, 어디로 갈까 망설인 한순간이 운명의 갈림길이었다.

외길 양쪽에서 추적자의 기척이 느껴진다.

지금은 마침 움푹 들어간 곳에 들어가 있지만, 이 장소는 반드시 확인할 것이다.

그렇다면, 틀림없이 발견될 것이다.

강화 마술을 사용하면 삼각 뛰기 요령으로 도망칠 수 없는 것도 아니지만, 그걸 하면 확실하게 발견된다. 맨몸의 신체능력으로, 삼각 뛰기는 어렵다.

여기까지 마력을 쓰지 않고 왔다. 사용하면 어디 있는지 밝히는 것이 되기 때문에 삼가고 있었지만. 추적자도 개개인의 능력은 뮤라에게 미치지 못한다. 그러나, 그것은 능력이 낮다는 것과 같은 게 아니다. 역시 아르비스의 오른팔인 다릴이 이끄는 자들이었다.

어쩔까.

고민은 한순간. 오히려 생각할 것도 없었다.

붙잡히는 것보다는, 발견되는 편이 대미지가 적은 것은 당연하다.

영빈관으로 도망칠 때까지는 또 고생을 하게 되겠지만, 어쩔 수 없으리라.

각오를 정하고 강화 마술을 사용하려고 한, 그야말로 그 순간.

갑자기 위에서 누군가가 말 그대로 날아왔다.

"?!"

누군지 물어볼 틈도 없이, 훌쩍 무언가를 뒤집어썼다.

생각해보면, 누군지 물어보고자 목소리를 내면 들키게 된다. 위에서 갑자기 날아온 것에 놀란 것도 포함해서, 자신을 칭찬해도 좋았다.

갑자기 나타나서 자신에게 무언가를 씌운 인물을 보았다.

대단히, 익숙한 얼굴이었다.

'타이치?!'

뒤집어 쓴 건 익숙한 후드가 달린 로브. 앞으로는 갖고 있는 게 좋다고 말해서 샀던 것이다. 타이치도 같은 것을 쓰고 있었다.

거의 나설 차례가 없었지만, 설마 여기서 쓰게 될 줄이야.

타이치는 검지를 입술에 대는 제스처를 했다.

그렇다. 작은 소리라지만, 말하는 것은 좋지 않다. 뮤라는 무심코 양손으로 입을 막았다.

그렇지만, 고마운 일이다. 이 로브가 있으면, 뮤라의 인상을 감출 수 있다. 뮤라 것과 비교해서 자락이 긴 것도 좋았다.

문제는, 어떻게 여기를 헤쳐나갈 것인가이다.

이미 발소리가 가깝다. 오른쪽에서 오는 추적자 쪽이 먼저 타이치와 뮤라를 발견할 것이다.

여유는 한순간. 뮤라는 찰나 동안 주저한 다음, 넘어갈 방법을 정했다. 타이치의 후드를 깊숙하게 누르고, 자신도 깊숙하게 고쳐 쓰고서 로브 앞을 닫았다.

선 위치는, 뮤라가 벽을 등지고 타이치가 외길 쪽에 등을 보이고 있었다.

마침 잘 됐다.

뮤라는 훌쩍 발끝으로 서서, 타이치의 목에 팔을 둘렀다.

그리고, 자신의 입술을 타이치의 입술에 갖다 댔다.

"?!!"

눈을 깜빡 거린 것은 타이치였다.

그와 동시에, 발소리가 멎었다.

먼저 도착한 한 명이 이쪽을 보더니, 혀를 찼다.

"……칫, 여기에도 없나."

"없었나? ……뭘 혀를 차고 있어."

살짝 늦게, 또 한 사람이 왔다.

"저기서 시시덕거리는 걸 보고서, 그만."

추적자 남자는 턱으로 타이치와 뮤라를 가리켰다.

"……아아. 그렇구만. 참 부러울 따름이야. 뭐 저렇게 숨어 있잖아. 입 다물어주자고."

"그렇네."

남자들은 조금 대화를 하고서, 자리에서 물러갔다.

대화 내용을 들어보니, 로브로 얼굴이나 체격 따위의 세부 사항을 감춘 덕분에 노린 것처럼 이 밀회를 들키기 싫은 남녀라는 걸로 착각해 주었다.

뭐, 이제는 자신들은 이러고 있는데 신세도 좋다. 라고 질시를 한다. 그런 내용을 말할 것도 없는 아무래도 좋은 내용이었다.

그들의 기척이 멀어지는 것을 확인하고, 뮤라는 타이치에게서 떨어졌다.

"……윽."

무심코 팔로 입가를 누르는 타이치. 입술을 겹치고 있던 시간은 수십 초, 아니, 어쩌면 1분을 넘었을지도 모른다.

동요하는 타이치에 비해서, 뮤라는 태연했다.

남녀의 은밀한 밀회로 위장해서 얼버무리는데, 어중간한 짓을 해서 들킬 바에는 아예 과감하게 행동했을 뿐이다. 그렇게, 자신도 동시에, 얼버무리고 있을 뿐이었다.

“타이치. 실피의 힘으로 여기서 이탈시켜줘.”

“그, 그래…….”

아직 굳어 있는 타이치를 재촉했다.

머릿속이 뜨거워져서 말하는 대로 실피의 힘을 쓰려고 한 타이치. 그렇지만, 문득 깨달았다.

“……실피의 힘을 쓰면, 확실하게 들키는데?”

그렇다. 실피의 힘을 사용할 때 주위에 뿌리는 마력은, 그냥 마술 따위하고는 비교도 안 된다. 물론 억누를 수는 있지만 제로로 만들 수는 없다.

그것은 마술과 마찬가지.

고성에서는 은폐에 뛰어난 마법진에 대해서 뮤라가 고찰했지만, 그것마저도 발동할 때는 마력을 미처 숨기지 못한다.

기껏 지나쳤는데, 스스로 들켜도 되는 걸까?

그것을 확인하자, 뮤라는 사납고 희미하게 웃었다.

“이제 됐어. 실피의 힘으로 도망치면, 놈들이 절대로 못 잡잖아?”

뮤라가 말했다. 그건 그렇다. 실피의 힘으로 도망친다면, 일단 붙잡을 수 없다.

"단숨에 영빈관까지 가자."

"뭐, 뮤라가 좋다면 괜찮은데."

타이치는 마음을 가다듬고 실피에게 부탁했다.

싱글싱글 웃고 있던 실피는 타이치에게만 보였지만, 그는 의식적으로 그것을 무시했다.

실피는 손을 마주쳤다. 소리는 안 난다. 그렇지만 효과는 극적이었다.

타이치와 실피가 희미한 바람의 구체에 휩싸여 떠오른다.

그것은 타이치가 행사한 마법. 당연히 마력이 샌다. 뮤라가 로브의 후드를 벗었다. 정말로 숨을 생각이 없는 모양이다. 그러면 됐다고, 타이치 또한 후드를 벗었다.

이윽고 뒷골목을 형성하는 벽을 넘어, 주위의 나무 상부보다도 높이 떠올랐다.

그 모습은, 추적자들에게 틀림없이 포착됐을 것이다. 그들은 곧장 어수선해졌다.

저기 있는 게 그 녀석들이었나!

하늘을 날고 있다!

그러한 대화가 들렸다.

타이치 일행에게 마술이 날아온다. 예리한 끝을 가진 흙의 창『록 랜스』일 것이다.

위력은 상당했다. 물론, 통하지 않는다. 실피가 펼친 바람의 막에 튕겨나가고, 두 동강 나서 떨어졌다.

"크…… 저게……!"

쏜 것은 다릴. 겨누고 있던 왼팔을 내리면서, 분한 기색으로 이를 갈았다.

그런 그녀를 향해서 뮤라는 훗, 웃음 지었다.

당연하지만, 도발이다.

분한 감정을 짙게 드러내는 다릴과 그 부하들을 곁눈질하면서, 타이치와 뮤라는 실피의 바람 막에 휩싸인 채, 밤의 엘프 마을 상공을 날아 어둠 속으로 사라졌다.

◇◆◇◆◇◆◇◆

"그랬단 말이지."

김이 피어오르는 컵에 입을 대면서, 타이치와 뮤라의 이야기를 들은 레미아가 중얼거렸다.

영빈관. 귀환한 타이치와 뮤라는 마침 끊기 좋은 곳까지 책을 읽고 취침 준비를 하고 있던 레미아를 찾아갔다. 그리고 이미 자고 있던 린도, 미안하게 생각하면서 깨우게 됐다.

처음에는 졸린 기색이었지만, 뮤라가 쫓겨 다녔다는 말을 들은 순간에 의식을 확실하게 만들고 이야기를 들을 자세를 갖추는 린은 역시 대단했다.

"쫓겨 다녔다…… 라고?"

린이 물어보자, 뮤라는 고개를 좌우로 흔들었다.

"무녀를 잇지 않는 것은 규율에 반하니까, 그걸 용납할 수가 없었나 봐."

그 의문에 대답한 것은 타이치였다.

쫓기고 있던 본인인 뮤라도 몰랐던 것을, 어째서 타이치가 알고 있는 것일까?

"실피가, 마을의 정령에게 물어봤어. 다릴이 말하는 것을 듣고 있던 정령을 발견했대."

타이치는 아무것도 아니란 것처럼 말하지만, 정말로 반칙 기술이었다.

"정말이지, 도청을 마음껏 하는군."

"남들 듣기 안 좋잖아. 도움은 되지 않았어?"

놀리는 레미아에게 타이치가 항의.

둘이 씨익 웃었다.

나쁜 짓을 생각하고 있는 자 특유의 표정이었다.

그런 두 사람의 대화는 익숙했다. 린과 뮤라는 얼굴을 마주 보고, 기가 막힌단 기색으로 한숨을 쉬었다.

"그러나, 규율을 소홀히 했다고 마음에 안 든다, 이 말이군."

턱에 손을 대고 타이치 말의 내용을 반추하는 레미아였지만, 문득 코웃음을 쳤다.

"알 바 아니지. 그렇지, 뮤라?"

"알 바 아니라고까지는 안 하겠지만요. 마음대로 고르라고 해서 골랐을 뿐이라는 것밖에 할 말이 없다는 건 있어요."

사양하지 않는 말투에 쓴웃음을 지으면서, 뮤라는 얼추 동의했다.

"음. 고르라고 한 것은 저쪽이다. 그러니까 골랐다. 그 결과가 마음에 안 든다고, 하물며 손님인 우리들에게 손을 대려고 하다니."

그렇다. 그 결과가 마음에 안 들면 내부에서 이야기를 정리해야 한다.

마을의 이름으로 맞이한 손님이 피해를 보는 것은, 있어서는 안 될 일이리라.

"하지만, 실제로 일어나 버렸어요."

린이 단적으로 사실을 말했다.

"그렇다니까. 한 발짝 잘못 디디면 일이 꼬이겠는데, 이거."

"한 발짝은커녕, 이미 꼬여 있어. 그것도 성대하게."

"……그렇다니까아."

타이치와 린의 대화가 이야기하고 있었다.

실질적인 피해는 없지만, 이것은 이미 명확하게 공격을 받은 것과 같은 뜻이다.

이것은 애매하게 넘어가도 될 문제가 아니다.

"그래. 이야기가 빨리 진행돼서 참 좋군. 재빨리 이야기를 해봐야겠지. 수장은 참으로 딱하게 됐어."

제스타에 대해서는 정말 딱하다고 생각한다.

그렇지만, 그것은 봐줄 이유가 되지 못한다.

조직으로서 의사 통일이 되지 않고, 일부가 폭주하여 제자가 쫓겨 다녔다.

그런 일이 일어났는데, 아무 행동도 하지 않는 것은 있을 수 없다.

이 순간, 타이치 일행과 엘프 마을은 명확한 입장의 상하가 생겼다.

"날이 밝으면 본무대다. 그만 자야겠군. 내일, 잠이 부족한 상태로 일을 벌인다, 라는 일이 없도록 말이야. 특히 린, 너는 잠들었다가 깼으니까."

"괜찮아요. 제대로 케어를 할 거니까요."

"……레미아 씨."

"응? 뭐지? 뮤라."

당사자니까 너야말로 얼른 자라. 그런 뉘앙스로 말을 하려던 레미아였지만, 뮤라의 모습이 진지함 그 자체이기에, 이후의 말을 삼켰다.

"한 가지, 생각난 게 있어서, 부탁이 있어요."

"흠…… 좋다, 말해봐라."

"고맙습니다. 사실은……."

그것은 대담한 요청이었다.

그러나, 이후의 우려 없이 결판을 내겠다는 뮤라의 마음가짐이 마음에 든 레미아는 두말없이 제자의 말을 받아들였다.

그것을 옆에서 들은 타이치와 린도, 뮤라의 제안에 즉시 동의했다.

내일은, 파란이 일어날 것 같았다.

◇◆◇◆◇◆◇◆

"……저질러버렸구나."

레이놀드가 신음하는 것처럼 목소리를 흘렸다.

아르비스도 소태 씹은 표정을 짓고 있었다.

그 시선 끝에는, 직립한 채 깊숙하게 허리를 숙이고 고개를 숙인 다릴의 모습.

독단으로 뮤라를 붙잡기 위해 행동하고서 실패. 분함을 드러내면서 돌아온 다릴을 기다린 것은 레이놀드의 호출이었다.

레이놀드의 집무실에 출두하자, 거기에는 아르비스도 엄격한 표정으로 기다리고 있었다.

다릴의 행동은 곧장 레이놀드와 아르비스도 알게 됐다.

그녀는 변명 따위 할 생각이 없었다. 일절 변명을 하지 않고, 즉시 고개를 숙여서 사죄했다.

"모든 것은 제가 멋대로 한 일입니다. 부디, 뜻대로 처우해 주세요."

말하는 모습이 다 포기한 것처럼 들리지만, 그런 성격이 아니라는 것은 레이놀드도 아르비스도 알고 있었다. 그녀는 진심으로 그렇게 말하고 있었다.

"너 한 명을 처분해서, 그걸로 수습될 거라고 생각하느냐?"

아르비스에 대한 책임 추궁을 피할 수 없다. 또한, 전통주의파의 영향력을 격감시킬 것이다.

레이놀드로서도 지금 아르비스를 잃는 것이나 전통주의파

의 영향력 저하는 통한스럽기 짝이 없으며, 다릴을 처벌하는 것만으로 벗어날 수 있다면 부디 그렇게 하고 싶었다.

그렇지만, 그렇게는 안 된다. 부하의 실수는 상사의 책임.

그 정도를 모를 리가 없는데, 너무나 높은 충성심도 참 난처한 구석이 있다.

"아버님…… 이제, 강하게 나가는 수밖에 없겠습니다."

아르비스가 결연하게 말했다.

바라던 바가 아니라는 감정을 숨길 생각이 없는 것인지 성대하게 흘러 나왔다.

그러나, 이 상황은 되돌릴 수 없다. 모두 지나간 일이다.

그러면 어쩔 것인가?

그곳으로 시점을 보내야 한다. 그렇게 할 수밖에 없다고도 할 수 있지만, 「여차」할 때는 언제 일어날지 모른다.

그리고 지금 이 순간이, 그 「여차」할 때였다.

"다릴에게 책임을 묻는 것은 당연합니다만, 그것을 순순히 받아버리면, 이미 한줌의 희망조차도 스스로 놓아 버리게 됩니다."

"그래……."

아르비스의 주장에, 레이놀드도 고개를 끄덕였다.

벼랑 끝까지 몰려 있다. 그러나, 몰리기는 했지만 아직 길이 남아 있는 것은 분명하다. 아르비스 말처럼, 입 다물고 길이 막히는 것을 받아들일 것인가? 아니면 그 전에 도박에 나설 것인가?

아직 벼랑에서 떨어진 것이 아니다. 떨어지는 것을 기다릴 뿐, 이라는 선택은 있을 수 없다.

"하는 수 없군…… 이미, 그것밖에 수가 남지 않았구나."

레이놀드는 크게 숨을 내쉬었다. 아르비스는 그런 아버지에게 동의했다.

"알았다. 네 말대로 하자, 아르비스."

"이해해주셔서 감사합니다."

"그래. 가만 앉아서 기다리기만 하는 것 따위, 나도 사양이다. 지휘를 맡기마. 네 생각대로 해봐라, 아르비스."

"네!"

만회할 마지막 기회. 실수하면 앞으로 나서서 책임을 질 필요가 있다. 아버지가 다음 족장 후보이기에, 아르비스는 두 대 앞의 족장 후보. 그런 그가 취해야 하는 책임도 상당한 것이 될 것은 상상하기 어렵지 않았다.

그러나, 그런 것은 잘 알고 있다. 아르비스에게 그러한 것은 사소한 일이다. 기회를 준 것에 감사밖에 없다.

그러고 보니 이런 수단을 취할 셈은 없지 않았던가?

그런 생각이 문득 뇌리를 스쳤지만, 금방 그것은 무산됐다. 아르비스에게 위화감을 주지도 않고."

"다릴."

"네, 아르비스 님."

"본래는, 네 처분이 정해질 때까지 근신이 타당하다."

"네."

"그러나, 이 상황에서 너 정도의 전력을 놀려둘 여유는 없다. 일을 해줘야겠다."

"이 몸이 도움이 된다면 어떤 일이라도."

깔끔하다.

애당초 다릴이 이렇게 대답하는 것은 알고 있었다.

모든 것이 정해졌다. 다음은 실제로 행동하는 것뿐이다.

시간이 없다. 꾸물거리고 있으면, 금방 포박의 손길이 뻗어 움직이지 못하게 될 것이다. 준비가 끝나자마자, 움직일 필요가 있었다.

"다릴. 수하들을 모을 수 있는 만큼 모아라."

말하면서, 아르비스는 품에서 검을 꺼내 다릴에게 던져서 건넸다. 그것은 다릴이 아르비스의 대리라는 것을 증명하는 것. 다릴이 한 행동 탓에 아르비스나 레이놀드를 손절하고 멀어지는 자도 있을 것이다. 그런 자들을 억지로 붙잡아도 작전을 저해할 뿐이다. 아르비스의 이름으로 움직이는 자만 따라오면 된다.

"네!"

다릴이 집무실을 뛰쳐나갔다.

그 등을 잠시 바라본 다음, 아르비스 또한 각오를 정하고 집무실을 나섰다.

결전이다.

그것 말고는 없다.

그것으로, 자신의 주장이 옳다는 것을 증명하는 수밖에 없다.

최종 수단을 강행해야 하는 것은 참으로 바라던 바가 아니지만, 이것도 좋은 기회이리라.

압도적인 위기지만, 그만큼 승리했을 때 돌아오는 것이 크다.

아르비스는 마음을 전환하고, 자신이 해야 할 일에 주력하기로 했다.

다릴이 집무실을 나설 때, 「여차하면 그 수를……」이라고 중얼거린 것에 평정하지 못했던 아르비스도 레이놀드도 깨닫지 못했다.

그녀의 뇌리에는, 날개 소리와 함께 말을 거는 목소리가 있었다. 이 목소리를 따르면, 전통주의파는 잘 된다. 그렇다. 이렇게 결전에 나서는 것도 다릴이 바랐던 결과였다.

그렇게 생각하도록 유도된 것도 깨닫지 못한 채.

그것은 다릴에게만 한정된 것이 아니라고, 그녀조차도 깨닫지 못한 채.

제52화 굽히지 않는 주장

날이 밝아서 다음날.

타이치가 올려다본 하늘은 개어 있었다. 이른 아침은 아니지만, 아침의 공기는 기분이 좋았다. 그리고, 이렇게 대자연 한가운데라면 더욱 그렇다.

양떼구름이 하늘을 뒤덮고 있지만, 얼추 좋은 날씨였다.

숲 속에 있는 엘프 마을에는 오늘도 여기저기에 나뭇잎 사이로 햇살이 쬐고 환상적인 공간을 만들고 있었다.

아무래도 이제는 익숙해졌지만, 처음 사흘 정도는 감동한 기억이 있다.

평소보다 조금 이른 시간에 일어나서, 아침을 먹고 수장 곁으로 가기 위해 영빈관을 나온 참이었다.

그때, 타이치 일행은 나란히 발을 멈추었다.

딱히 짠 것도 아니고, 약속한 것도 아니었다.

그렇지만, 발길을 멈춘 이유가 있었다.

"흐~음. 타이밍이 좋은 건지 나쁜 건지, 판단이 안 서는데."

"이 경우는, 타이밍 좋다고 말해야겠지."

"그런가?"

"그렇지. 복잡한 것이 없다. 심플해서 참으로 좋아."

눈앞의 광경을 보고, 타이치와 레미아가 나누는 대화였다.
"분명히, 생각하기에 따라서는 그럴지도 모르겠어."
린이 레미아에게 동의했다.
"린도 그렇게 생각하는구나."
"응. 왜냐면 저거, 틀림없이 흑백을 가리는 거잖아?"
"뭐, 그렇기는 하지."
"그렇네. 누군가의 손에 맡기는 것 없이, 자신들이 해결할 수 있다. 심플하면서도, 납득이 되는 결과로 만들기 쉽기는 해."
"그렇네."
여성진은 만장일치로 이 상황을 환영하고 있었다.
다소 의문을 제기한 것은 타이치뿐이었다.
뭐 그 타이치도, 굳이 따지자면 이 상황이 좋다. 그리고 뮤라가 어제 말한 것을 생각하면, 이 상황은 바라던 바라고 할 수 있었다.
영빈관으로 오고 있는 집단이 시선 끝에 있었다. 100명은 안 되겠지만 50명을 넘는 것은 틀림없었다.
한 마디로 말하자면, 무장한 엘프 집단이었다.
방어구를 입고서 무기를 손에 들고, 뭔가 강한 마물이라도 사냥하러 가는 것인지 혹은 어딘가를 공격하러 가는 것인지, 그런 모양새다.
아니, 실제로 그것은 틀리지 않았다.
다만, 공격하러 가는 곳이 타이치 일행인 것뿐이다.
그렇게 판단한 이유는 어렵지 않다.

그 집단은, 숨길 생각도 없는 건지 전의를 뿜었기 때문이다.

아침 공기는 일상과 다를 바 없는 평화로운 것이었지만, 영빈관 주변— 정확하게 말하면 타이치 일행 네 명과 엘프의 폭주 집단이 풍기는 범상치 않은 공기는 더할 나위 없이 비일상을 연출하고 있었다.

그 탓인지 평소에는 아침의 활기에 휩싸여 있을 텐데, 그 기이한 공기에 영향을 받았는지 엘프들은 아무도 다가가지 못하고 멀리서 지켜보기만 했다.

타이치 일행에게 어느 정도 다가서더니, 집단의 진행이 멈췄다.

일정한 거리를 두고, 대치한다.

그 집단에는 아르비스와 다릴의 모습. 또한, 레미아에게만 낯이 익은 남녀가 있었다.

아르비스와 다릴은 뮤라를, 집단 안의 남녀는 레미아를 보고 있었다.

그런 가운데, 한 걸음 앞으로 나선 것은 뮤라였다.

그녀는 어제의 제안에 따르면, 이 자리에 나설 자격을 가지고 있었다.

"다릴. 어젯밤에도 봤지?"

아무것도 모른다면 그냥 인사처럼 보이는 그것은, 그러나 사정을 아는 당사자가 보기에는 도화선에 불을 붙이는 행위였다.

실제로 다릴은 뮤라의 말을 듣고서 어금니를 악물었다.

그 선제공격을 그냥 받고만 있으면, 좋은 방향으로 굴러갈 수가 없다는 것을 깨달았으리라.

다릴을 오른손으로 막고서, 아르비스가 앞으로 나섰다.

"어젯밤에는 내 부하가 실례를 했다. 그에 대해서, 답례를 하러 왔다."

사과처럼 들리지만, 이 경우는 그렇지 않았다.

"그래."

뮤라도…… 아니, 이 자리에 있는 모두가 알고 있었다.

아르비스가 말하는 답례가 무엇을 의미하는지.

"받아주지 못할 것도 없어."

뮤라는 허리에 손을 대고, 마치 모델처럼 스마트하게 선 포즈로 사납게 웃었다.

모델처럼, 이라는 감상은 타이치와 린뿐이었다. 이 세계에서는 통하지 않으리라.

받아주지 못할 것도 없다. 완전히 내려다보는 태도에, 아르비스는 움찔, 눈썹을 움직였다. 그렇지만 표정에 드러내지 않고 그것을 받아들였다.

"호오…… 무슨 뜻이지?"

"딱히 어려울 것 없어. 간단한 거야. 들어보겠어?"

들으면 받아들이지 않을 수 없으리라.

뮤라는 무슨 책략이 있는 것이다.

직감으로 아르비스는 그렇게 깨달았다.

그렇지만 물러날 수 없다. 오히려 좋다. 그 책략이라는 것을 타파하면 변명을 못 하게 된다. 지게 되면 그대로 자신에게 책임이 쏟아지겠지만, 일에는 대가가 따르는 법. 애당초 이 무력 행사 자체가 어마어마한 하이리스크다. 이제 와서 리스크가 하나 늘어나는 것이 어떻단 말인가?

"좋다. 들어보지."

도발이라는 걸 알아도, 아르비스는 그렇게 대답했다.

기개가 좋다.

그리고, 노린 그대로다.

그 두 가지 이유로, 뮤라가 지은 웃음이 짙어졌다.

"아르비스 케이펠 그륜. 나랑 단 둘이 승부야. 자기주장을 통과시킬 권리를 걸고서."

"……."

그렇다, 단순명쾌.

린이 말한 것처럼, 흑백을 가리기 위한 것이다.

아르비스로서는 이것은 물러서기 어려운 것이었다.

1대 1 승부.

전통주의파의 사실상 톱에 선 자로서, 받지 않을 수는 없다. 거부하는 것은 도망치는 것과 마찬가지다.

덧붙여서 말하자면, 이렇게 많은 사람들이 보고 있었다. 목격자가 있다는 의미에서 잘 쓰면 좋은 결과가 따르는 것은 쌍방이 같다. 여기서 정정당당하게 1대 1 승부로 타파하면, 아무도 불평할 수 없다.

그러나, 여기서 도망친다면. 봐줄 수가 없게 될 것이다.

"……그렇군."

뮤라의 의도를 올바르게 이해한 아르비스는 비아냥이 없는 웃음을 지었다.

이번 경우, 아르비스에게는 메리트가 큰 것이다.

증인이 수없이 있는 가운데 1대 1 승부로 승리를 하게 된다면, 더할 나위 없는 설득력을 가진다. 그야말로 이기면 천국 지면 지옥. 그렇지만 지옥의 부분은 디메리트가 되지 못한다.

애당초 압도적으로 불리한 상황에 몰렸기에 이렇게 극단적인 수단으로 나선 것이다.

그런데, 방해를 받지 않는 승부를 할 수 있다는 것은 기울어진 상황이 자신에게 돌아온 것과 다름없다.

무엇보다도, 뮤라 뒤에 있는 타이치, 린, 그리고 레미아의 지원이 없다는 것은 쌍수를 들고 환영할 일이다.

……이것은 실리만 봤을 경우의 상황 분석 결과.

그러나 그것과 상관없이, 뮤라의 제안은 아르비스가 좋아하는 것이었다.

1대 1 승부의 신청. 방해를 한다면 밀고 나간다. 누구도 불평하지 못하는 형태로. 대단히 강한 면에서 오는 의사 표명이다.

아르비스를 때려 눕혀서 자신의 길을 가겠다는 선언이다.

이 집단을 앞에 두고서 이토록 심지가 강하다. 그 인품은 아르비스의 심금을 울렸다.

"좋다. 받아주지."

"그러면, 성립이네."

"다쳐도 난 모른다."

"그 말 그대로 돌려주겠어."

아르비스가 양손에 단검을 들자, 뮤라도 검을 뽑았다.

"너희들, 이 승부에는 손대지 마라. 손을 대면 우리들의 패배라는 걸 명심하도록."

돌아보고, 아르비스는 이끌어온 집단에게 말했다.

말대꾸를 할 수 없는 선언.

한편, 뮤라는 아무 말도 않는다. 뒤에 있는 타이치 일행도 아무 말도 안 한다. 애당초 의논해둔 일이다. 당연하다.

뮤라와 아르비스의 1대 1 승부는 이걸로 확정됐다고 해도 좋았다.

물 흐르는 것처럼 1대 1이 확정되자, 불만스러운 표정을 짓는 자가 있다. 다릴이었다. 경애하는 주인과 1대 1 승부를 하다니. 그런 불만을 억누를 수가 없었다.

한순간이지만, 표정에 드러난 그 불만을 놓치지 않은 자가 있었다.

"그래. 보기만 하는 것도 좀 그렇고……."

이야기가 정리된 참에 린이 말했다.

지팡이 끝을, 집단에게 겨누었다.

"나랑 승부 안 할래?"

집단이라는 것은 어폐가 있다. 그 지팡이는 똑바로 다릴을 겨누고 있었다.

"……뭐라고?"

그것은 예상 밖이었는지, 완전히 허를 찔린 표정을 짓는 다릴이었다.

"이 승부에는 의미는 없어. 굳이 따지자면, 서로 스트레스 해소일까?"

"……"

다릴은 딱히 우둔하지 않다. 린이 무슨 말을 하는 건지, 다릴은 금방 짐작했다.

"그렇게 불만이 있다면, 나를 상대로 기분을 풀면 돼. 그리고……"

그렇게 말하고, 린은 약간 뜸을 뜰이더니.

"동료를, 친구를 암습 해준 답례를 해두고 싶었거든."

린의 제안은, 본인도 말한 것처럼 대국적인 의미가 없는 것.

그렇지만, 당사자끼리는 의미가 있는 것이었다.

"……좋아. 나도 울분이 쌓여 있는 참이었다."

뜻대로 되지 않는 현재 상황. 지금 이 상황을 만들어낸 자신에 대한 분노. 그것들이 거듭되어, 다릴은 상당히 짜증이 쌓여 있었다.

"이쪽도 성립일까? 그러면…… 나도 마음껏 울분을 풀어야겠어."

온화한 말투로 이야기를 하면서, 내용은 예상 이상으로 강했다.

다릴은 눈을 동그랗게 뜨고, 다음에는 용맹하게 웃었다.

린 또한, 상대에게 전의가 가득해진 것을 느끼고 웃음을 지었다. 의욕이 없는 상대 따위 울분을 풀기는커녕 싸울 생각조차 안 든다.

짜증이 쌓인 것은 딱히 다릴뿐이 아니었다. 잘도 암습 같은 짓을 해주었다. 그 생각은 강하다. 최종적으로 무사했으니까, 타이치가 안 늦었으니까, 끝이 좋다면 모두 좋다, 라는 말로 정리할 생각은 없다. 제멋대로 군 대가는 비싸다. 그것을 가르쳐주지 않으면 마음이 안 풀린다.

그리고.

타이치와, 뮤라. 언뜻 변함없어 보이는 두 사람 사이에 흐르는 미묘한 공기의 변화.

어째서 그렇게 됐는지는 모르겠지만, 어쩐지 싱숭생숭하다.

그런 개인적인 감정도 이유 중 하나라는 것은 부정할 수 없다. 물론, 그것은 누군가에게 말할 생각은 없지만.

"여기서는 방해가 되겠네. 조금 떨어지자."

"좋고말고."

린과 다릴은, 뮤라와 아르비스에게서 충분히 거리를 둔 곳에서 대치했다.

린의 모습을 흥미롭게 보고 있던 레미아였지만, 그 시선을 집단에게 보냈다. 시시각각 변하는 상황을 따라가지 못하고 있었다.

그런 가운데, 기다란 창을 든 남녀가 두 사람.

레미아는 그 두 사람에게 시선을 보내더니……. 보고 있다는 것을 깨달은 두 사람과 시선을 나누고 입가를 끌어올리며 웃었다.

그리고 검지를 꾹꾹 굽혀서 도발했다.

"언젠가의 무례한 순혈 엘프 놈들. 여기서 나를 때려눕히면, 다들 보는 가운데 땅바닥에서 기게 만들 수 있다만."

"큭!"

"네놈!"

"자. 특별히 2대 1로 상대해주지. 1대 1보다도 승률이 오를지도 모르지 않나?"

"이번에는 방심하지 않는다!"

"그 오만불손한 태도, 후회하도록 해주겠어!"

아무렇게나 던진 낚시 바늘에 스스로 달려들어 걸려주는 엘프 남녀.

이렇게 기껏 온 손님이니까, 조금은 대접을 해주도록 할까—.

뮤라나 린하고는 달리, 그 정도 마음으로 시비를 걸었다.

그냥 보기만 하면 지루하니까. 집단 안에서 가장 나아 보이는 둘을 끌어내는 김에 심심풀이라도 하도록 하지.

굳이 이유를 들자면 그런 것일까?

그리고 타이치는.

"으~음. 봐줄만한 건 모두 뺏겨 버렸네."

봐줄만하다고 해도, 어떤 상대와 싸워도 타이치와 **훈련**을 할 수 있는 자는 없다.

그런 의미에서는, 타이치는 딱히 안 싸워도 된다고 생각했다. 괜히 감추는 것은 아니지만, 무의미하게 떠벌릴 생각도 없다. 50명이 도전한다면 이야기가 달라지지만, 그들은 아무래도 지켜볼 셈인 것 같았다.

아르비스가 못을 박았기 때문일지도 모르지만.

어쨌든지, 덤빌 생각이 없다면 이쪽에서도 움직이지 않는다.

"……그렇네, 마을에 영향이 나오지 않도록 할까?"

타이치는 자신이 선 장소에서 뮤라, 린, 레미아에게 순서대로 시선을 옮겼다.

그리고 마지막으로 무장 집단을 보더니, 한 번 고개를 끄덕였다.

각각의 중심점이 좋을 것이다. 그렇게 생각하여 타이치는 걸어갔다.

마침 무장 집단에 다가가는 형태였다.

"멈춰라!"

"그 이상 접근하면 전투 의사가 있다고 보겠다!"

그 집단에서 타이치에게 외쳤다.

갑자기 공격을 하는 게 아니라 그렇게 충고를 하는 것에서 질서가 느껴진다.

그렇지만 발을 멈추지 않는다.

타이치가 그들을 공격할 생각은 없다. 그렇지만, 그렇다고 해서 굽혀줄 이유는 없다. 무리를 짜고서 공격해 온 것은 저쪽이고, 타이치 일행은 그것을 맞아 싸우는 쪽. 저쪽이 이런 짓을 했으니까 이렇게 되는 것이다.

"멈추라고 했다!"

강한 경고와 함께, 무수한 바람 칼날이 날아왔다. 어쩐지 데자뷰를 느꼈다.

그것이 모두 경고. 타이치를 스치는 형태였기 때문이다. 이대로 걸어가도 맞지 않는다.

그러나 그냥 지나가면 어떻게 될까? 타이치의 뒤에는 영빈관이 있고, 그 안에도 엘프들이 일상생활을 보내는 집들이 있다.

피하면, 그쪽에 피해가 갈 것이다. 엘프의 마술 제어 능력을 의심하는 건 아니지만, 만에 하나의 가능성은 씻어낼 수 없다.

그것을 간과할 수는 없었다.

허리에 찬 칼을 뽑아서, 바람의 칼날과 스치면서 호를 그렸다.

칼이 그린 원과 바람의 칼날이 교차.

마술이 무산되는 것과, 칼이 칼집에 들어가는 것은 거의 동시였다.

"……말도 안 돼."

엘프들이 당황하는 것이 타이치에게 전해졌다.

그러고 보니, 시야크에서도 이런 일이 있었지. 타이치는 데자뷰의 정체를 떠올렸다.

시추에이션은 다르지만, 하는 일은 같다.

다만 다른 것은, 마술 사용자가 엘프라는 것.

시야크에서 쏟아진 마술이나 화살은, 모험가라도 하위 랭크가 고작인 수준이었다.

그렇지만 엘프는 마술사로서 고레벨이다. 당연하지만 마술의 위력도 규격이 다르다. 린도 뮤라도 레미아도, 지금 그 탄막을 처리하는 것 정도는 할 수 있으리라. 그렇지만, 적어도 린과 뮤라는 간단하지는 않으리라. 레미아라면 처리하는 거야 간단하겠지만, 다소 지치긴 할 것이다. 타이치처럼 칼 한 자루로 아무렇지도 않게라는 것은 무리다.

한 일은 같아도, 내용은 전혀 다르다.

그 탄막이 발을 묶는 것은커녕 위협도 되지 않은 것으로, 엘프 집단은 타이치와 부조리할 정도의 역량 차이를 통감했다. 해버렸다.

자신들은, 막을 수 없다.

"여기면 되려나?"

타이치는 주변을 둘러보고서 멈춰 섰다.

그곳은 마침, 싸움이 벌어지는 세 군데 및 엘프 집단을 선으로 이은 중심점이다.

"너, 무엇을……."

공격을 하는 것도 아니고 그저 멈춰선 타이치에게, 의문스러운 시선이 모였다.

"아무것도 아냐. 신경 쓰지 마."

타이치가 말하고 웃었다.

타이치는 싸울 생각이 없다.

전의가 없다는 것은 전달됐으리라. 그리고, 타이치의 부조리함을 봤기 때문인지 엘프들도 공격하지 않는다. 그렇다면 이대로도 괜찮다고 타이치는 생각했다.

이번 주역은 어디까지나 그의 일행들이다. 반드시 끼어들어야 할 경우를 빼고서, 타이치는 손댈 생각이 없었다.

타이치는 이 자리를 지켜볼 뿐이다.

◇◆◇◆◇◆◇◆

“왜 그러지? 도발에 응한 것치고는 소극적이군.”

팔짱을 낀 채 버티고 서면서, 레미아가 물었다.

레미아 앞에는 엘프 남녀. 웨네픽스에서 연구를 하고 있을 때 쳐들어왔던 두 사람이었다.

레미아는 이 두 사람이 썼던 배를 타고서 엘프 마을로 왔다.

도발에 응해서 항해 중에도 레미아의 목숨을 노린 것은 틀림없지만, 결국 그것은 이루지 못했다.

마을에 도착한 뒤로는 일절 습격이 없었다. 아니, 습격은커녕 만나지도 않았다.

프라이드가 높은 그들도 한 번 냉정해지자, 자신들이 감당할 수 있는 상대가 아니라는 것을 이해할 수 있었다.

그렇지만 이렇게 다시 도발하면, 이제 입 다물고 있을 수는 없었다.

좋게 말하면 프라이드. 나쁘게 말하면 오기였다.

“이번에는『풍월륜』도 안 썼다. 안심하고 덤비도록 해.”

씁쓸한 기억을 떠올리게 만드는 말.

처음에 상대했을 때, 두 사람은 레미아가 대기시킨『풍월

룬』으로 쓴 맛을 보았다.

그때의 기억이 선명하게 떠올라, 두 사람의 표정이 점점 더 험악해졌다.

"두 번을 넘어 세 번이나 조롱하다니……!"

"그 오만, 따끔한 맛을 보지 않으면 이해를 못하는 모양인걸!"

직후에, 레미아를 향해서 강렬한 돌풍이 뿜어져 나왔다.

예비 동작이 일절 없는 그 마술 행사에, 레미아는「호오」하고 감탄의 한숨을 흘렸다.

큰 소리는 그냥 허세가 아니었던 모양이다. 저 집단 안에서도, 이 둘은 한 단계 빼어났다.

그것은, 전혀 시간 지연이 없이 이 정도 마술을 쓴 것으로도 알 수 있었다.

"영차."

완전히 같은 마술을 뿜어내어, 돌풍을 요격했다.

"음."

그 감촉으로 밀린 것을 느낀 레미아는 뿜어낸 마술의 위력을 올렸다.

서로의 간격 한가운데에서 바람이 무산됐다.

"……흠."

생각 이상으로 위력이 있다. 손맛으로 느낀 솔직한 감상이다.

"얕보지 마라!"

덤으로 다가오는 것은 세 발의『수쇄탄』이다.

'아니…….'

두 발째를 지워내고서, 위화감을 느꼈다.
첨벙!
레미아까지 앞으로 어느 정도까지 다가왔을 때 물 덩어리가 작렬했다.
『수쇄탄』의 작렬이 아니다.
전방위로 확산되는 충격파.
"어이쿠."
레미아는 왼팔을 떨쳤다. 방어 마술『에어로 아머』로 그것을 가드했다.
직격은 하지 않았지만, 허를 찔린 것은 분명했다.
"그래…… 두 발은『수쇄탄』이군. 그 중에서 한 발은『수쇄탄』……처럼 보이도록 하고, 실제로는 그냥『물 탄환』안쪽에『쇼크』를 숨겨둔 복합 마술인가?"
참으로 재미있는 방식의 마술이다.
생각한 것 이상으로 즐거워져서, 레미아는 웃음을 짓는 것을 억누를 수 없었다.
그렇게 오만했던 그들이었는데, 깨닫고 있을까?
저도 모르게 도전자의 입장에서, 어떻게든 레미아의 허를 찌를 수 없을까 연구에 연구를 거듭하고 있었다.
'아니, 눈치 못 챘겠지. 기왕 이렇게 된 거, 지적은 하지 말아줘야겠군.'
그 연구를 했기 때문에, 이런 재미있는 전투가 된 것은 틀림없다. 일부러 지적해서 이것이 변하면 유감이다.

원리를 간파 당한 그들은 재미없는 기색이었지만.

그런 두 사람에게, 레미아는 자신이 공격을 했다.

“자, 이건 어쩔 거지?”

공중에 떠오른 다섯 개의 불꽃 창. 엘프들은 불꽃 속성 마술을 쓸 수 있는 자가 거의 없다. 그렇기에, 이것은 시금석이 될 수 있다.

“엘프 주제에 불꽃이라니! 잡종에게 어울리는군!”

“숲 속에서 불을 쓰다니, 무슨 생각이냐!”

두 사람이 불평을 한다.

하긴, 숲 속이라는 부분은 이해하지 못할 것도 없었다.

그러나 불 속성을 다룰 수 있다는 것, 잡종이란 것에 대해서는, 야뮬의 여동생인 미르에를 비난하는 것이 되는 것을 깨닫지 못했으리라.

뭐, 그것도 아무래도 좋은 일이다. 레미아는 신경 쓰지 않는다.

그리고.

“불이 번지는 실수 따위는 안 해. 기우다. 그보다도, 불평하는 것 좋지만, 내 마술을 제대로 막지 않으면 끝장일걸?”

말하는 것과 동시에 쏘아내는 불꽃의 창.

어떻게 대처할까?

여자 엘프 쪽이 앞으로 나섰다.

양손에 물을 두르고, 불꽃 창에 뛰어들었다.

왼손으로 불꽃 창을 쓰다듬으며 물을 뿌려서 하나.

오른손을 아래쪽에서 치켜 올리며 튕겨 올려서 둘.
또 다시 왼손에 두른 물을 옆에서 대가선 뒤로 뿌려 셋.
마찬가지로 또 다시 오른손에 물을 만들어내, 떨쳐 떨어뜨려서 넷.
마지막에 양손에 만든 꽃을 불꽃의 창과, 그 너머에 있는 레미아에게 겨눈다.
거기에 물을 만들어내, 막대한 수류를 만들었다.
불꽃 창을 한순간에 집어삼키고, 위력이 감쇠가 거의 없는 물줄기가 레미아에게 나아갔다.
반신을 틀어서 그것을 회피.
둥실.
몸 곁에서 바람이 춤추는 것을 느꼈다.
레미아가 그쪽을 보자, 남자가 눈앞까지 와서 창을 겨누고 있었다.
바람을 타고서 고속 이동을 했으리라. 찬사를 받아 마땅한 것은 그 자세를 완전히 컨트롤하여 레미아 바로 옆에 딱 붙었다는 것이다.
"먹어라!"
바보처럼 솔직하게 창을 찌른다면 처리하기 쉽다.
레미아가 그렇게 생각하는 것까지 간파했는지는 알 수 없다.
그러나 그녀의 허를 찌르고자 했으리라. 손을 바꾼 것을 레미아는 깨달았다.
창을 내지르면서 빙글 돌리고, 바로 아래서 물미가 튕겨 올랐다.

오른손으로 비껴내고자 했지만, 그 순간에 저쪽에서 바람을 가르고 다가오는 화살을 깨달았다.

곁눈질로 보자, 창을 땅에 박아놓고 등에 지고 있던 활을 쏘는 여자 엘프의 모습.

충분히 연계가 되고 있는 파상공격.

'……재미있군!'

그 정도 오만함을 제쳐두기만 해도 이 정도로 움직임이 바뀌나!

두 사람이 보이는 기대 이상의 움직임에, 즐거워진 것을 부정하지 않았다.

그들이 도전자의 마음가짐이 된 것은 절대로 지적하지 않기로 정했다.

그것을 하자마자, 두 사람의 움직임은 분명히 눈에 띄게 나빠질 것이다.

뮤라와 린이 가장 좋은 부분을 가져간 것에 불만은 없었다.

나머지를 받아줄 셈이었는데, 어차피 할 거라면 즐거운 편이 당연히 좋다.

그러면, 생각보다 어려운 이 공격을 어떻게 처리해줄까?

전력으로 도전해오는 두 사람에게 어떻게 응답해줄까?

머리 한 구석에서 그것을 생각하며, 레미아는 눈앞의 전투에 몰두했다.

◇◆◇◆◇◆◇◆

먼저 움직인 것은 린이었다.

다릴이 고조시키고 있는 마력의 강함을 보면, 높은 실력을 가진 걸 알 수 있었다.

그렇다면, 방심은 금물.

그리고 봐줄 필요는 없다.

린이 바람의 칼날을 날리는 것과, 다릴이 간격을 좁히면서 채찍을 휘두르는 것은 동시였다.

바람의 칼날을 다릴은 몸을 숙여서 회피했다. 그것과 동시에, 린 또한 커다랗게 피했다.

파아앙! 어마어마한 작렬.

채찍이라는 무기에 대한 지식이 있어서 다행이라고 린은 생각했다.

숙련자가 다루는 채찍은, 그 끝이 어마어마한 속도에 이른다는 지식을 레미아에게 배웠다. 그것은 지구에서도 그랬다고 타이치가 보충해주기도 했다.

다시 말해서, 강화 마술 따위가 존재하는 이 세계의 채찍은 지구 이상의 위력을 가지는 것이 틀림없었다.

분명히 눈이 확 뜨일 정도의 속도와 파괴력. 그렇지만 신체 능력을 강화한 린에게는 보이고 있었다.

어떤 가죽에 장미 같은 식물의 가시를 붙여 놓은 채찍. 그것이 직격하면, 상당한 대미지가 될 것이 틀림없다.

“호오…… 채찍을 올바르게 피하는 법을 알고 있나.”

흐트러짐 없는 동작으로 재빨리 채찍을 되돌리고, 다릴은 솔직하게 린에게 찬사를 보냈다.

그렇다. 이 무기의 공격을 종이 한 장 차이로 피하는 것은 위험하다.

피할 거라면 다소 크게 피하는 것이 딱 좋다.

그렇게 마음을 먹고 있었고, 실제로 보고 그 확신이 강해졌다.

“가르쳐준 사람이 있었으니까.”

“그렇군.”

실제로 상대한 적이 있었는지 아닌지는 알 수 없다. 그것을 파악할 생각은 다릴에게 없었다.

알고 있다는 것은 무기다. 지식이 있는 상대라는 것은 성가시다고 생각하며 긴장한 것은 다릴 쪽이었다.

그리고, 알고 있다고 해서 단순히 유리해지는 것은 아니다라고 자신에게 들려주는 것은 린 쪽이었다.

채찍이라는 것은 중거리 공격이 가능한 무기.

직접 공격용 무기로서는 상당히 사정거리가 긴 부류일 것이다.

다릴의 자세나 태도를 보면, 그녀가 강한 것을 충분히 알 수 있다.

어느 정도 강한지는 이제부터 재어봐야 하겠지만, 틀림없이 린이 지금까지 상대해온 적들 중에서도 강한 쪽에 위치할 것이다.

뮤라나 스소라와 같은 레벨일까?

그 정도 마음가짐을 가져야 할지도 모른다.

그것은, 실력을 우선 간파한 다음에 한다는 방침으로 변경.

평가의 상향 수정이다.

린은 통, 왼발 끝으로 가볍게 발을 디뎠다.

"큭!"

불룩, 다릴의 발치가 솟아올라 돌기둥이 땅에서 튀어 올랐다.

타격 대미지를 주면서 상대를 상공으로 날리려던 것이지만, 다릴은 간발의 차이로 회피했다.

이어서 또 한 번 발끝으로 발을 디뎠다.

다릴이 착지하고자 한 땅이 쑤욱 30센티미터 내려갔다.

고작해야 30센티미터. 그렇지만, 이 차원의 전투에서는 그래도 30센티미터다. 불과 한순간, 착지까지 시간이 어긋난다. 그저 그것뿐인 어긋남이지만, 대단히 커다란 요소가 된다.

다릴은 착지 장소가 내려간 것을 깨닫고, 동시에 전율을 느꼈다.

고작해야 이 정도 일이, 어느 정도 전투의 상황 변화에 기여하는지를 제대로 이해하고 있기에 마술을 행사한 것이다.

다릴 또한, 눈앞의 소녀에 대한 경계도를 단숨에 두 단계 끌어올렸다.

한 단계 올릴 것인가? 아니, 그걸로는 부족하다.

그렇게 머릿속에서 회의가 펼쳐졌으리라.

사상으로서 최소한, 규모나 위력은 마술을 이제 막 배운 자가 훈련에서 쓸 법한 것.

그렇지만, 그것을 한 동작으로, 정확하게, 효과적으로 쓴다면, 마술사로서는 일류라고 하지 않을 수 없다.

어떻게 대처할 것인가? 아니, 땅바닥이 함몰된 것의 대처는 안 한다. 린의 다음 수를 보고, 그것에 대해 선수를 취해 상황을 끌어온다.

상정하고 있던 것보다도 약간이지만 어긋난 착지 타이밍에 따른 인식의 어긋남을 수정하는 순간을 쟀다.

린은 지팡이를 들어 올리고, 내렸다.

직후에 다릴 주변에 그림자가 떨어졌다.

"위인가!"

올려다보자, 커다란 흙덩어리가 머리 위에 떠올라 있었다.

바위가 아니다. 흙이라는 것에서 역겨움이 느껴진다. 저것이 쏟아진다면 성가시다. 마술인 이상, 그냥 쏟아져 내리는 일은 없으리라.

그런데—.

"유감!"

그 목소리는, 다릴의 오른쪽 아래에서.

동작에 따른 위에서의 공격. 바위가 아니라 흙을 썼다는 점에서, 시선이 완전히 위로 올라가 한순간이지만 주의를 빼앗겼으니까.

린이, 적에게 접근하는데 성공했다.

린은 지팡이 끝에 바위를 만들어, 양손으로 쥐고 대각선 위로 휘둘렀다.

이제 와서 물리공격. 게다가, 접근전.

지팡이 끝에 만들어낸 바위 뒤가 불을 뿜고, 더욱이 가속했다.

폼 자체는, 무술에 소양이 있는 자의 것이 아니다. 그렇지만 파고든 땅에서 반동에 허리를 비틀어 되돌린 다음에 오는 회전을 싣는 것은, 몸을 움직이는 것 자체에는 익숙한 자의 그것. 더욱이 강화된 신체능력을 이용해서, 덤으로 기믹까지 설치하는 린의 공격은 속도와 날카로움이 터무니없는 것이었다.

"크윽!"

간신히 방어에 성공했다. 그렇지만, 다릴은 날아가 버렸다. 막기 위해 양손에 만들어낸 바위의 방패에서 전해지는 충격이 온몸을 꿰뚫었다.

그렇지만, 다릴도 거기서 물러서지 않는다.

날아갔을 때 겨눈 손가락 끝에서, 가늘디가늘게 만든 바늘을 날렸다.

흙이 아니다. 철 바늘을 뿜어내는 마술이었다. 순수한 철이 아니다. 불순물이 많이 섞여 있지만, 그 정밀도는 지금은 불필요 했다.

"으윽!"

픽. 피가 튀었다.

바늘이 린의 왼팔에 박혀 있었다.

그 결과를 확인하지도 않고, 날아가는 기세에 몸을 맡기고 땅을 미끄러지면서 다릴이 착지했다.

온몸, 뼈까지 꿰뚫은 충격의 여운은 아직 남아 있었다. 움직임도 둔해지는 것은 틀림없고, 그렇게 생각하면 영향이 적지 않다.

한편으로 린.

팔에 박힌 바늘은 관통하지 않았다. 그렇지만 왼팔은 자유롭게 움직이지 않으리라. 원거리 공격에 전념한다면 상관없지만, 린은 양팔을 사용하는 스타일이라서 영향은 있다.

어느 쪽이 나은가, 우열을 가리기 어려웠다.

"그 정도 했는데도 반격을 하다니……. 수지가 안 맞네, 정말이지."

린은 팔에서 바늘을 뽑더니, 피가 묻은 그것을 아무렇게나 버렸다. 아프긴 하지만, 이 정도는 신경 쓰지 않으면 별 것 아니다. 지구에서는 별 것 아니다, 라고 말할 수 없었을 것이다. 이렇게 전투 경험을 쌓아서 익숙해진 것이다.

"그걸 쓰게 됐다면, 나도 상당히 대미지가 크다만."

몸 상태를 확인하면서, 다릴이 말했다.

효과적이라고 생각되는 전술을 계획해 싸웠는데, 반격을 받게 되는 것은 상황을 반반에서 움직이지 못하고 있다는 것이다. 다릴이라는 강자를 상대하면서 다음 수까지 생각해야만 하는 것은 린에게도 부담이 크다.

한편으로 다릴도, 그 기술은 대인전 비장의 수 중 하나. 발동이 빠르고, 금속 바늘이라 관통 능력이 높은 그것은 눈에는 안 띄지만 급소를 찌르면 일격으로 이길 수 있는 기술이다.

그것을 억지로 쓰게 됐다면, 재미가 없다.

재미는 없지만, 그렇기에, 재미있다.

그 모순된 감정. 누군가 이해해주기를 바라지는 않는다. 그렇지만 다릴은 순순히 그렇게 느꼈다.

"제법이군. 싸움을 걸 정도는 된다는 건가?"

"그쪽도 그렇네. 생각한 것 이상으로 만만찮아서 놀라고 있어."

서로를 도발. 그리고 웃는다.

"계속 지껄여라. 얼굴에 상처가 나는 게 싫다면 항복 타이밍을 놓치지 말고."

"할 수 있다면 해봐. 얼굴이 어쩌고 하기 전에, 이길 노력이 먼저라고 생각하지만."

◇◆◇◆◇◆◇◆

아르비스의 무기는 양손에 든 단검과 등에 진 단궁.

양쪽 다 쓸 수는 없으니, 어느 쪽인가 쓰는 전투를 하게 될 것이다.

물론, 그렇게 단정하는 것은 위험하다. 생각지 못한 방법을 써서 단검을 들고서도 활도 쓸지도 모른다.

그런 부분에서 방심하지 않도록, 뮤라는 의식하며 검을 겨누었다.

뮤라는 무릎을 천천히 굽혀서, 탄력을 준다.

아르비스 또한, 중심을 조금씩 뒤로 다리에 걸고 있었다.

"훗!"

"하앗!"

굽힌 다리를 뻗는 뮤라와, 뒤로 넘기던 중심을 단숨에 앞으로 옮긴 아르비스가 뛰쳐나가 중앙에서 격돌했다.

양손으로 쥐고 대상단에서 휘둘러 내린 뮤라의 검을, 파고들면서 교차한 단검으로 바깥으로 떨치는 것처럼 받아내는 아르비스.

속도는 호각.

무기의 장단은, 유리하고 불리함을 정하는 결정적인 요소가 못 된다.

서로 무기가 튕겨나기는 했다.

특별히 길지도 짧지도 않은 뮤라의 롱소드. 상대의 무기 바깥에서 공격할 수 있다는 점에서는 뮤라가 기본적으로 유리하다.

현재 거리는 근접. 그것도, 거의 밀착에 가깝다.

이 경우, 짧은 무기를 가진 아르비스 쪽이 유리하다.

바깥으로 튕겨나간 궤도를 그대로 역재생하는 것처럼 뮤라를 공격한다.

그렇지만, 그것은 뮤라도 알고 있었다.

튕겨나간 순간에 떨어져 있던 왼손으로, 두 사람 사이에 바위를 만들었다.

그 바위에 물리적으로 밀려난 기세를 이용해 거리를 벌리려는 뮤라.

아르비스는 만들어낸 바위를 단검으로 위로 튕겨 날려버렸다.
그대로 파고든다. 다가오는 청년에게 왼손으로 마술을 뿜었다.
『집열섬』
사정거리가 짧은 만큼, 근접전에서 특히 유효한 마술이다.
그 고열을, 아르비스는 눈앞에 만든 물의 막으로 받아냈다.
단숨에 증발하여 안개가 두 사람을 감쌌다.
안개 너머에서 두 발의 물 덩이가 날아온다. 틀림없이 『수쇄탄』이리라.
한 발은 베어내고, 또 한 발은 위력을 올린 불덩이로 요격.
거리를 벌리기 싫은 아르비스.
일정한 거리를 유지하고 싶은 뮤라.
줄다리기.
좁혀지면 불리. 좁혀지지 않으면 불리.
서로 싸우고 싶은 거리가 있다.
가차 없는 공격을 반복한다.
거리는 어느 정도 벌어졌지만, 거리를 좁히지 않기 위한 대처가 중심인 뮤라가 유리하다고 할 수는 없었다.
거리가 벌어지진 않았지만, 다가가려고 수를 거듭하는 아르비스 또한 불리하다고 할 수 없다.
전투가 시작된 순간의 교착.
승부를 가르는 것은 기술일까? 공격력일까? 전술일까?
'……제법! 이 녀석, 강하네!'
일정 이상 좁혀지지 않도록 싸우면서, 틈나면 한 걸음 파고들리라고 호시탐탐 노리는 압력은 상당한 것이다. 지금은 거리를 유지하고 있지만, 이쪽의 틈을 만들려는 공격은 교묘하고 치열해서, 좀처럼 주도권을 쥘 수가 없었다.

'이거 생각보다, 성가시군!'

전율을 느끼는 것은 아르비스도 마찬가지다. 이런 수 저런 수로 거리를 좁히려고 하지만, 모든 것에 대처하면서 한 걸음 빠르다. 좁히지 않으면 점점 몰린다. 이 거리에서 싸우는 것은 그에게는 재미없었다.

'1대 1 승부를 받아들일만한 자신이 있었다는 거구나!'

'1대 1 승부를 걸만한 자신이 있었다는 건가!'

두 사람의 실력은 거의 호각. 상대가 쉬울 거라고 낙관시한 것은 아니다. 그러나 이렇게까지 상황이 팽팽하게 이어질 줄은 몰랐다.

이것을 어떻게든 하려면, 무엇을 해야 할까? 뭔가를 바꾸어야 한다. 전황의 저울바늘을, 이쪽에 기울게 만들려면.

뮤라는 뒷다리가 되는 오른발에 전력으로 강화를 걸었다. 다른 곳이 소홀해질 정도로 비정상적인 배분.

각력이 강화되자, 뮤라는 단숨에 아르비스를 향해서 돌진했다.

거리를 좁히고 싶지 않다. 좁히고 싶다. 그 주장이 격돌하는 곳에, 굳이 뮤라가 파고들었다. 좁혀올 것이라고 생각하지 않았다— 라는 허는 찌르지 못했다. 그런 일도 있을 거라고 아르비스도 생각하고 있었다.

그것에 대한 마음가짐은 물론 하고 있었지만, 상대가 어떻게 나오는지 보고서 대응하게 되기에, 받아치기를 취하는 것에 실패하면 수세가 단숨에 기울어진다.

뮤라의 검술은 깔끔하지만, 그냥 깔끔하기만 한 것이 아니다. 그 정확하고도 바늘구멍에 실을 꿰는 것 같은 제어 능력도 커다란 무기다.

아르비스의 손을 노린다. 정확하게는 왼손 새끼 손가락을.

정밀한 검이 필요하지만, 망설임은 없다. 몸이 아니라 말단, 그것도 새끼손가락이라는 한정된 장소에 대한 공격을, 고속 돌진을 하면서도 감행한 뮤라의 배짱에 아르비스는 오싹함을 느꼈다.

스피드, 파워, 기량. 그 모든 것으로 경합하는 상대에게, 기술로 승부.

단검의 코등이는 짧다. 1센티미터도 안 된다.

아르비스는 뮤라가 노린 오른손의 단검을 역수로 고쳐 쥐고, 그 짧은 코등이로 뮤라의 검을 받아냈다.

공격의 노림수도 정확하지만, 방어도 정확하다.

오른손이 막혔다. 빈 왼손으로 공격. 단검 공격을 중간에 전환했다.

뮤라가 한손으로 검을 들고 공격해온 것을 깨달았기 때문이다. 그렇다면 빈 손으로, 뭘 할 거지?

뮤라가 『파이어 볼』을 발동시킨 것과, 아르비스가 『수쇄탄』을 발동시킨 것은 거의 동시.

두 사람 사이에서 격렬한 폭발이 일어났다.

대미지는 있다. 그러나 예상했다. 애당초 노 대미지로 이길 수 있는 상대가 아니라고, 처음 몇 합에서 뮤라도 아르비스도 통감했다.

날아가면서 뿜어낸 『파이어 볼』을, 훌쩍 피한 아르비스가 『수쇄탄』으로 반격했다.

다가오는 『수쇄탄』을, 한손 뜀틀처럼 회피하여 반격.

고열의 불덩이를 몸을 젖혀 보내고, 더욱이 『수쇄탄』을 뿜었다.

주위에 물의 폭발과 불기둥이 난립했다.

타이치가 보고 있지 않았다면 마을에 피해가 생겼으리라.

반대로 말하자면, 타이치가 있기에 뮤라는 사양하지 않는다. 그리고 사양하지 않는 것은 아르비스도 마찬가지였다. 다만, 아르비스로서는 타이치가 지키고 있다는 것 따위 모른다. 사양하지 않는 뮤라의 공격을 처리하려면, 주변에 대한 배려 따위 할 여유가 없었을 뿐이다.

마술로 싸우는 것은 아르비스가 바라는 바가 아니다. 이대로 여기서 겨루어서는 유리해지지 않는다. 역시 단검을 써서 간격을 좁히는 것이 그에게는 베스트였다.

몇 십발째인가의 『파이어 볼』을 피하면서, 이번에는 아르비스가 신체강화 마술을 강하게 걸어 돌진했다.

뮤라는 접근하게 할 수 없었다.

엄격한 눈으로 다음 탄으로 준비하고 있던 불덩이를 쥐어서 뭉개더니, 가볍게 발을 들어서 파고들었다.

아르비스의 동선 위에 있는 땅에서 돌기둥이 솟아올랐다.

우연찮게도 린과 같은 마술의 사용법.

피할 수 있는 타이밍이 아니다. 아르비스는 반사적으로 양손을 교차시켜 그것을 받아냈다.

이어서 불의 단검을 만들어내, 그것을 아르비스를 향해 던졌다.

그러면, 이것의 대처는 어떻게 할까…… 그것을 살펴볼 틈도 없이, 뮤라는 달렸다.

이번에야말로 특기인 간격에서 싸우고 싶다.

그때, 뮤라는 불길한 예감을 느꼈다. 아르비스가 불 단검을 무기로 떨치는 것과 동시에, 등의 단궁을 집은 것이다.

우려했던 그대로, 고려했던 가능성이 적중했다. 나이프를 쥐면서 활을 당기고, 뮤라를 향해서 쏘았다.

오른쪽 어깨를 노린다. 급소는 아니지만 맞으면 상당히 위험하다. 속도를 늦추어 화살을 튕겨낸다.

공격이 튕겨나가자, 아르비스가 혀를 찼다.

"이것마저도 막아내다니……."

"**이런 것**도 할 거라고, 예상했어."

단검을 든 채 활을 다룬다.

그런 상식 밖의 일도, 있을지도 모른다.

비상식이라고 못한다는 것 따위, 하지 않는다고 누가 정했는가?

그것을 제멋대로 정하면, 자신의 가능성마저 닫혀 버린다.

그렇기에, 얽매이지 않도록 의식한 것이다.

"……그렇군. 공부가 됐어. 나도 본받도록 하지."
"그래. 그건 참 다행이야."
어느 정도 서로의 수는 보였다. 그러면, 다음은 그것을 알고서 어떻게 싸울 것인가가 중요하다.
이걸로, 다시 시작이다.

◇◆◇◆◇◆◇◆

린, 레미아, 그리고 뮤라의 전투를 보고 있던 타이치는 이제 슬슬 결판이 나겠군, 하고 솔직히 생각했다.
모두 볼 맛이 나는 좋은 승부. 아니, 레미아에 대해서는 승부하고는 또 다른 것이 되고 있지만.
그의 스승은 그렇다 치고, 린과 뮤라에 대해서는, 그 대결도 슬슬 가경에 접어들고 있는 참이었다.
그런 그를 감싼 것은 간헐적으로 울리는 검극과 작렬음.
아까 이쪽에 도착한 하비, 마두, 미리야, 에이린과, 로질과 아샤를 비롯한 방위대가 제압을 하러 왔다.
이것에 대해서는 파벌 따위 상관없이, 마을 안에서 무장한 집단을 짜는 것 따위 언어도단이라고 로질이 현장 판단을 한 형태였다.
하비 일행은 타이치 일행, 로질 쌍방과 친분이 있기 때문에 온 의용부대다.
수를 따지면 로질 일행이 더 적지만, 하비 일행 같은 실력자가 있어서 전황은 밀어붙이기 시작하고 있었다. 로질이 타이치와 협격하는 형태를 취한 것도 상관없지 않으리라.

점점 밀려난 결과, 드디어 타이치를 쓰러뜨리려는 자가 나왔다.

적극적으로 상처를 입힐 셈은 없지만, 덤빈다면 요격은 한다.

타이치는 그 자리에서 그들을 밀어내고자 움직이는 형태다.

고작 혼자서 후퇴를 막아낸다는 타이치의 전투 능력에는, 엘프의 무장 집단은 물론 제압하려고 출격한 로질 일행도 혀를 내둘렀다.

"엇차."

"크악."

타이치의 차기가 엘프 한 명을 밀어내고, 두 사람 정도 휘말리면서 자세가 무너졌다.

무기를 뽑지 않았으니 타이치가 하는 것은 격투전이다.

전투 불능이 될 정도의 부상을 입히지는 않았지만, 대미지는 축적되고 있었다.

반대로 엘프 집단은 조바심을 내지 않을 수 없다.

50명 이상의 인원수를 모았는데, 타이치 단 한 명을 빠져나가지 못하는 것이다.

옆을 지나치려는 자가 한 명도 없다.

처음에는 당연히 그것을 시험했다.

그렇지만 바람의 벽에 막혀서 타이치 앞 3미터 위치에서 막혀 버렸다.

그 이상 나아갈 수 있는 곳은 타이치가 선 장소뿐이다.

다시 말해서, 타이치를 쓰러뜨리는 수밖에 없다.

타이치까지 이어지는 보이지 않는 통로는 좁고, 동시에 도달할 수 있는 것은 최대 두 명. 그 이상이 되면 아군에게 밀리기 때문에, 그들은 적은 수로 타이치에게 도전하는 수밖에 없다. 실제로 밀려드는 아군을 단숨에 받아내서 그렇게 돼 버렸다. 벽에 부딪힌 자는 전투 불능에 빠져서 타이치 옆에 누워 있었다.

당연히 이것은 실피에게 부탁한 것이다.

마을에 영향이 가지 않도록 하면서, 엘프들의 후퇴를 막고 동시에 격투전을 한다.

이런 짓을 동시 병행해서 하고 있다는 것을 알면, 그 레미아도 두통에 시달릴 것이다.

그만큼 비상식적인 일을 하고 있는 것인데, 당사자인 타이치는 그런 자각이 없다. 설령 자각이 있다고 해도 전혀 신경 쓰지 않는다.

이미 자신의 비상식을 신경 쓰는 단계는 진작에 지났다.

스스로 자신을 치트라고 생각하고 있으니까, 그럴 법도 하다.

타이치를 돌파하는 것이 불가능하다는 생각에 미친 엘프도 상당히 많아졌는지, 이제는 타이치에게 덤벼드는 자도 산발적이다.

상당히 손이 비어 있는 타이치는 또 다시 동료들을 관찰하기 시작했다.

끼어든다는 선택지는 없다. 믿고 있기 때문이다.
마지막까지, 결말을 지켜보기 위해서다.

◇◆◇◆◇◆◇◆

"그렇지, 그거다. 그 수는 나쁘지 않다."
레미아가 뿜어난 탄막을 필사적으로 회피하면서 간신히 접근한 남자가 오른쪽에서 옆으로 창을 휘둘렀다. 그것에 살짝 손을 대고, 거스르지 않고 빙글 회전시키면서 방어하는 레미아.
화려한 회피를 보이면서, 등 뒤에서 날아온 화살을 놓치지 않는다. 프렌들리 파이어는 확실하게 피하면서, 상대를 처리하는 조준. 활 실력은 상당한 것이었다.
가볍게 왼쪽으로 머리를 기울이고, 그 바로 옆을 지나가려는 화살을 오른손 검지와 중지로 막았다.
화살을 스냅으로 던지고, 그것을 뒤에서 바람이 밀어 남자를 향해서 발사한다.
"우웃!"
다리가 꼬이면서도, 간신히 남자는 그것을 회피했다.
덤으로, 몸을 옆으로 돌리며 떨어진 곳에 있는 여자를 향해 불덩이 하나.
한 발뿐이지만, 탄속이 어마어마했다.
여자는 몸을 던지는 것처럼 회피했다. 상당히 거창하게 보인다, 그러나 그것은 결코 거창하지 않았다.

주위가 파르르르 떨린다.

레미아가 뿜어낸 불덩이가 중간에 폭발한 것이다.

막을 수도 없는 공격 마술을 임의로 작렬시키면, 진흙탕에 굴러도 거창하게 피하는 것이 최적의 답이 되어 버린다.

여자 엘프도 처음에는 그것을 종이 한 장 차이로 피하면서 반격하고자 했다. 그렇지만 그 회피 순간에 폭발하여, 폭풍을 정면으로 맞는 뼈아픈 경험을 했다.

여자 엘프의 방어구가 군데군데 그을린 것은 그 탓이었다.

"그래. 같은 실수를 반복하지 않는 것도 제법 좋아."

두 사람의 자세가 무너진 참에 레미아는 백스텝.

"그러면 다음은 이거다."

거리를 벌리면서, 오른손에 마술을 형성하더니 차분하게 던졌다.

무수하게 공중에 떠오른 얼음의 창.

물 속성 광역 섬멸 마술『프리징 랜스』였다.

"가라."

작은 얼음 알갱이를 뿌리면서 얼음 창이 날아갔다.

그 기세는 아까 그 불덩이 정도는 아니지만, 그래도 상당했다.

엘프의 남녀는 매도를 내뱉으며 필사적으로 회피했다.

회피하면서도 반격의『수쇄탄』을 레미아를 향해 쏘았다.

그러나 그것만으로는 통하지 않는다.

같은『수쇄탄』으로 요격.

"훌륭해."

그 바로 등 뒤에, 『수쇄탄』을 위장으로 삼은 바람의 창이 있었다.

성대하게 뿌리는 물을 날려버리면서 다가오는 바람의 창을, 마력을 담은 손으로 살며시 비껴냈다.

바람의 창이 엉뚱한 방향으로 날아갔다.

"크……!"

"이것도 안되나! 이놈!"

『프리징 랜스』를 모두 피해낸 두 사람은 분한 기색으로 신음했다.

"발을 멈추지 마라. 이렇게 된다."

딱 손가락을 튕기자, 남녀의 발치에서 지면이 뒤집히며 불꽃이 솟아올랐다.

"으윽!"

"꺄아아아!"

좌표 지정의 불 속성 마술『화염파』다.

광역 섬멸 마술을 사용한 직후에『수쇄탄』을 쏘고, 섬세한 마력의 제어로『윈드 랜스』의 궤도를 바꾼 데다가, 고난이도의 좌표 지정 마술을 행사. 게다가『화염파』는, 둘을 동시에 썼다.

범상치가 않다.

그것이 엘프 남녀의 솔직한 감상이었다.

용서하기 어렵고, 인정하기 어렵다.

그 마음은 지금도 변함이 없다.

그렇지만 장난이 아닌 레미아의 전투 능력에 대해서는 인정하지 않을 수 없다.

탁월한 마술의 기량. 높은 근접 전투 능력. 압도적인 전투 기술.

레미아의 능력의 일부는 전혀 눈치 채지 못한『풍월륜』때부터 알고 있는 것이었다.

그렇지만 이렇게 실제로 상대해 보고, 그것을 몸소 맛보았다.

2대 1로 싸우면서, 이렇게까지 농락당하고 있었다.

이미 희롱 당하고 있다고 해도 과언이 아니다.

그러한 일은 무슨 일이 있어도 인정할 수 없지만, 실제로 그랬다.

여기까지 와서 현실을 직시할 수 없다, 는 것은 아니다. 그런 감정만으로 대국을 **잘못 볼 수 있는** 미숙자가 아니었다. 대단히, 바라던 바가 아니란 것은 틀림없지만.

"용케 버티는군. 좋다. 꽤 움직임도 좋아졌어."

제대로 맞은『화염파』의 대미지에 시달리는 두 사람에게 던지는 말.

그 의미도, 지금은 알 수 있었다.

"……네놈, 훈련 흉내를 내다니, 장난치나!"

"실전을 치르는 와중인데……!"

유감이지만, 날카로운 말은 못 됐다.

그런 불평을 듣고서, 레미아는 한쪽 눈썹을 올렸다.

"그건 오해다."

"오해라고……?"

"뭐가, 오해라는 거야……!"
레미아가 웃었다.
"실전(實戰)이 아니다, 실천(實踐)이야. 틀리면 안 되지."
"이놈!"
"크!"
분한 듯이 이를 갈았다.
그렇지만 그 감정에 이미 몸이 즉시 응답하지 못한다.
축적된 대미지가 너무나 큰 것이다.
"그건 그렇고, 그래도 깨달았군. 깨닫지 못하면 어떡하나 생각하고 있었는데."
훈련을 받고 있다.
그 현실은, 두 사람을 충분히 때려눕히는 것이었다. 레미아 정도의 실력이 있으면, 이 승부를 끝내려고 마음만 먹었으면 이미 끝났을 것이다.
자신들의 움직임이, 평소보다도 확실하게 좋아진 것을 손에 잡힐 듯이 알 수 있다.
그 모습을 바라보면서, 레미아는 만족스러웠다.
아까부터, 레미아는 두 사람이 대응할 수 있는 아슬아슬함을 간파해서 공격하고 있었다.
간신히, 막을 수 있을락 말락, 하는 수준이다.
계속 그렇게 해왔지만, 방금 전에 『화염파』를 제대로 맞았다.
그것은 피하지 않은 것이 아니다. 피하지 못한 거다.
간신히 막을 수 있을까 말까. 다시 말해서 한계 아슬아슬한

선에서 두 사람을 움직이게 만들었다는 것.

답은 간단하다, 체력의 한계가 온 것이다.

그리고, 두 사람의 모습을 빈틈없이 관찰했던 레미아는 당연히 그것을 깨달았다.

"그러면, 이제 그만 너희들도 한계겠지. 슬슬 결판을 내도록 하지."

레미아는 영창하여 마력을 높였다.

숨을 헐떡이는 두 사람에 비해서 태연한 레미아. 이 현재 상황이, 힘의 차이를 여실하게 이야기하고 있었다.

마력이 고조됨에 따라, 레미아 주위에 맹렬한 바람이 휘몰아쳤다.

이윽고 그녀는 양손을 잡았다.

『풍월륜』

이라고 하면서.

기구하게도, 엘프 남녀와는 인연이 있는 마술이다.

바람 속성 상급 광역 섬멸 마술 『풍월륜』.

방금 썼던 『프리징 랜스』에는 쓰이지 않았던 「상급」이라는 단어가, 그 차이를 드러내고 있었다.

게다가 이번에는 은폐를 하지 않은 대신, 위력이 전하고는 확연히 다르다.

"이게 마지막이다. 무저항으로 받아내도 좋고. 막든지 피하든지 저항해도 좋다. 마음대로 해라."

마술에 뛰어난 순혈 엘프 두 사람을 동시에 상대하여 그 정도로 격렬하게 움직이면서 마술도 물 쓰듯 행사하고.

숨결 하나 흐트러지지 않은 데다가, 거기에 상급 마술을 아무렇지도 않게 다룬다.

레미아가, 괴물로밖에 안 보인다고 생각하기 시작한 두 사람이었다.

"큭…… 해주겠어!"

"막아내겠어! 하면 되잖아!"

기합을 넣는다. 두 사람은 체력 소모 때문에 떨리는 다리에 힘을 주어 일어섰다.

그리고 동시에 마술을 영창하기 시작했다.

체력은 물론, 마력도 상당히 줄었다. 이 저항에 의미는 없고, 이미 승패는 정해진 거나 마찬가지다. 그래서, 이것은 두 사람의 오기가 틀림없었다.

"큭큭큭. 그 근성은 좋게 평가해주마. 그러면, 어엿하게 극복해 봐라."

레미아는『풍월륜』을 두 사람을 향해서 쏘았다.

『풍월륜』의 바람의 칼날의 위력은, 한 발 한 발이 이상할 정도였다. 그렇기에, 상급 마술로 분류되고 있었다.

어지간해서는 막을 수 없다.

남자 엘프는 전력의 신체 강화로, 여자 엘프는 전력의『수쇄탄』연발로, 다가오는 바람의 칼날 무리를 격추했다.

그것을 모두 격추하는 것은 불가능하다.

미처 못 막은 바람의 칼날이 두 사람에게 열상을 가차 없이 새기지만, 전투 불능이 되는 상처는 간신히 피했다.
두 사람에게는 무한한 게 아닐까 생각되는 시간.
그러나 밖에서 보면 한순간밖에 안 되는 시간.
두 사람은 『풍월륜』을 제대로 받아내고서, 큰 부상을 입지 않고 막아냈다.
그걸로 한계를 맞이했으리라. 체력도 마력도 완전히 소모한 두 사람은 비틀 흔들렸다.
"너희들은 봐줄만하다. 계속해서 정진하도록. 나는 에리스테인 마법왕국에 거처를 마련했다. 실력을 올려라. 그때는 재도전을 받아주지."
"깔보는 시선으로…… 두고 봐라, 잡종……."
"언젠가…… 찍소리도 못 내게 해주겠어……."
마지막으로 말을 내뱉고서, 두 사람은 쓰러지고 기절했다.
"흠. 생각보다 제법 뼈대가 있었군. 단련하면 틀림없이 강해지겠어."
만족스러운 전투였다.
레미아. 위태롭기는커녕, 대전 상대에게 즉석 훈련을 시켜주는 말도 안 되는 기술을 보여주면서 승리—.

◇◆◇◆◇◆◇◆

스쳤네.
머리에서 흐르는 피를 닦아내면서, 린은 날아가 버린 다릴을 보았다.

바람 마술 『쇼크』를 제대로 받아낸 다릴이었지만, 잠시 날아간 다음에 쓰러지지 않고 제대로 낙법을 취하면서 즉시 일어섰다.

휘두르는 채찍을 아슬아슬하게 피하며 품으로 파고들어, 제로 거리에서 『쇼크』를 때려 박았다.

"퉷."

배에 강한 충격을 받았기 때문이리라. 입 안에 고인 피를 토해내고 다릴이 사납게 웃었다.

이렇게까지 맞설 줄이야.

지금 그 마술 직격도 상당히 대미지가 크다. 공기가 터져서 날아간 것뿐이라고는 생각할 수 없을 정도의 충격이 다릴을 꿰뚫었다.

한편, 린도 무사하지는 않다. 군데군데, 옷이 찢어지고 피가 흐르고 있다. 결코 수는 많지 않았지만, 그래도 상처는 상처다.

변환이 자유로운 채찍. 그것을 때로는 종이 한 장 차이로 피하면서 카운터를 때려 박으려고 한 결과로 입은 부상. 거창하게 피해서는 반격하기 어렵다는 걸 깨달았기 때문이다.

채찍의 성가신 점은 회피한 다음이었다.

변환이 자유롭다는 말은 그냥 멋이 아니다. 궤도가 중간에 생물처럼 변해서 공격해 온다.

분명히 피한 채찍이 꿈틀거리듯 다가오는 것도 드물지 않다. 지나친 채찍 끝이 뒤에서 공격해오는 것도 흔히 일어난다.

상처 없이 이기는 것을 바랄 수 없다고 깨달은 다음부터는, 스치는 상처는 회피 성공이라고 생각하며 전혀 신경 쓰지 않기로 했다.

그 선택은 틀리지 않았다.

성공적이라고도 할 수 있었다. 린의 힘찬 움직임은 다릴의 공격을 피하는데 대단히 유효했다.

그 생각의 전환은, 다릴이 뿜어낸 마술 회피에도 도움이 되는 것은 틀림없다. 이 일전에서만 그런 게 아니라, 앞으로도 쓸만한 전술이라는 확신마저 들었다. 그야말로 살을 내주고 뼈를 취한다, 를 바탕으로 깔고 가는 형태였다.

'체력도 마력도 그럭저럭 줄었어……. 그렇지만, 아직 싸울 수 있어. 소모전의, 우려는, 없어.'

린의 지속 전투 능력은 상당했다.

그녀의 마술을 피하면서 체력 혹은 마력이 떨어지는 것을 노리는 것은, 작전으로서 비현실적이라고 단언할 수 있을 정도는 된다. 그것을 하려면, 상당히 힘의 차이가 있는 게 아닌 이상 무리였다. 예를 들자면 레미아 정도의 실력. 그리고 그 정도의 실력이 있으면, 소모전을 하는 것보다도 정공법으로 타파하는 편이 효율이 좋다.

소모전이 안 된다. 그렇지 단정할 수 있는 근거는, 또 하나.

'다릴이 상당히 빨리 지치고 있어……. 마술의 위력만 놓고 보자면, 나랑 같거나, 조금 강한 정도인데…….'

마술의 위력은 마력 강도로 정해진다.

린의 마력 강도는 5천. 다릴의 마술은 린의 마술을 위력으로 웃도는 일도 몇 번인가 있었다. 위력만 따지면 다릴 쪽이 위인 것은 틀림없다.

그러나…… 다릴이 마술을 쓰는 횟수는 그렇게 많지 않았다.

마술을 몇 번 쓸 수 있는지는 마력량으로 정해진다.

다시 말해서.

'마력량은, 마력 강도만큼 안 된다……?'

확실한 것은 아니다. 다릴을 조사한 것도 아니다. 그러니까 이것은 실제로 싸우면서 생각에 이른 가설이지만, 그렇게 틀리지 않으리라는 근거 없는 자신이 있었다.

그런 생각을 하면서도, 경계를 풀지는 않았다. 호를 그리면서 린의 오른쪽 대각선에서 공격해오는 채찍을 확실하게 포착한다.

구멍이 있는 장벽으로는 뒤로 돌아서 올 것이다. 다릴의 채찍 실력을 생각하면 그 정도는 어려운 일이 아닌 것을 알 수 있었다.

그렇다면, 지금까지 한 번도 보이지 않은 수는, 어떨까?

꾸욱 마력을 활성화.

그 채찍과 함께 불살라버릴 의지를 담아서, 마술을 행사했다.

『집열의 유탄』!

린의 눈앞에 나타난 것은 가짜 용암 덩어리.

가짜라지만, 암석을 걸쭉하게 녹인 것이라 성질은 같았다.

"윽?!"

공기를 뒤흔드는 그것을 보고, 다릴은 황급히 손을 조작하여 채찍을 되돌렸다. 그 직감은 역시 멋지다. 동시에, 린에게는 성가시기 짝이 없다. 뭐, 저 정도로 싸울 수 있다는 것은 이미 알고 있었지만.

아무래도, 역시 마그마를 상대로는 파고들지 않는 모양이다.

"그런 수도 있었나."

속셈이 어긋난 다릴은 즐거움을 드러내면서 말했다.

"이건, 당신 상대로는 못 쓰겠어."

"호오, 그런가?"

자신의 수법을 밝히는 린. 어째서인지를 한순간 생각하는 다릴이었지만, 금방 깨달았다. 그저 단순하게, 말해도 상관없다는 것이리라.

"탄속이 늦으니까 쏴도 피하잖아. 마력의 소비도 크니까 방패 대신 유지하는 것도 어려워."

"그렇군."

『집열의 유탄』에 관해서 말하자면 린의 말은, 모두 사실이었다.

린은 끓어오르는 마그마를 천천히 축소시켜서 소멸시켰다.

"그걸 밝힌다는 것은, 다른 수가 있다는 거군."

"글쎄?"

마력을 끌어올린다. 더 빨리. 더 정확하게. 더 강하게.

암력마저도 동반하는 마력의 격류를 뿜으면서, 린이 다음 수를 쓰기 위해서.

그 모습을 보고, 다릴 또한 다시 대비했다.

다릴의 자세는, 좌반신을 앞으로 보내고 채찍을 든 손을 이완시켜 완성됐다.

그 불필요한 힘을 뺀 팔이 유연하게 움직였다. 그것이 채찍에 전해져 생물처럼 움직이는 것이다.

이대로 싸우는 것도 좋지만…… 린은, 한 가지 동요를 유도해 보기로 했다.

"채찍 실력은 충분히 봤으니까, 다음은 마술전으로 갈까?"

말하자마자, 린은 고속으로 거리를 벌렸다. 한순간에 채찍의 사정권 밖으로.

몇 발의 불덩이를 지금 막 서 있던 장소에 두고서 기뢰 대신 삼았다.

파란색의 불덩이. 지금까지 보여준 붉은 불덩이하고는 한 차원 다른 것이었다.

그것들을 남기고서…… 린은, 깨달았다.

마술전, 이라고 했을 때 다릴이 희미하게 지긋지긋하단 표정을 지은 것.

지금은, 파란 불덩이를 보고 놀라고 있다. 지긋지긋한 기색으로 표정을 일그러뜨린 것에 대한 위장인지, 아니면 순수하게 놀라움이 컸는지.

어느 쪽이든, 좋았다.

린은 왼손을 움켜쥐고, 거기에 점점 마력을 압축했다.

전투는 가경에 접어든 참이다. 아직 마력은 윤택하게 남아 있었다.

"핫!"

왼손을 내밀며, 돌풍을 뿜었다.

아니, 이것은 공기포라고 해야 할지도 모른다. 이것 하나로도 위력이 상당히 높았다.

그 바람에 밀려서, 파란 불덩이도 다릴을 향해 날아갔다.

"큭!"

다릴은 몸을 던져서 사선을 벗어났다.

굴러가면서도 낙법을 취해서, 한쪽 무릎을 꿇은 상태로 린을 상대한다.

파란 불덩이의 화력은 터무니없는 것이다. 범위를 좁히긴 했지만, 그만큼 파괴력은 빼어났다. 솟아오르는 불기둥의 열풍만으로도 다릴의 폐는 타 들어 갈 것 같았다.

그 열에서 벗어나며, 그리고 자신의 거리로 가기 위해 다가가려는 참에 린이 뿜어낸 탄막이 상당히 두터운 것을 깨달았다.

바람의 칼날. 뾰족한 자갈. 그리고 물 덩어리. 그것들을 한 종류만 한정해도, 수십.

탄속도 빠르다.

저것을 빠져나가는 건 어렵겠군—.

아니, 어려운 것이 아니라 무리라고 결론 내렸다. 그것들에 더해서 린이 『파이어볼』을 발동한 것이다. 파란 불덩이는 아니다. 그러나 위로가 되지 않는다.

"젠장!"

그 자리에서 방어하는 것 말고는 수가 없다.

다릴은 양손을 땅에 짚고서 마술을 발동.

두꺼운 흙의 벽이 땅에서 솟아올라, 린의 마술 모두로부터 그녀의 몸을 지킨다.

모두 막은 뒤에는 금방 해제. 유지하면 마력을 계속 소비하게 되니까 피해야 한다.

그것을 보고, 린은 가설을 확신으로 바꾸었다.

그리고, 린에게 여기서 봐줄 이유는 없다. 다음은 또 다시 화력을 올린『파이어 볼』을 발동하여 다릴에게 쏘았다.

쉴 새 없는 연속 공격. 다릴은 또 다시 옆으로 뛰어서 그것을 피했다. 그리고 방금 전과 똑같은 전개다.

다릴의 접근은 불가능. 계속해서 장전되는 마술은 언제나 세 자리를 유지한다. 쏘아도 쏘아도, 줄지 않는다.

“아무래도, 깨달은 모양이군…….”

다릴이 마술을 피하면서 반쯤 외치듯 말하자, 린은 손을 멈추었다.

마술은 발동한 그대로. 당연한 것처럼 유지되고 있었다. 그저 쏘지 않았을 뿐이다.

“처음에는 이것저것 했었지만, 이렇게 물량으로 밀어붙이는 편이, 당신에 대해서는 제일 효과적이라는 걸 깨달은 건 방금 전이지만 말야.”

린의 본질은 원거리 포격을 가하는 마술사. 그것은, 싸우고 있는 다릴도 깨달은 것이었다.

이것저것 기책을 이용해서, 그것도 어느 정도 효과를 발휘

했다. 그것은 린과 다릴의 공통 인식이다.

다만, 기본으로 돌아가는 이 전법이 가장 효과적이었다. 그저 그뿐이다.

"……그래. 내 약점은 마력량이 적다는 거지. 따라서, 마술사가 접근전도 한다는 기책을 이용했을 때가 그나마 승기가 있었다."

그것은, 이대로 계속하면 이길 수 없다고 인정하는 것과 마찬가지였다.

물론, 린은 자신이 압도적 우위에 서 있다는 것을 의심하지 않았다.

그러나 여기서 한치의 방심이라도 하면, 그 우위에 선 것을 양보하는 것이 된다고 의심하지 않았다. 다릴은 그만큼의 강적인 것이다.

"이대로 싸워도 이길 수 있을 것 같지만…… 역전의 한 수로 뒤집히는 것도 석연찮아. 무엇보다도 제대로 이기고 싶단 말이지."

린은 지팡이를 왼손에 바꿔 들고, 오른손으로 천천히 총 모양을 만들어 다릴을 겨누었다.

마력이 휘몰아친다. 그 고조되는 방식은 지금까지와 비교도 안 되고, 그녀의 전력 중에서도 전력 같은 것이었다. 린이 발동하고 있던 마술이 해제되고, 그 마력도 모두 린이 높이는 마력에 뒤섞였다.

지금까지 그렇게 격렬한 싸움을 하고서, 아직도 이 정도 여력이 있었나? 다릴은 전율하지 않을 수 없었다.

"이건, 내가 쓸 수 있는 수 중에서, 1대 1에서 최강의 마술."

마력이 드디어 물리적인 바람을 두르고, 린의 로브와 머리칼이 격렬하게 춤추었다.

오른손에 마력이 모여들고, 전격이 파직파직 불똥을 튀기 시작했다. 일단 오른손의 검지에. 그걸로 멈추지 않고 과잉 에너지가 그녀의 몸 주위에서 스파크가 되어 튀었다.

틀림없는 대마술. 다릴은 터무니없는 것을 보고 있다는 것을 깨달았다.

"그러면, 변명 못하는 한 발 승부를 해볼까?"

린은 힘겨루기를 제안했다.

분명히 변명 따위 일절 안 통한다.

게다가 그대로 마력이 떨어지는 걸 노리면 이길 수 있으면서도, 일부러 마지막 격돌까지 제안해 주었다. 이것에 응하지 않고 어쩌겠는가?

다릴은 마술을 준비했다. 아끼는 것 따위 없다.

거대한 바위…… 아니, 금속의 창을 사용한다.

길이는 3미터, 굵기는 15센티미터. 그 정도 커다란 창을, 바위가 아니라 금속으로 만들면 이미 다릴의 마력은 제대로 남지 않는다.

그러나, 상관없다.

다릴도 상응하는 시간을 들여서 마술을 준비. 그녀 앞에는, 거대한 금속 창이 자리 잡았다. 창끝은 린을 똑바로 겨누

고 있었다.

“간다, 먹어라!”

다릴은 던지기를 닮은 폼으로 쏘았다.

그 대질량의 창은, 중력 따위 상관없다는 기색으로 린을 향해 일직선으로 날아갔다.

날아가는 창. 그 너머에는 다릴. 린은 그 창에 조준을 맞추어.

『전자 가속포』

힘을 담고 담은 마술을 쏘았다.

창과 똑바로 격돌하여…… 그 한 가운데를 꿰뚫으며 돌진한다. 그것에 맞추어 창이 찢어지는 것처럼 부서지지만, 사람의 눈으로는 한순간의 일이었다.

3미터의 창 한 가운데를 꿰뚫은 탄환은 둔탁한 충격음을 내면서 다릴을 날려버렸다.

직격을 맞은 다릴은 30미터 정도 땅바닥을 구르고 드디어 멈추었다.

“끄, 으…….”

막대한 대미지. 몸은 어떨까?

검증 따위 한순간에 끝났다. 몸이 꼼짝도 안 한다.

그 결과를 본 린은, 천천히 팔을 내리고 뒤를 돌았다.

“일단, 당신의 마력의 강함을 생각해서, 격돌로 감쇠하는 위력도 계산했으니까, 목숨에 지장은 없을 거야.”

“괴, 물…… 같은.”

그 정도 마술을 제어하면서, 그런 계산까지 했던 건가? 분명히 전투는 불가능하지만, 죽음을 각오할만한 상태는 아니다. 전사의 길을 걸어가는 이상, 자신의 몸 상태는 자신이 가장 잘 안다.

이미 신기라고 하는 수밖에 없는, 다릴이 감당할 수 없는 상대였다.

이렇게, 되면, 이것밖에 없다.

다릴은, 아껴두던, 비장의 수가 되는 말을, 강하게 염원했다.

급격하게 부풀어오르는 에너지에, 린의 표정이 굳어지면서 돌아보았다—.

◇◆◇◆◇◆◇◆

아르비스가 후퇴하면서, 뮤라를 향해 연속으로 『수쇄탄』을 쏘았다.

한편 뮤라는 마술검 『심단』을 두르고 베어내면서 다가갔다.

역시 마술검을 쓰면 아르비스도 접근전을 주저한다. 다만 마술검은 소모가 격렬하다. 이것저것 무녀의 힘에 대한 정보를 얻어서, 그리고 실제로 마술검을 보고 이해했다. 그건 장시간 쓸 수 있는 것이 아니다.

그 대신, 일격이라도 받아낼 수 없다는 것이 그의 결론이었다. 무기를 써서 방어하는 것마저도 불가능하다. 이것은 뮤라라는 탁월한 검사를 앞에 두고 대단히 무거운 족쇄.

마술검을 쓴 뮤라였지만, 아르비스를 죽일 셈으로 싸우는 건 아니었다. 다만, 전투 결과, 팔이나 다리를 잘라내버릴 가능성에 대해서는 눈을 감고 있었다. 그것마저도 고려에 넣어버리면, 마술검을 쓰는 것은 오히려 뮤라 자신에게 불리해지니까.

아르비스로서는, 팔도 다리도, 줄 수는 없었다.

다가오는 뮤라와 교차. 아르비스는 어떻게든 마술검을 회피했다. 꼴사나운 모습이군. 또 한 명의 아르비스가 자조했다. 그렇지만 회피에 전념한 덕분에, 뮤라의 기량으로도 일검을 맞추지 못했다.

상관없다. 피하는 것이 중요하다.

교차한 결과, 또 다시 거리가 벌어진다. 뮤라는 돌아보면서 『심단』을 해체. 검에 두르고 있던 마그마를, 영창해둔 『파이어 볼』에 융합시켜서 아르비스를 향해 던졌다.

"큭!"

그 마술 또한, 받아내면 안 되는 종류였다.

성가신 것은 그것이 직격을 노린 것이 아니라 아르비스가 선 장소 부근의 땅을 향해 던졌다는 것이다.

아르비스는 단숨에 거리를 벌렸다.

마을 전체가 흔들리지 않을까 싶을 정도의 폭발이 일어나 폭풍으로 아르비스를 날려버렸다.

그냥 일어서진 않는다.

날아가면서, 아르비스는 단궁에 화살을 메겨 뮤라를 향해 쏘았다.

한 발, 두 발, 세 발.

각각이, 편차공격. 단순한 회피로는 이후 대응이 늦어진다. 뮤라는 그것을 검으로 요격하기로 했다. 아르비스가 도달한, 뮤라와의 거리를 좁히는 수단이었다.

옆에서, 단검의 참격과 발차기의 탄막.

그것을 막으며 생각했다.

뮤라에게 몇 가지 상처가 났다는 것을.

이렇게, 품으로 파고들면 상처는 피할 수 없다. 뮤라가 대응이 늦어진다.

반대로 어느 정도 간격을 자유롭게 움직일 수 있을 때는, 뮤라의 공격을 아르비스가 피하는데 전념하는 형태다.

그리고, 이제 슬슬 품으로 파고들려고 하는 것도 괴로워졌다. 아르비스의 편차 공격을 공략하지 못한 것이 주된 이유다.

화살과 마술 둘을 교묘하게 조합했다. 무엇보다도 조준이 정확하여, 뮤라는 고생하고 있었다.

그리고, 그것을 깨달았기에 아르비스는 편차 사격에서 공격을 계속한다.

그리고 파고든 다음에 초근접전. 이쪽도, 이제 슬슬 어떻게 팔 필요가 있다고 그녀는 생각하고 있었다.

지금은 얕은 상처로 넘어가고 있지만, 뭔가 하나라도 실수하면 깊은 상처가 될 수 있다. 이 정도 팽팽한 실력자들끼리는 그 상처 하나가 커다란 의미를 가진다.

이제 슬슬, 또 하나의 패를 내볼까.

아르비스가 상단을 노린 돌려차기를 하려고 한다.
그것에 맞추어, 뮤라는 허리의 단검을 역수로 쥐고 단숨에 뽑았다.
그것을 보고, 아르비스는 발차기를 하단— 무릎을 노리는 궤도로 바꾸었다.
뽑아낸 방향은 대각선 위. 하단에는 늦는다. 아르비스 또한, 뮤라의 허리에 있는 단검을 깨닫고 있었다. 언젠가 뽑을 때를 기다리고 있었다고 할 수 있었다.
그래서 그것에 대처한다는 마음가짐만 있으면, 아르비스 정도의 실력이 있으면 몸에 맡겨도 문제없다.
그리고 뮤라도, 이 타이밍에서 단검을 뽑은 이상 대처를 할 것은 알고 있었다.
뽑아낸 손을 옆으로 하고서, 아래쪽을 향해 엄지에서 불덩이를 뿜는다. 그렇게 크지는 않다.
완벽했던 것은, 타이밍.
"차앗!"
아르비스는 강화를 강화해서, 『파이어 볼』의 작렬에 지지 않도록 했다.
그러나.
미약한 순간. 그 폭발로 지연이 생겼다.
그 지연만 있으면 충분하다. 뮤라는 반걸음만 앞으로 나섰다.
발차기가, 뮤라의 무릎이 아닌 허벅지에 직격했다.
맞은 것 자체는 거의 클린히트. 당연히 상당한 대미지가 있다. 그러나, 관절보다는 낫다.

그걸 생각하면, 이 통증은 줄다리기에서 이긴 통증.

실제로 직격시킨 아르비스의 얼굴이 엄격한 색채를 띠었고, 타점을 조금 비껴내는 것에 성공한 뮤라는 사나운 웃음.

그대로, 단검을 아르비스의 오른팔 상완을 향해서 반걸음 앞으로 나선 기세로 몸과 함께 일직선으로 찌른다.

아르비스는 오른팔을 뒤로 던지듯 몸을 틀어서 그 공격을 피했다. 대신 앞으로 나선 왼팔의 단검을 뮤라의 어깨를 향해 최소한의 호로 휘둘러…….

"무슨……."

단검을 쥔 손을 오른손으로 받아냈다.

뮤라가 검을 놓은 것이다.

"잡았다!"

그대로 오른쪽 무릎을 아르비스의 명치에 때려 박고, 이어서 접은 무릎을 펼치며 상단 차기.

아르비스를 날려버렸다.

"으극?!"

날아가면서도 추가 공격을 막는 세 발의 『수쇄탄』을 날린다. 뮤라는 한 발을 단검으로 대처하고, 나머지는 몸을 틀어 피했다.

착지한 아르비스. 피를 토해내 손등으로 입을 닦았다.

뮤라는, 통증의 정도에 따라 허벅지의 대미지를 가늠했다.

그리고, 빈 오른손에 가볍게 시선을 주었다. 이제 조금이다.

조금만 더 하면 뭔가 붙잡을 수 있을 것 같은데, 좀처럼 돌파구를 열 수가 없다. 일단 검을 주우려고 허리를 숙였다.

아르비스에 대한 경계를 풀지 않고 검을 붙잡은 참에, 그가 말을 걸었다.

"정말로 강하군…… 상상 이상이다. 역시, 무녀의 핏줄이라는 건가."

"이유를 핏줄만으로 정리하는 건 섭섭해."

무심코란 형태로 흘러나온 아르비스의 말은, 검을 주워 몸을 일으킨 뮤라가 곧장 정정했다.

그것을 듣고, 그 말이 맞다고 아르비스는 웃었다.

"그렇군. 자질에 어리광을 부리면서 의지하면 그렇게까지는 못 되겠지. 정정하겠다."

"알면 되는 거야."

부단한 노력이 불가결하다.

그것은 딱히 전투에 한정된 것이 아니다. 예를 들어서 대장간 일이나 장사도 그렇다.

재능이 넘치는 자는, 재능이 없어도 노력을 쌓아온 자에게 뒤쳐진다. 아르비스는 언제나 그렇게 생각하고 있었다. 무엇보다 그 좋은 예가 그의 오른팔로 직무에 임하고 있지 않은가.

그러면.

핏줄이 뛰어난 자가 이렇게 노력을 하고 자기 단련을 계속한 결과가 뮤라라는 소녀를 형성하고 있다는 것이 된다.

이렇게 되면 대단히 성가시기 짝이 없다. 어떻게 해야 이길 수 있을까?

단검을 뽑았으니, 지금까지는 유리했던 접근전도 전개가 수상쩍어진 것이 틀림없다. 원거리전, 그리고 뮤라가 마술검을 썼을 때는 완전히 대응하기에만 급급했다.

그러나.

"물러설 수는, 없겠지!"

또 다시 달린다. 이번에는 모든 마술로 편차 사격.

그에 비해서 뮤라는 그것을 모두 검으로 베어냈다.

'아니야— 조금 더.'

그 손맛에, 뮤라는 형태 좋은 눈썹을 찌푸렸다.

그리고, 그 묘한 기색을 본 아르비스도 의문스런 표정을 지었다.

품에 파고들기 위한, 견제의 편차 사격.

뮤라는 그것을 몇 번이나 처리했지만, 이번 대처는 지금까지 본 것 중에서 세 손가락 안에 드는 아름다움이었다. 그런데, 납득 못하는 표정.

'뭐지? 뭘 생각하고 있지?'

이유를 알 수가 없다.

'아니. 그것은, 내가 신경 쓸 일이 아니겠지.'

아르비스는 뮤라 곁으로 날아갔다. 무사히 뛰어드는 것까지 성공했다.

접근전이 시작되는 패턴으로서는, 편차 사격에 대비하는 뮤라의 대처에 따라서 대강 나누어 세 종류다.

완전히 아르비스가 주도권을 쥔 상태.
아르비스가 약간 우세하게 시작되는 상태.
완전히 동등한 상태.
다시 말해서, 어떤 형태로든 아르비스에게 손해는 없다.
이번에야말로 움직임을 멈추는 타격을 먹여서, 이 전투를 자신의 우위로 끌고 간다.
그것만 할 수 있으면, 항복 권고를 할 예정이다.
요컨대 승패가 확실해지면 되는 것이지, 상대를 다치게 만드는 것이 목적이 아니다.
가능하다면 부상을 입히기 싫다고도 생각한다. 강하다지만, 상대는 소녀니까.
그렇지만 부상 없이 제압하는 것은 적을 압도할 정도의 역량차이가 필요하다. 그야말로 콧노래를 부르며 주먹 한 발로 상대를 침몰시킬 정도의.
그것이 불가능하다는 것은 이미 뼈저리게 잘 알고 있었다.
차이가 있기는커녕, 동격이다. 상대의 부상을 배려하는 편이 질 것이다. 그런 꼴이었다.
"크!"
몇 합인가 부딪힌 끝에, 뮤라가 아르비스의 발차기를 팔로 막았다. 상당한 위력이었지만 거스르지 않고 날아서 대미지를 흘렸다.
놓치지 않는다. 곧장 접근하여, 기울기 시작한 형태를 유지하여 이쪽으로 끌어들이는 것이 아르비스로서는 최선이다.

활을 겨눌 틈은 없다.

아르비스는 『수쇄탄』과 『에어 해머』를 잇따라 쏘았다. 그리고 그것에 따르듯 달렸다.

날아가면서도 자신에게 다가오는 두 발의 물과 바람 마술을 보고.

"이번에야말로!"

양손으로 쥔 검과 단검은 확실한 듬직함을 뮤라에게 주었다.

그걸로 양쪽 마술을 베었다.

그 순간. 『수쇄탄』과 『에어 해머』 양쪽이, **사라졌다**.

"무, 슨?"

아르비스는 발을 멈추고 그 불가해한 현상을 보았다.

"해냈다……!"

반대로 뮤라는 단검을 꾹 쥐었다. 방금 얻은 무언가를 놓치지 않으려는 것처럼.

지금 그 현상의 불가해한 점.

마술에 칼날로 대처했을 때, 예를 들자면 『수쇄탄』 따위가 알기 쉽다. 물이 베여서 후방으로 날아간다.

그렇지만, 지금은 그렇지 않았다.

뮤라가 벤 『수쇄탄』은 형체도 없이, 마치 이 세상에 처음부터 존재하지 않았던 것처럼 사라졌다. 『에어 해머』도 마찬가지다. 마술에 담겨 있는 마력이 깔끔하게 사라져버린 것이다. 보통은 마술의 형태를 유지할 수 없으면 무산되는데.

"……뭘 한 거지?"

깨닫고 보니, 아르비스는 자신의 의문에 따라 정면으로 솔직하게 묻고 있었다.

"후후."

뮤라는 보는 자를 사로잡는 것 같은 웃음을 짓고서, 단검을 쥔 손에서 검지를 뻗어 까닥까닥 안쪽으로 움직였다.

"가르쳐 줄게. 전투로."

"크."

아직 거리는 좁히지 못했다. 그냥 돌진해도 뮤라는 접근을 용납해주지 않는다. 할 거라면 역시 편차 사격이다. 그리고, 여기서 화살을 쓰는 것은 뮤라에게 패배를 선언하는 것 같은 마음가짐이 될 것이다. 물어본 것은 아르비스 자신이며, 뮤라는 그것에 응답한다고 했었다.

"재미있군! 보여 봐라!"

아르비스는 『수쇄탄』을 다섯 발 쏘고 돌진했다.

"보여줄게. 『마봉검』!"

뮤라는 그렇게 말하고 검을 휘둘렀다. 한 발, 두 발. 『수쇄탄』이 마력과 함께 홀연히 사라졌다.

그리고.

(벨 때마다, 마력이 올라간다—.)

그렇다. 뮤라가 『수쇄탄』을 벨 때마다 그녀의 마력이 상승한다. 그렇다. 그 상승률은 아르비스가 『수쇄탄』을 쏘기 위해 담은 마력과 거의 동등하다—.

그리고 다섯 발째가 뮤라에게 닿는 것과 동시에 접촉했어야 할 텐데, 세 발째를 벤 직후 그녀의 모습이 사라졌다.

"…………내가, 이겼네."

깨닫고 보니, 아르비스의 등에 검을 겨누고 있었다.

눈치 못 챈 사이에, 등 뒤로 돌아간 모양이다. 뮤라의 강화 마술은 아르비스가 보기에 아슬아슬하게 한계였을 텐데.

어떻게, 강화를 올린 것일까? 아니, 대답은 알고 있었다.

"그렇군, 그, 『마봉검』이란 것은."

양손의 단검을 땅에 떨어뜨리며, 아르비스가 말했다.

검을 겨눈 채, 뮤라는 그 물음에 대답했다.

"부여 마술의 응용이야. 덤으로 『수쇄탄』을 유용하게 활용했지."

그것만으로, 충분했다.

"내가, 졌다."

아르비스는 패배를, 뮤라의 주장을 인정했다.

◇◆◇◆◇◆◇◆

모든 전투가 끝났다.

결과는 완승. 린도 뮤라도 승리를 거두었다.

그 결과를 보고, 타이치는 안도의 한숨을 쉬었다.

이긴 것도 그렇지만, 큰 부상이 없다는 것에 무엇보다도 안심했다.

레미아에 대해서 별 생각이 없는 것은, 그녀가 질 리 없다는 걸 알고 있었기 때문이다.

이기는 게 당연하다. 전투 중에 훈련 따위를 시작해서, 저 꼴로도 방심 따윈 일절 하지 않으니 그녀가 얼마나 전투에 익숙한지 알 수 있다.

이쪽도 이제 곧 결판이 난다.

이제 거의 제압이 끝났으며, 하비 일행의 항복 권고에 남은 자들도 차례차례 응하기 시작하는 참이었다.

"그러면…… 이걸로 끝……."

뒷정리를 해야지. 그렇게 생각하던 타이치의 말이 멎었다.

『타이치.』

"……이 나지는, 않는 모양이군."

실피의 재촉을 받아 상공을 보았다. 그곳에, 뭔가 검은 안개가 휘몰아치고 있었다.

지금까지 하고는 차원이 다른, 상식을 벗어난 마력과 압력.

이대로 순순히 끝날 거라고 생각했는데, 아무래도 그렇게는 안 되는 모양이다.

"나설 차례, 안 올 거라고 생각했는데."

『그렇게 편히 쉴 수는 없겠네.』

"그러게 말야."

주위도 이 이상사태를 깨달았는지 술렁거림이 강해졌다.

그러면 우선, 이 마을에서 저것을 내쫓아야지. 모습을 보는 것은 웨네픽스의, 귀족의 내란 이후 처음이다.

검은 안개가 집속되어 모습을 보인 악마를 보면서, 타이치는 전투태세에 들어갔다.

◇◆◇◆◇◆◇◆

“이것은……!”

말도 안 되게 커다란, 이라고 형용할 수밖에 없는 마력의 격류를 쐬고서, 아르비스는 무심코 소리를 높이고 말문이 막혔다.

발생원인 상공에서는 검푸른 피부의 무언가가 엘프 마을을 내려다보고 있었다.

머리는 있다. 팔도 다리도 두 개씩. 기본적인 모습은 인간이나 엘프와 다를 바 없다.

그렇지만, 그 얼굴은 인간을 기초로 하고 있지만 벌의 요소가 나타나 있었다.

등에도 투명한 날개가 두 장 돋아나 있었다.

아르비스에게는 안 보이지만, 등의 중심에는 무수한 침이 있다. 이것은 벌의 흔적일까?

기괴한 모습이지만, 단숨에 날아가버릴 정도의 압도적인 중압감이다.

척 보기에도…… 아니, 보기 전부터 당해낼 수 없다, 라고 생각이 들어 버린다.

그렇게 느끼는 것은 아르비스뿐이 아니었다.

하비 일행도, 로질도…… 아니, 마을의 엘프들 모두 같은 마음이었다.

절망마저도 느낀, 그런 가운데.

“타이치……. 이길 수 있어?”

“약속은 안 하지만, 괜찮지 않을까?”

“그렇군. 어마어마하긴 하지만, 이니믹스와 그리 다를 바 없는 것 같군. 너라면 해치울 수 있을 거다.”

“미안하지만…… 우리는 도움이 못 될 것 같아. 부탁할 수 있을까?”

“알았어. 맡겨둬.”

믿을 수 없는 대화가 오가고 있었다.

맡겨둬, 라고—.

저 소년이 상당한 실력자라는 것은 아르비스도 조사해서 알고 있었다.

그렇지만, 남을 통해서 듣기만 한 지식과 실제로 보는 것이 다르다는 것도 알고 있었다.

백문이 불여일견. 지구의 관용구로 말하자면, 그야말로 그 상태다.

『끼기…….』

벌이 타각타각 이를 부딪히는 소리를, 인간 형태의 입에서 울리며 마을을 내려다보는 악마.

그 시선은, 이윽고 타이치에게 고정됐다. 역시, 타이치가 원인인가?

인간과 다를 바 없는 크기지만, 눈이 겹눈이었다. 때문에 시선이 맞았는지는 알 수 없지만, 보고 있다는 건 알 수 있다. 그리고, 전의를 쏟아낸다는 것도.

이러한 곳에서 악마가 나오는 이유. 엘프 마을과 악마에게 어떤 관계가 있는지는 전혀 알 수 없다.

알 수 없지만, 악마가 거기 있는 것은 현실이며, 싸움을 바란다는 것도 알고 있었다. 그렇다면, 타이치가 생각할 것은 심플해서 좋다.

『내 이름은, 아크비. 소환술사, 너와 싸우러 왔다. 싸우지 않는다면 싫어도 싸우고 싶어지게 해주마.』

이를 부딪치면서도, 분명하게 인간의 말로 말을 걸었다.

인간의 입에서 나오는, 인간은 낼 수 없는 그 소리에 위화감을 느끼면서도 타이치는 악마를 향해 한 걸음 앞으로 나섰다.

"걱정 마라. 싸워줄게."

이 세계에 익숙해지고서, 위화감은 조금만 느껴진다고 생각하며 대답했다.

『기개가 좋구나. 그러면 시작하도록 하지.』

벌의 형상을 지닌 악마가 자세를 바꾸었다.

그러나 타이치는 거기에 응하지 않는다.

"여기서 싸우면 피해가 커진다. 장소를 바꾸자."

순순히 응해주면 좋겠지만.

『나하고는 상관없는 일이다.』

그리 간단하지는 않은가 보다.

어쩔 수 없지. 타이치는 쓴웃음을 지었다.

"그러면, 억지로 바꿔야지!"

대각선으로 몸을 기울이고, 양손을 상공의 악마에게 들었다.

"날아가 버려!"

언젠가 봤던 배틀 애니메이션에서, 멀리 떨어진 적을 기합으로 날려버리는 기술이 있었다.

타이치는 그것을, 바람의 마법으로 재현을 시도했다.

기합으로 일섬.

기합 소리와 함께 공간이 일그러지고, 벌의 악마는 맹렬한 기세로 상공으로 솟아올랐다.

사선의 범위는 좁혔지만, 마법의 여파로 나무들이 폭풍 한가운데 있는 것처럼 흔들렸다.

날아가버린 악마를 쫓아서, 타이치는 상공으로 날아갔다.

순식간에 모습이 사라져버렸다.

아르비스나 로질에 아샤, 다른 엘프들은 타이치가 사라진 하늘을 보면서 믿을 수가 없다는 표정을 짓고 있었다.

무리도 아니리라. 타이치는 이미 상식으로 논할 수 없다.

간신히 좀 나은 것은, 이것이 처음이 아닌 하비, 마두, 에이린, 미리야 정도다.

그리고 그 비상식에도 이미 익숙해져 버린 것은, 린, 뮤라, 레미아다.

놀라움의 정도가 적거나 놀라지 않는 것은, 다수 있는 사람들 가운데 불과 일곱 명에 지나지 않았다.

◇◆◇◆◇◆◇◆

간신히 기세를 죽였을 때, 아크비는 상당한 높이의 상공에 도달해 있었다.

『으음……!』

상상 이상이었다.

그저 돌풍이, 설마 이 정도일 줄이야.

상승 기류를 느낀다.

깨닫고 보니 타이치가 같은 높이까지 와 있었다.

"여기까지 오면, 마을에 영향은 없겠지."

『역시…… 어마어마한 파워다.』

거의 높이 1천 미터 정도다. 타이치는 아무것도 아닌 것처럼 말하지만, 아크비가 보기에는 농담이 아니었다.

자신의 **역할**은 알고 있었다.

엘프 마을에서 전투하여, 지켜야 할 자가 많은 가운데에서 어떻게 행동하는가? 그것을 보는 것이 아크비의 역할이었다.

그렇지만, 그것마저도 이루지 못하고 타이치가 바라는 전장에 강제로 이동하게 됐다.

이미, 이 시점에서 힘의 차이는 알 수 있는 것이었다.

『저로서는, 가늠하지도 못하겠습니다…….』

"응? 뭐야?"

『네가 신경 쓸 일이 아니다.』

아크비는, 가늠한다고 말했다. 작은 소리였지만, 작은 소리라도 포착하는 타이치에게는 분명히 들렸다.

그것을 물어봐도, 아크비는 제대로 대답하지 않았다.

"그러냐."

물어보고, 고통을 주어도 이야기하지 않을 것이다. 그것을 들을 수 있는 화술도 없었다.

그렇다면, 이 위협을 제거하는 것이 타이치가 할 수 있는 일이다.

"말 안 한다면 어쩔 수 없지. 쓰러뜨려야겠어."

집착하지 않는 것에 아크비는 위화감을 느꼈지만, 그것은 그거다.

『간단히 당할 거라 생각지 마라!』

"아니, 속공으로 끝낸다!"

『계속 지껄여봐라!』

아크비는 타이치를 향해 돌진했다.

그것은 악마에 걸맞은, 인지를 초월한 속도였다.

순식간에 타이치에게 도달하여, 팔꿈치로 파헤치는 것처럼 내민다. 덤으로, 같은 방향에서 중단 차기.

그것을 타이치는 마찬가지로 팔꿈치와 다리로 받아냈다.

둔탁한 충격음이 연속으로 울렸다. 아크비의 공격에 맞추어 타이치도 회전하여 주먹을 쥐고 손등을 때려 박는다.

『크헉?!』

아크비는 견디지 못하고 날아가버렸다.

악마가 앞을 보자.

『으옷?!』

타이치는 이미 코앞까지 다가와 있었다.

반사적으로 접근에 맞추어 뿜어낸 주먹은, 타이치가 눈앞에서 사라지는 것으로 불발에 그쳤다.

그리고, 등에서 위로 꿰뚫는 일격. 등의 침은 그 바람에 2개가 아무런 도움도 되지 못하고 부러져 버렸다.

더욱이 높은 곳으로 튕겨 올라가는데, 그 앞에 또 다시 타이치가 있었다.

『이노오옴!』

역할은 알고 있었다. 그렇지만, 그렇다 해도, 이건 아니다.

이대로는 한 방 먹이지도 못하고 끝나버리지 않겠는가?

튕겨 올라간 기세에 자신의 기세를 실어 돌진.

타이치를 향해서 주먹을 내질렀다.

그렇지만, 훅 사라진 타이치의 잔상을 꿰뚫었을 뿐.

바로 옆에서 안면에 충격이 느껴진다.

악마의 강인한 몸이 마치 탁구공처럼 여기저기로 날아갔다.

또 다시 등에 강렬한 발차기.

그리고 마지막으로 돌아들어온 타이치가 위에서 추락시키는 강렬한 뒤 돌려차기를 때려 박았다.

악마는 필사적으로 감속한다. 이대로 바닷물에 부딪히면, 어느 정도 추가 대미지가 있을지 알 수가 없었다.

드디어 움직임을 멈춘 참에, 아크비는 자신의 끝을 깨달았다.

타이치가 차원이 다른 마력을 써서, 공기를 압축하고 있었으니까.

고성에서 흙 정령을 상대로 사용한, 규격을 벗어난 압축 공기를 때려 박는 이 기술. 흙 정령이 아크비보다도 강하다. 싸워보고 솔직한 체감이 그거였다.

그 체감에 따라, 이걸로 쓰러뜨릴 수 있다는 확신이, 타이치에게는 있었다.

전투를 제어하여, 섬에서도 상당히 떨어졌다. 이거라면 문제없다.

“이걸로 끝이다!”

엷은 녹색의 작은 구체를 뿌렸다.

아크비는 황급히 그것을 피하고자 가속했다.

그거나 그것도, 타이치는 예측하고 있었다.

직격하지 않아도 문제없도록 조종했으니까.

공기가, 폭발한다.

구름이 날아가고, 해수면이 파도치고, 그 여파가 떨어진 곳에 있는 엘프 마을의 나무들도 격렬하게 흔들었다.

충격파가 사방팔방으로 확산되어, 파괴력이 어느 정도인지를 이야기하고 있었다.

마법의 여파가 사라졌을 때, 바람의 마법으로 쓰러진 아크비는 바다에 떨어져 가라앉는 참이었다.

“어째서, 악마가 여기 있었지……?”

타이치의 속삭임은, 휘몰아치는 바람에 휩쓸려 녹아 사라졌다.

에필로그

엘프 마을, 관청의 대회의장—.

그곳에는 엘프 마을에서 집정에 관여하는 자 모두가 모여 있었다.

반원을 그리는 것처럼 의자가 설치되고, 그곳에 각자 앉아 있었다.

그 반원의 중심에는 남녀가 한 명씩 있다.

그렇다. 아르비스와 다릴이었다.

두 사람은 손을 뒤로 돌린 채 포박되었고, 양쪽 옆에는 로질과 아샤가 대기하고 있었다.

"그러면, 변명은 없다고 봐도 되는 거겠지, 아르비스."

"네."

물어보자, 그는 의연하게 응답했다.

일이 이렇게 되면, 자기변호 따위 할 생각이 없다는 것이다.

"좋다. 이번 모반을 진두에 서서 주도한 죄, 결코 가볍지는 않을 것이다."

"알고 있습니다."

아르비스가 고개를 끄덕였다.

의장에 술렁거림이 퍼졌다.

그것을 유감스럽게 생각하는 자.
깔끔하다고 생각하는 자.
내심은 다양했다.
"정숙하시오!"
제스타의 목소리가 회장에 울려퍼졌다. 술렁거림이 급속하게 잦아들었다.
"……좋다. 아르비스, 판결은 후에 내린다."
그렇게 말한 제스타에게.
"알겠습니다."
아르비스는 고개를 숙였다.
"그러면, 이어서 다릴."
"네."
이름을 부르자 분명하게 대답하는 다릴. 타이치, 린, 뮤라, 레미아는 엘프들 뒤에서 그 광경을 보고 있었다.
아르비스와 다릴이 병사들을 모으고, 그 다음에 나타난 악마를 타이치가 쓰러뜨린 다음날.
그녀는 주범인 그들의 사정 청취를 하는 자리에 불려갔다.
엘프의 내부 사정일 텐데 어째서 불렀을까? 그에 대해 엘프들은 타이치 일행이 바로 당사자이기에, 여기 있을 권리가 있다고 했다.
권리라면 고사해도 될 테고, 실제로 그렇게 말했다.
그렇지만, 부디 와달라고 애원에 가까운 형태로 요청했기 때문에 동석한 것이었다.

"깔끔하네. 아르비스."

아르비스는, 모든 질문에 흐트러짐 없이 대답했다. 거기에 변명 따위 일절 존재하지 않고, 그저 자신의 죄를 인정하는 것이었다.

이렇게 힘으로 호소하는 것도, 생각하지 않은 것은 아니라고 했다.

그러나, 그것은 어디까지나 최종수단이었다. 그것이 양날의 검이라는 것은 잘 이해하고 있었다. 그래서, 설령 전통주의파가 패해도 실행할 셈은 없었다. 몇 개월 전까지는.

대화로 해결할 셈이었고, 실제로 그렇게 움직이고 있었다. 그럴 수가 없다고 실감한 것은, 다릴이 뮤라를 습격한 사건 때문이었다.

그것이 판명됐을 때, 아르비스는 최종수단을 선택하는 것을 의문스럽게 생각하지 않았다.

몇 개월 전의, 실력 행사를 할 생각이 없었던 당시의 자신과 생각하는 방식이 완전히 달랐다. 그것을 깨달은 것은 모든 것이 끝난 어젯밤, 구속되어 구치소에 들어온 다음이었다고 그는 말했다.

마치 누군가가 사고를 유도한 것 같아서, 싸우려고 정했을 때도, 싸우고 있는 와중에도, 그렇게 생각하는 것에 전혀 위화감을 느끼지 않았다고 한다.

다만, 그것도 틀림없이 자신이 생각하여 한 일이라는 것은 받아들이고 있는지 일절 변명을 하지 않았다.

"자신이 생각해서 한 것은 틀림없으니까, 라고 했지."

작은 소리로 조용히 말한 타이치에게 린이 반응했다.

시선 끝에는 다릴이 갖가지 질문을 받아, 그것에 하나하나 대답하는 참이었다.

"새삼 묻지. 손님인 린 공이 가까이서 보고 있었다. 네놈에게서 뿜어져 나온 악마의 마력을 말이다. 네놈이, 불러냈다는 것이 맞는가?"

"네, 틀림없습니다."

회장에 있는 수많은 엘프들에게서 탄식이 흘러나왔다.

설마, 라는 생각. 그것에 집약됐다고 해도 과언이 아니리라.

"……언제부터지?"

"정확하게는 기억하지 못합니다. 몇 개월 전부터, 라는 것뿐입니다."

그 말에는, 아르비스도 시선을 돌렸다. 그의 눈도 살짝 크게 뜨여 있었다.

실력행사는 하지 않는다고 생각하고 있었는데, 일절 망설이지 않았다. 심지어 몇 개월 전에 이미 악마의 마력이 개입했다고 말한다.

실력행사를 안 한다는 아르비스의 방침은 파벌 전체에 퍼져 있었을 것이다. 그런데, 실제로는 실력행사를 했다.

"사고의 유도……."

그렇게 말한 것은 당사자인 아르비스였다.

그 의미를 이해했을 때, 오한이 덮쳤다. 그에게서 전파되어,

그리고 회의장 구석구석까지 퍼졌다.

사고를 유도하는 것엔 공포밖에 느껴지지 않는다.

다시 말해서 그것은, 자신이면서도 자신이 아니게 된다고 말해도 거창하지 않았다.

"깨닫고 보니, 귓가에 벌레 날개소리 같은 것과, 목소리가 들리고 있었습니다……."

다릴의 말은 분명했으며, 태도 또한 의연했다.

그렇지만, 타이치는 깨닫고 있었다.

그녀의 손이, 희미하게 떨리는 것을.

설마, 자신이 악마에게 씌여 있었다니. 믿을 수 없는 것도 무리가 아니다. 그러나, 현실이었다.

씌여 있었을 때는 그것을 깨닫지 못했고, 이렇게 타이치가 악마를 쓰러뜨린 지금, 그 기억이 남아 있는 것으로 서서히 실감하고 있기 때문이리라.

그런 힘을 가진 악마의 눈에 들어서, 전통주의파 전체에 영향을 끼치고, 더욱이 마을 한가운데에서 아크비가 현현했다.

자신이 어떤 상태였는지, 이렇게 모두 끝나고 나서 새삼 마주보고 알게 된 것이다.

다시 말해서, 공포다.

무리도 아니다. 타이치도, 실피의 힘을 빌리지 않았으면 이길 수 없는 상대였을 것이다.

"그렇군……. 불가항력이기는 했지. 그 악마는, 우리들로는 어떤 수로도 대처할 수 있는 것이 아니었다."

몇 개의 시선이 타이치를 향했다.

맞는 말이다. 타이치가 없었다면, 그 악마에게 대항할 수 없었으리라. 한두 단계가 아닌, 그야말로 차원이 달랐으니까.

다수가 그들에게 크게 고마워했지만, 타이치는 그렇게까지 신경 쓰지 않아도 된다고 생각했다. 타이치 입장에서는 방심하지만 않으면 전력을 내지 않아도 이길 수 있는 상대 정도로 생각했으니까. 이번에도 방심하지 않으며, 괜히 싸움을 길게 끌지 않고 단숨에 승부를 정할 수 있었다고 자화자찬하고 있었다.

"그러나, 그렇다고는 해도, 네놈을 정상참작할 수는 없다."

그렇게 말했지만 다릴은 흔들리지 않았다.

"네, 각오는 되어 있습니다."

불가항력인지 아닌지는 상관없다.

저지른 죄는, 그걸로 어떻게 할 수 있는 것이 아니다. 그도 그럴 것이, 악마를 마을로 불러들였다는 죄니까.

무엇보다도, 다릴 자체가 무죄방면을 바라지 않는다.

계속 마을을 위해서 일해왔다. 그런데 악마를 불러들였다니, 매료에 넘어간 자신의 잘못이다. 그렇게 생각했다.

"그렇군. 그러면 아르비스와 마찬가지로, 판결은 나중에 내리겠다."

"네."

다릴도 고개를 숙였다.

로질과 아샤가 그들을 데리고 퇴실했다.

이제부터 그들은 속죄의 나날을 보내게 된다. 그것은 분명히 기나긴 시간이 될 것이다.

"이상으로 재판을 끝낸다. 이어서, 보수에 관해서 이야기 하겠다."

그렇게 말한 제스타가 일어서서, 타이치 일행을, 정확하게는 타이치를 보았다.

"그대들은 이 마을을 구해주었다. 아르비스 일행을 격퇴하고, 악마마저도 물리쳤다. 우리들 엘프 마을은 그 공에 보답해야 한다."

역시, 이렇게 됐다.

타이치는 머리를 긁적이면서 으~음, 하고 소리를 냈다.

다른 엘프들도 마찬가지로 수긍했다. 다시 말해서, 제스타의 말은 만장일치라는 것이다.

"자, 뭔가 바라는 것이 있다면 말해라."

받을 수 있다면 받아두는 게 좋다고 생각한다. 싸구려로 취급 받을 생각은 없다.

그러나, 이번 일에 한해서는 받지 않아도 된다고 생각했다.

그도 그럴 것이, 악마를 쓰러뜨린 것에 대한 보수는 어느 정도가 적절한지 전혀 알 수 없는 것이다.

다시 말해서 시가가 되는 것이리라.

에리스테인 마법왕국에서는 금화 1천닢을 받았다. 그것에는 내란의 평정에 힘을 빌려준 것의 보수도 포함되어 있으니까 똑같다고 말할 수는 없지만, 아무리 그래도 악마를 쓰러뜨린 공적이 낮다고는 생각하지 않는다.

그렇다면, 악마를 쓰러뜨린 공적은 적어도 금화 1천닢은 되는 것일까? 그만큼의 돈, 혹은 그것에 필적하는 것을 준비시키는 것은 어려울 것이다. 그런 데다가, 린, 뮤라, 레미아는 아르비스 일행을 막았다는 공적이 있다. 1천닢으로는 부족할 것이 틀림없다.

그렇다고 해서 보수를 받지 않는 것도 어렵다. 엘프 마을을 구한 것은 틀림없다. 그들이 납득하지 않으리라.

타이치는 생각했다.

이런 이야기도 있을 거라고 예상했다. 그럴 때마다 교섭은 타이치에게 일임했다. 악마를 쓰러뜨릴만한 힘을 가지고 있는 것은 타이치밖에 없기 때문이다. 다시 말해서, 타이치의 공적이 가장 크다. 가장 큰 성과를 올렸으니 타이치가 바라는 대로 정해야 한다. 분명히 그것은 일리가 있으며, 타이치도 납득하여 역할을 받아들였다.

그래서, 이것은 타이치가 생각하여 결론을 낼 필요가 있었다.

지금까지는 계속, 대답이 나오지 않았다.

뭔가 물건이 필요한 것이 아니다. 돈이 필요한 것도 아니다. **그래서** 구한 것이 아닌 것이다.

그렇다면—.

타이치는, 이제 와서 감이 잡혔다.

"……그러면, 이 마을을 구해서 정말로 다행이었다고, 다음에 왔을 때 생각할 수 있도록 해주면."

이라고 타이치는 말했다.

물건이 아니다. 돈도 아니다.

마을을 구하고 싶으니까, 알게 된 사람들이 다치는 것을 보고 싶지 않았으니까. 그래서 타이치는 싸운 것이다.

그렇다면, 구한 마을이 호전되어주는 것이 제일 큰 보수다.

타이치의 말에 참가자 절반 정도가 술렁거렸다.

돈이 아닌가?

물건도 필요 없는가?

그런 목소리가 차례차례 들렸다. 그렇게 되는 것은 반쯤 예상하고 있었지만, 타이치는 이것을 굽힐 생각이 없었다. 그리고, 돈이나 물건보다도—.

"돈이나 물건을 건네는 것보다도 난제다. 분명히 보수에 걸맞겠군."

"그렇죠."

타이치는, 제스타의 말에 동의했다.

그렇다고 생각했기에 이 보수를 제시한 거니까.

"우리들은 지금 파벌로 갈라져 있다. 이대로는 이룰 수가 없다."

모두가 그 생각에 이르렀는지, 엘프들의 술렁거림이 잦아들었다.

은인이 구해준 것을 기뻐할 수 없다. 그것은, 도움을 받은 자로서 체면이 안 선다.

개중에는 이미 확실한 결의를 굳힌 것 같은 자도 있었다.

그들의 모습을 보고, 제스타는 씨익 웃었다.

"상당히 이루는 보람이 있는 보수가 아닌가? 좋다. 다음에 그대들이 이 마을을 찾아왔을 때, 반드시 『구하길 잘했다』라고 말하게 해주지."

제스타가 그렇게 말하자, 타이치 일행이 받는 보수가 확정됐다.

보다 좋은 엘프 마을.

말로는 쉽지만 실행은 어려운 것이었다. 그것을 제스타가 받아들이고, 이야기가 끝났다.

◇◆◇◆◇◆◇◆

"왔군, 수장…… 아니, 아버지."

노크도 없이 철컥 문이 열렸지만, 레이놀드는 손에 든 잔에 시선을 떨군 채 꼼짝도 안 하고, 그 말을 던질 뿐이었다.

"내가 여기 온 이유는, 알고 있겠지."

"그래…… 알고 있고말고."

마을 안의 한 구석에서 이루어진 고차원의 전투, 그 다음에 느껴진 상식 밖의 마력과 사람 사는 세상에서 들려오는 것이라고 생각되지 않는 수많은 굉음은 집무실에서 한 걸음도 움직이지 않은 레이놀드에게도 충분히 전해졌다.

싸우고 있던 자들 중에서 한쪽은 익숙했다. 너무나도 익숙한 자들의 것.

그 싸움이 끝나도, 돌아오지 않은 아들과 그의 측근.

도무지 찾아오지 않는 승리의 길보.

자신의 집무실에 다가오지 않으려는 동포들의 움직임.

전말은, 일부러 물어볼 필요도 없었다.

"아르비스, 다릴 및 다른 70여명은 마을에서 부당한 무력행사를 하여 구속됐고 독방에 들어가 있다."

"……."

타당했다. 이제부터 그 죄에 걸맞은 벌을 받게 되리라.

"그리고, 이 건에 대해서 아르비스는 너와 이야기를 하여, 허가를 얻었기에 일을 벌였다고 진술했다. 따라서 레이놀드 에크루 그륜. 너를 구속한다."

그때, 명확한 명령을 한 것은 아니다. 그렇지만, 의욕이 있는 아들을 전혀 말리지 않은 시점에서 용인한 것과 마찬가지다.

아르비스는 아버지를 버린 것이 아니다. 오히려, 아들이 아버지를 감싸려고 했다면, 스스로 죄를 밝힐 셈이었다.

자식을 방패 삼아서 죄에서 벗어난다니, 생각하기도 싫은 악몽이었다.

부모의 죄를 죄로 숨기지 않고 고발한 아르비스를 오히려 자랑스럽게 생각할 정도였다.

"수장이여. 한 가지, 물어보고 싶소."

"……뭐지?"

"마지막에 느껴진, 그 이상한 힘. 그것을 쓰러뜨린 것은, 역시……?"

레이놀드는 모두 말하지 않았다.

이 마을에, 그 압도적인 위압감을 뿜어내는 것에 이길 수 있는 전사는 없다.

그리고, 레이놀드가 지금 이렇게 무사한 것도 있을 수 없는 일이다.

제스타는, 한 번 고개만 끄덕였다.

"그렇, 군……."

그것만으로, 레이놀드에게는 충분히 전해졌다.

그는 천천히 일어서더니, 양손을 들어 그 자리에 섰다.

"질문은 더 없나?"

"그래……. 이제 됐어."

그것은, 저항하지 않는다는 의사표시. 항복과 비슷했다.

"포박은 필요 없다. ……그 녀석은 저항하지 않을 것이다."

구속을 위해서 밧줄을 꺼낸 병사들에게, 수장이 필요 없다고 말했다. 병사들도 생각하는 바가 있었는지, 꺼낸 밧줄을 넣으려고 했다.

레이놀드의 태도에서 깔끔함이 묻어 나왔지만, 네 그렇습니까 할 수는 없었다.

"아니, 이건『규율』이다. 아버지가, 내가 솔선해서 지키고 드러내야 하는 거야."

레이놀드는 병사들을 보고, 얼른 밧줄로 묶으라고 명령했다.

그 명령에 따라 포박하는 병사들이 묶기 쉽도록 일어서서 보조를 할 정도였다.

"그 올곧음을, 어째서 묘한 방향으로 발휘한 것이냐……."

손으로 눈을 덮고 하늘을 우러르는 수장은, 역시 레이놀드의 아버지였다.

"서툴렀다는 거겠지……. 나는, 수장의 아들이니까……."

병사들에게 이끌리며, 레이놀드는 방을 나섰다.

"서투르다, 란 말이지……."

맞는 말일지도 모른다. 자신이 더 재주 좋게 행동했다면, 파벌끼리의 다툼이 오늘까지 이어지지 않았을 것이다.

자신 혼자 남은 집무실에서, 제스타가 작게 중얼거렸다.

◇◆◇◆◇◆◇◆

유그드라실의 부름에 실피와 함께 다시 세계수 곁으로 찾아왔다.

안내역인 메이느는 아무것도 못 들은 모양이지만, 타이치는 짐작이 가고 있었다. 아마도 신탁이리라.

이번에도 야뮬이 보는 앞에서, 제단 안쪽 문을 빠져나가자 눈앞에 세계수가 나타났다.

그 말로는 표현하기 어려운 위용이 일단 눈에 들어왔다.

그러나, 그보다도 더욱 눈에 들어온 것은 허리를 굽혀서 머리를 숙이는 유그드라실의 화신이었다.

말은 없지만, 그 자세가 그녀의 감정을 표현하고 있었다.

"어서 오세요. 그리고, 진심으로 감사를 드립니다."

“아아, 아니…….”

타이치는 약간 당황하면서 응답했다.

무엇에 대한 감사인지는 알 수 있었다. 아마도 타이치가 아크비를 쓰러뜨린 것에 관한 감사이리라.

보통은 감당할 수 없는 상대라는 건 알 수 있다.

그렇지만, 타이치는 전혀 고전한 기억이 없다. 오히려 제멋대로 때리고 차고 한 끝에 실피의 마법으로 처치했다. 시종일관 압도한, 싸움이라기보다는 샌드백으로 삼은 거나 마찬가지였다.

그것은, 인식과 감각의 차이이기에 이미 메우려고 해도 메울 수 있는 것이 아니라서 어쩔 수 없는 일이다.

유그드라실이 숙이고 있던 머리를 들더니, 생긋 웃었다.

“당신 덕분에 마을이 구원 받았습니다. 부디 감사드리게 해주세요.”

“아니, 답례로 이제부터 신탁을 받을 거잖아…….”

“그것은, 마력을 주신 것에 대한 답례니까요.”

얼버무려지지 않았다. 그런 타이치를 두고서, 유그드라실은 조금 생각하더니 답례의 내용을 말했다.

“……그렇군요. 본래, 저는 누군가와 계약할 수 없어요. 그렇지만, 딱 한 번, 당신의 소환에 응하여 힘을 빌려드리겠어요.”

“……진짜로?”

초거대, 라는 말이 진부해질 정도의 수목인 유그드라실 정도의 존재가 힘을 빌려준다. 실피와 동격이라는 말을 부정하지 않았던 상대가.

"도저히 안 될 때, 저에게 말을 걸어주세요. 당신이 어디에 있든, 달려가겠습니다."

분명히 가능할 것이다. 전세계에 뿌리를 뻗고 있으니까.

"좋네. 받아두도록 해. 유그드라실이 이런 말을 하는 건 처음이니까."

"그래 알았어……. 억지를 부리네."

실피도 대화의 흐름에 올라타서, 말대꾸도 못하고 억지로 받게 되어버렸다.

타이치가 쓴웃음을 짓자, 유그드라실이 장난에 성공한 것처럼 웃었다.

"마을이 구원 받았으니, 당연합니다."

"알았어. 여차할 때는 비장의 수로 쓸게."

"네. 그러시면 됩니다."

유그드라실이 고개를 끄덕였다. 그리고, 문득 표정을 진지하게 바꾸었다.

"그러면, 본론으로 들어가겠습니다. 신탁에 관해서입니다."

타이치 또한, 귀 기울이고자 자세를 갖추었다.

"내려드릴 신탁의 내용을 알았습니다."

타이치는 고개를 끄덕이고 마른 침을 삼켰다. 본인도 깨닫지 못한, 무의식의 리액션이었다.

"타이치 씨, 당신은, 엘프 마을에 오기 전에 있던 나라로 돌아가, 여행을 계속해야 합니다. 그리 하면, 앞으로 나아가야 할 길에 대해 단서를 얻을 수 있을 겁니다."

"나아가야 할 길……."

아무래도, 이대로 예정에 따라 여행을 계속하면 되는 모양이다.

그러면, 단서를 얻을 수 있다고 했다.

나아가야 할 길은, 어떤 의미일까?

이 세계에 온 의미, 일까?

"새로운 정령과의 계약. 그것이, 나아가야 할 길을 가리키는 빛입니다."

"…………진짜로?"

아까와 완전히 같은 말이, 아까보다도 긴 침묵 뒤에 흘렀다.

"네. 제가 당신에게 내릴 수 있는 신탁은, 이상입니다."

생각한 것 이상의 정보였다.

게다가, 새로운 정령과 계약이다.

타이치는 무심코 실피를 보았다. 이미, 4대정령의 하나인 바람의 정령 실피드와 계약했다. 그런데 새로운 정령이라니.

그렇게 생각하여 그녀를 보자, 그녀는 생긋 웃을 뿐이다. 아무래도 새로운 정령과 계약하는 것은, 실피에게는 문제가 안 되는 모양이다.

"분명, 도움이 될 겁니다. 머리 한 구석에 남겨주세요. 반드시 당신을 이끄는 하나의 지침이 될 겁니다."

유그드라실의 말에는 자신이 가득했다.

"……알았어. 의식해둘게."

"네. 그러시는 게 좋을 겁니다."

실피가 아닌 다른 정령과 계약. 아마도, 4대정령의 나머지 셋 중 누군가이리라.

지금도 훈련을 게을리하면 휘둘릴 정도의 에너지를 가진 실피와 계약하고 있는데, 더 이상 힘이 필요한 걸까?

애당초 그 이전에, 과연 계약을 할 수 있는 것일까?

그 다음에 조금 잡담을 하고, 타이치와 실피는 유그드라실 곁에서 물러갔다.

그 뒷모습이 사라진 장소를, 잠시 계속 바라본다.

타이치 일행이 떠나고 1시간 이상 지났다. 그렇지만, 유구한 시간을 보낸 유그드라실에게는 1시간 따위 한순간이나 같은 시간이었다.

"전달했나? 다음 정령과 계약에 대해서."

문득, 유그드라실 뒤에서 남자의 목소리가 들렸다.

"네, 전달했어요."

"그렇군. 그러면 됐다."

홀로 납득하고, 그 목소리의 주인의 모습이 스윽 나타났다.

쓸어 넘긴 올백의 은발. 단정한 생김새, 모노클 너머로 보이는 붉은색 눈동자. 귀는 뾰족하며, 전체적인 피부는 창백하다.

고급 천으로 만든, 턱시도를 기조로 한 것 같은 옷.

여유를 체현한 것처럼 미소가 끊이지 않는, 마치 젊은 대귀족 당주 같았다.

그리고 그 등에서 좌우로 뻗는, 한 쌍의 박쥐 날개.

상대가 어떤 존재인지, 만약 타이치나 린이 봤다면 금방 대답에 이르렀으리라.

이번에 그는 타이치와 유그드라실의 이야기를 의도적으로 듣지 않았다. 나름대로 멀리서도 대화를 들을 정도의 능력은 가지고 있지만, 타이치는 상당한 실력자다. 함부로 다가가서 노출된다는 리스크를 피한 것이다.

"그 덕분에 마을에도 피해가 나지 않고 넘어갔어요. 정말로, 감사를 다할 수가 없습니다. 그 정도 답례로는 걸맞지 않을 정도죠."

"허어. 어떤 답례를 했지?"

이 세계수가 직접 답례를 하고, 그걸로도 부족하다고 한다. 남자는 흥미를 갖고 물어보았다.

유그드라실은 웃으면서 가슴에 손을 대고, 눈을 감았다.

"단 한 번, 소환에 응하여 저의 힘을 빌려준다고 약속했습니다."

곧장, 남자의 얼굴에서 미소가 사라졌다.

"네놈, 그 애송이에게 힘을 빌려준다고 약속했나? 단 한 번이라고 해도, 용납될 거라고 생각하나?"

장신의 남자는 유그드라실을 노려보았다. 물론, 그것을 들을 생각은 유그드라실에게는 없었다.

"그 악마는 마을에서 싸우려고 했습니다."

"그래. 그랬었지."

"이번 일, 마을에 불필요한 피해가 미치지 않도록 한다고, 먼저 말한 것은 당신입니다, 알가티."

그렇게 유그드라실이 말하자, 알가티는 자신의 실수를 인정했다.

"알았다. 방금 전 실언은 취소하지."

상대가 잘못을 인정한다면, 유그드라실도 그 이상 말하지는 않는다.

"당신은, 나와 한 약속을 지켰습니다. 그러니, 더 이상은 불문에 부치죠."

이 땅의 소동은 유그드라실이 자리를 제공하고, 알가티가 책략을 짰다.

유그드라실로서는 마을을 무대로 삼는 것은 물론 내키지 않았지만, 감정만으로 거부할 수 있는 입장이 아니었다.

그래서 하다못해, 어느 쪽 파벌에만 치우치는 것과 과잉된 피해가 나오지 않도록 하는 것을 조건으로 제시한 것이다.

알가티는 그것을 지켜서, 실행범으로 파견한 아크비에게 전통주의파 이외의 정신을 조작하지 않도록 말해뒀다.

아크비는 마을의 전통주의파를 둘러보고, 다릴에게 눈독을 들였다. 가장 규율에 고집하고 있었고, 아르비스의 심복으로서 영향력도 가지고 있었으니까.

아크비의 정신간섭이 있었기에, 그런 과격한 언동이나 행동을 취하게 됐다. 그렇지 않았다면, 규율에 심취하고 있던 아르비스가 불리해지는 일은 하지 않았을 것임이 틀림없다.

유그드라실로서는 본래는 내고 싶지 않았던 피해. 가장 큰 피해를 입은 것은 다릴이리라. 그녀가 지게 된 벌은 대단히 엄하다. 목숨까지 빼앗기지는 않지만, 적어도 수명의 몇 십 퍼센트 정도 시간을 속죄에 쓰게 될 것이다.

"그 땅에서 모습을 드러냈을 때는 간담이 서늘했습니다만."

다릴의 처우는 어쩔 수 없다. 이성으로는 그렇게 생각해도 감정을 설득하는 건 간단하지 않았다. 안타까운 감정을 가슴에 품고, 하다못해 앙갚음으로 유그드라실이 말했다. 마을에 피해가 나올 가능성도 있었다고.

물론, 그 정도로 알가티가 동요하지는 않는다.

"그렇군. 그러나 녀석이 그 마을에서 싸우는 일은 이루어지지 않았다. 그렇게 될 거라고 생각하고 있었다만."

유그드라실도 다 알고 있었다. 그저, 말해서 발산하고 싶었을 뿐이다.

조건으로 정했던 내용은 엘프 마을에 과도한 피해를 내지 않는 것, 전통주의파가 아닌 자에게 정신간섭을 하지 않는 것. 결과를 보면 충분히 달성됐다. 그것을 확인한 알가티가 용건이 끝났다는 기색으로 침묵했다. 한편, 유그드라실도 알가티에게 할 말이 없는 건지 입을 다물었다.

짧지 않은 시간 뒤에, 알가티가 천천히 입을 열었다.

"그 애송이가 두 번째 엘레멘탈과 계약하여 조건을 클리어하면, 주상이 스스로 나선다고 말씀하셨다."

그 말은, 유그드라실을 몇 초 잔뜩 굳어지게 만들기에 충분한 힘을 가지고 있었다.

"설마…… 이렇게 빨리?"

"그래. 예상보다도 상당히 빠른 것은 틀림없다. 다만……."

다만, 무엇일까?

"조건도 쉬운 것이 아니다. 클리어할 수 있는 가능성은, 낮을 거야……."

알가티의 사나운 웃음에, 유그드라실은 조건이 무엇인지를 깨달았다.

그는, 유그드라실에게는 은인이었다. 그렇지만, 그 이상으로 그녀들의 주상의 의향은 절대적이다.

유그드라실은, 타이치의 무사를 기도하는 것밖에 할 수 없을 것 같았다.

◇◆◇◆◇◆◇◆

배의 닻이 올라갔다.

엘프 마을을 떠나는 날이 찾아온 것이다.

로질에 아샤를 비롯하여 훈련을 함께 한 방위대 사람들, 미리야의 남편인 소우레이, 그리고 수장, 야뮬이 배웅을 나와 있었다.

모두 합쳐서 스무 명이 넘으며, 성대한 배웅이었다.

"신세를 졌다. 폐도 끼쳐 버렸지만, 좋은 것을 보았다. 좀처럼 바깥을 볼 수 없는 우리들에게는 좋은 자극이 됐다."

로질이, 네 사람을 보고 말했다.

"저도 좋은 자극이 됐어요. 역시 엘프의 마술은 정묘하네요. 더욱 정진할게요."

린이 말하고, 로질과 악수를 나누었다.

"지금보다 실력을 올리면 엘프가 설 곳이 없어요."

쓴웃음 짓는 에이린에게 린이 사납게 웃었다.

"뭐, 저도 지는 건 싫어하니까요."

"꾸물거리고 있을 수 없겠네요. 다음에 만났을 때는, 서로 더욱 단련을 할 수 있기를 기대할게요."

"그래요."

그리고, 에이린하고도 악수를 하여 재회를 다짐했다.

"의심해서 미안해요. 정말로 굉장했어요. 세상은 넓다는 것을 배웠어요, 고마워요."

아샤는 타이치의 강함을 의심한 것을 사과하고, 이어서 감사를 표했다.

"좀 여러 가지 일이 있어서, 내 경우는 반칙 같은 거니까. 너무 신경 쓰지 마."

여러 가지 일이 있어서, 라는 말에 속뜻이 있었다. 아샤는 깊이 물어보고 싶다고 생각했지만, 각자 사정이 있는 거지 하고 흘리기로 했다.

"다음에는 더욱 기술을 갈고 닦아 와라."

"다음에는, 한 판 이겨주겠어."

"그래, 해봐라."

"정말이지, 남자들은 이렇다니까."

이어서 하비나 마두하고도 악수를 한다. 기합을 넣는 하비에게 큰소리를 치는 타이치와, 그것에 질색하는 마두였다.

"정말로 덕분에 살았어. 거듭해서, 정말로 고마워."

"신경 쓰지 않아도 돼. 나도, 당신 남편에게 도움을 받았어."

"내 조언 따위는 대단한 것이 아냐. 뭐, 참고가 됐다면 다행이군."

뮤라 또한, 미리야, 소우레이와 작별인사를 나누었다.

"앞으로 마을이 더욱 좋아질 수 있도록, 더욱 노력할 것을 약속하지. 그것이, 마을의 위기를 구해준 그대들에 대한 제일의 은혜갚기니까."

제스타는 결의를 담아서 선언했다.

구하길 잘했다. 그렇게 생각하지 않으면 어쩔까?

구하는 것에 의미가 없었다. 라고 생각하면, 대대로 수치다.

이번 일은, 파벌에 상관없이 엘프들 모두의 심금을 울렸다.

의견이나 사상이 다른 것은 나쁘지 않다. 그렇지만, 그것에 구애되는 것이 정말로 옳은 것일까? 각자가 그것을 깨닫는 계기가 됐다.

그리고 그저 우직하게, 지금보다도 반드시 좋은 마을로 만들어 한 층 더 번영시킬 것을 다짐했다.

의견이 충돌하는 것도, 보다 좋은 미래를 맞이하기 위해서여야 한다.

"그래, 기대하면서 기다리지. 나와 뮤라는 몰라도, 타이치와 린은 엘프의 기준 시간으로 생각하지 마라."

"그래. 명심하고 있다."

제스타는 그것을, 수명이라고 착각했으리라.

그게 아니다. 그게 아니지만, 레미아는 굳이 지적하지 않았다.

수십 년의 시간이 남은 것이 아니다. 그렇지만, 문제가 안 된다고 생각한 것이다. 이토록 결의가 가득하니까.

각자 작별인사가 일단락된 것을 보고, 야뮬이 한 걸음 앞으로 나섰다.

그것에 맞추어, 수장을 포함하여 다른 자들이 모두 물러섰다. 하비, 마두, 미리야, 에이린은 출항을 위해 배에 올라탔다.

"이번에는 정말로 고맙습니다. 우리 엘프들은, 이 은혜를 잊지 않고 살아갈 것을 맹세하겠어요."

야뮬은 모두의 얼굴을 보고 인사를 하더니.

"그리고, 혈통에 얽매이지 않고도 무녀라는 역할이 끊어지지 않도록, 온간 수단을 모색하여 반드시 형태를 이룰 것을 다짐하죠."

그렇게, 의연한 표정으로 고했다.

"물론, 언젠가 시간이 지났을 때, 무녀를 잇겠다고 결심한다면, 그건 환영하겠어요."

혁신파였던 야뮬도 뮤라가 잇는 것이 최선이라는 건 알고 있었다. 그것은 수장 등 다른 혁신파에 속한 자들도 마찬가지였다.

그렇지만, 혈통에 의존하지 않는다는 결의를 말한 것이다.

거기까지 말을 마치고, 야뮬은 문득 표정을 부드럽게 풀었다.

"또 언제든지 오도록 하세요. 저희들은 당신들을 언제든지 환영합니다."

그 말에 각자 응답하고, 레미아, 타이치, 린이 배에 올라탔다.

마지막으로 뮤라가 배에 타려고 돌아서고자 했을 때.

"뮤라."

"……."

어머니가, 딸의 이름을 불렀다.

딸은 어머니를 돌아보았다.

"너는 자유야~. 후회하지 않도록, 자신이 행복하도록 하렴~. 그리고, 지치면 언제든지 돌아오렴. 무녀 후보 같은 건 상관없이, 너는 내 딸이니까~."

뮤라는 정면으로 그녀의 시선과 말을 받아냈지만, 이윽고 부드럽게 웃더니.

"알았어. 내 막무가내를 들어줘서 고마워. ……엄마."

"윽…… 그럼, 당연하지~. 엄마는 딸의 행복을 기도하는 거니까~."

한순간 목이 메었던 야뮬이었지만, 그것을 조금도 드러내지 않고 웃음을 짓고, 뮤라의 몸을 돌리고 상냥하게 등을 밀어 보내주었다.

뮤라 일행에게 표정이 보이지 않게 되자, 야뮬은 배의 난간에 팔꿈치를 짚고 있는 레미아를 보았다.

레미아는 그 시선을 받고서 사납게 웃었다. 그녀의 웃음을 보고, 야뮬은 고개를 한 번 끄덕였다.

"……출발한다. 상관없겠지?"

그 모습을 지켜보고 있던 하비는 작별이 끝났는지 확인했다.

타이치 일행은 고개를 끄덕이고 배에 올라탔다.

하비 일행이 조종하는 배는 머지않아 해변을 벗어나 바다로 나섰다.

선미에서 보자, 모두 손을 흔들고 있었다.

등 뒤에서 팔짱을 낀 레미아가 지켜보는 가운데, 타이치, 린, 뮤라는 그것에 응답하여 손을 흔들었다. 흔드는 폭이 크거나 작거나 차이가 있지만, 셋 다 손을 흔들고 있었다.

모습이 점점 작아지고, 이윽고 완전히 보이지 않게 되어도.

분명히 손을 계속 흔들 거라고 생각하여, 계속 흔들었다.

〈『이세계 치트 마술사 9』에 계속〉

이세계 치트 마술사 8

초판 1쇄 발행 2020년 11월 10일

지은이_ Takeru Uchida
일러스트_ Nardack
옮긴이_ 박경용

발행인_ 신현호
편집부장_ 윤영천
편집진행_ 김기준 · 김승신 · 원현선 · 권세라 · 유재슬
편집디자인_ 양우연
국제업무_ 정아라 · 전은지
관리 · 영업_ 김민원 · 조은걸 · 조인희

펴낸곳_ (주)디앤씨미디어
등록_ 2002년 4월 25일 제20-260호
주소_ 서울시 구로구 디지털로 26길 111 JnK디지털타워 503호
전화_ 02-333-2513(대표)
팩시밀리_ 02-333-2514
이메일_ lnovelpiya@naver.com
L노벨 공식 카페_ http://cafe.naver.com/lnovel11

ISBN 979-11-278-5742-4 04830
ISBN 979-11-278-4324-3 (세트)

값 7,800원